Katrin Koppold

Zeit für Eisblumen

Aureolus Verlag

Über die Autorin:
Katrin Koppold arbeitete nach ihrer Schulzeit als Journalistin, Fitnesstrainerin, TV–Darstellerin und Pferdepflegerin auf einem Gestüt in Irland, bevor sie sich dazu entschloss, sesshaft zu werden. Heute ist sie Lehrerin und wohnt mit ihrer Familie und ihren zwei Katzen bei München.
Ihr erster Roman „Aussicht auf Sternschnuppen" wurde ein Überraschungserfolg, der Katrin Koppold bis in die Top 10 der Amazon-Charts brachte. „Zeit für Eisblumen" ist der zweite Band einer vierbändigen Reihe rund um die Familie Baum.

Qindie steht für qualitativ hochwertige Indie-Publikationen. Achten Sie also künftig auf das Qindie-Siegel! Für weitere Informationen, News und Veranstaltungen besuchen Sie unsere Website: http://www.qindie.de/

Besuchen Sie mich im Internet:
www.katrinkoppold.de

Inhaber: Katrin Hohme, Marzling

Umschlaggestaltung: Stephanie Kirschbaum, Stuttgart
Umschlagabbildung: © Stephanie Kirschbaum, Stuttgart;
Eiskristalle: © senoldo;
Mädchen: © Ksym – fotolia.de
Eisblume für Kapitelaufmacher/Szenentrenner: © Seamartini – vectorstock.com
Satz: Lektor-Art, Stuttgart

Für meine Mutter,
die mit mir das Abenteuer Irland wagte,
und für meine Fee

Liebe ist niemals das Ziel,
sondern immer ein Weg.
(unbekannter Verfasser)

Eins

Bis vor einiger Zeit war ich ein richtiger Glückspilz. Als Redakteurin eines Boulevardmagazins jettete ich um die Welt, mein Freund Sam sollte bald die Apothekenkette seines Vaters übernehmen und ich hatte jede Menge Designerklamotten in Größe 36 im Schrank.

Doch dann fiel Sam aus heiterem Himmel ein, dass er sein weiteres Leben unmöglich damit verbringen konnte, Potenzmittel und Klosterfrau Melissengeist zu verkaufen, ich wurde schwanger und von diesem Moment an ging einiges schief. In den meisten Kleidern sah ich aus wie eine zu fest gestopfte Weißwurst, mein Job wuchs mir zunehmend über den Kopf und Sams Macken hatte ich leichter ertragen können, als er noch nach Geld und Macht und Klosterfrau Melissengeist gerochen und wir nicht nur an Sonn- und Feiertagen miteinander geschlafen hatten. Die einzig positive Veränderung in meinem Leben war mein Sohn Paul. Ach ja! Und die Tatsache, dass mich die meisten Frauen lieber mochten, seitdem ich Mutter war und einen BMI von über 20 hatte.

„Fee! Nicht einschlafen!“ Meine Schwester Helga rammte mir den Ellbogen in die Rippen. „Lilly und Torsten schneiden die Hochzeitstorte an.“

Ich fuhr erschrocken hoch, sodass Paul auf meinem Schoß gefährlich ins Schwanken geriet.

„Sind die zwei Bären nicht niedlich?“ Helgas Augen leuchteten. Ich musterte sie zweifelnd. Der dreistöckige und mit vielen Rosen verzierte Tortentraum war an sich schon an Kitsch kaum zu überbieten. Doch das dicke Bärenbrautpaar auf der obersten Etage setzte dem Ganzen im wahrsten Sinne des Wortes noch die Krone auf. „Meinst du das ernst?“

Helga bedachte mich mit einem mahnenden Blick. „Kannst du dich nicht einfach für Lilly freuen?“

„Aber ich freue mich für Lilly.“ Ich schnipste ein rotes Konfettiherz vom Tisch.

„Ich finde diese Hochzeit romantisch!“

Ich verdrehte die Augen. „Romantisch wäre sie mit Ryan Gosling oder Bradley Cooper an ihrer Seite, meinetwegen auch mit Prinz William. Aber mit Torsten ... Lillys Geschmack lässt nicht nur in puncto Dekoration und Kleidung zu wünschen übrig.“

„Du bist unmöglich!“ Helga wandte sich ab, um unserer kleinen Schwester dabei zuzuschauen, wie sie ihren frischgebackenen Ehemann mit einem Stück Torte fütterte.

Die Schwangerschaft bekam ihr nicht. Nicht nur, dass ihre Hand fest mit ihrem immer runder werdenden Babybauch verwachsen war, in letzter Zeit benutzte sie ständig Wörter wie „süß“ und „niedlich“ und sie hatte außerdem eine für sie völlig untypische Vorliebe für Pastelltöne entwickelt. Aber gut! Vielleicht verhielt ich mich tatsächlich etwas negativ.

Dabei hatte ich mich anfangs gut gehalten. Die Tauben, die aufsteigenden Herzluftballons, die lilafarbene Tischdeko, noch nicht einmal als Lilly Torsten vor allen Anwesenden mit Bärchen ansprach, zuckte ich mit der Wimper. Aber nach einer Nacht mit einem Nettoschlafgehalt von maximal vier Stunden und einem sündhaft teuren Kleid, das Kürbis-Karotten-Handabdrücke zierten, ging mir die zuckrige Atmosphäre dieser Hochzeit zunehmend an die Substanz. Ich schielte unauffällig nach links, um zu sehen, ob sich Milla, unsere Mutter, auf Helgas Seite schlagen und ebenfalls ihren Senf dazugeben würde. Doch die war zu sehr damit beschäftigt, meinen Vater mit giftigen Blicken zu bombardieren. Der weigerte sich nämlich nicht nur beharrlich, mit ihr das Tanzbein zu schwingen, er tippte unter dem Tisch auch permanent auf seinem Handy herum und bildete sich ein, dass niemand von uns etwas bemerkte. Die gefühlsschwangere Luft im Saal schien nicht auf jeden überzuschwappen. Denn was auch immer meine Eltern noch miteinander verband, Liebe war es wahrscheinlich nicht mehr.

Ich blickte auf Sam, der mit Helgas Freund Nils an der Bar stand. Bei ihm war ich felsenfest davon überzeugt gewesen, die wahre Liebe gefunden zu haben, als sich noch kein pausbäckiger Kerl im Ganzkörperanzug in die Bettritze zwischen uns gedrängt hatte. Sam bemerkte, dass mein Blick auf ihm ruhte, und lächelte mich an. Ich verzog die Mundwinkel ein wenig nach oben und wünschte, es wäre alles so wie früher.

Aber ich sollte nicht jammern. Paul sah so niedlich aus, wie er mit hochkonzentriertem Gesicht auf meinem Schoß saß und den Korken einer Sektflasche untersuchte. Niedlich! Herrje! Jetzt benutzte ich dieses Wort schon selbst. Die liebesdurchtränkte Atmosphäre dieser Hochzeit musste mir das Gehirn vernebelt haben. Überhaupt fühlte ich mich den ganzen Tag über seltsam. So, als ob mein Kopf unter einer Dunstglocke gefangen wäre, die alle Geräusche, Gerüche und Empfindungen nur durch einen Schalldämpfer zu mir dringen ließ. Und weder Kreislauftropfen noch ein Glas Sekt hatten an diesem überirdischen Zustand bisher etwas ändern können.

„Ich muss als Mutter alles richtig gemacht haben." Milla drehte sich zu mir um. Seit einigen Jahren bestand sie darauf, dass wir sie beim Vornamen anredeten. Schließlich wollte sie nicht doppelt so alt wirken, wie sie aussah.

„Was meinst du damit?", fragte ich sie.

„Fast alle meine Töchter sind unter der Haube." Sie zog Paul, der sie entzückt anlächelte, auf ihren Schoß. „Du hast mir einen wunderschönen Enkel geschenkt, Lillys Nachwuchs lässt bestimmt auch nicht mehr lange auf sich warten und ich habe drei gut aussehende und beruflich erfolgreiche Schwiegersöhne. Nun müssen wir nur noch einen Mann für Mia finden."

Ich verzog das Gesicht. „Schön, dass du zufrieden bist."

„Ja, das bin ich. Was könnte ich mir jetzt noch wünschen?"

„Einen Ehemann, der sich lieber mit dir als mit seinem Handy beschäftigt."

Milla sah mich mit einem schwer deutbaren Blick an, kommentierte den Satz aber nicht.

Ich seufzte. Warum hatte ich das gesagt? Sie hatte sich nur mit mir unterhalten wollen. Aber wie so oft provozierte sie mich allein durch ihre Anwesenheit zu unbedachten und leider auch häufig verletzenden Äußerungen. Ich überlegte, was ich tun konnte, um meine Gemeinheit auszubügeln, doch Milla hatte sich bereits Helga zugewandt und tätschelte auf deren Bauch herum. Schnell stand ich auf und gesellte mich zu Sam und Nils an die Bar.

Nach wie vor konnte ich es nicht fassen, dass sich meine spießige Schwester Helga einen solchen Hottie wie Nils an Land gezogen hatte. Grüne Augen, dunkle Haare, ein durchtrainierter Körper, Schauspieler. Und abgesehen davon auch noch ein wirklich lieber Kerl. Der einzige Minuspunkt war seine Größe von nur knapp über 1,80. Ich bevorzugte Männer, bei denen ich problemlos schwindelerregende High Heels tragen konnte, ohne neben den Kerlen wie der Glöckner von Notre Dame auszusehen, wenn ich ihnen nicht auf den Kopf spucken wollte.

Mit Sam befand ich mich selbst in meinen höchsten Jimmy Choos auf Augenhöhe. Er sah ebenfalls gut aus, aber nicht auf eine gefährliche, animalische Art wie Nils. Sam war eher der Typ „netter Junge von nebenan", bei dem man tagein, tagaus auch im Morgenmantel und mit Handtuchturban auf dem Kopf keine Hemmungen hat, zu klingeln, um sich Milch oder Eier auszuleihen, bevor man eines Tages vor ihm steht und überrascht feststellt: „Gar nicht mal schlecht!"

„Darf ich den beiden attraktivsten Männern hier im Saal Gesellschaft leisten?“ Ich versuchte, mein charmantestes Lächeln aufzusetzen.

Sam sah mich fragend an. Er schien zu bemerken, dass sich meine Augen nicht in gleichem Maße wie meine Mundwinkel an dieser Aktion beteiligten. Doch Nils strahlte und legte den Arm um mich. „Meine Lieblingsredakteurin! Kommst du privat oder beruflich?“

„Natürlich rein privat. Was glaubst du? Dass ich selbst auf der Hochzeit meiner Schwester ein Mikrofon im Ausschnitt versteckt habe, um dir ein paar O-Töne zu entlocken?“

„Zutrauen würde ich es dir.“ Er setzte ein süffisantes Grinsen auf.

Ich machte eine wegwerfende Handbewegung. „Für unser Magazin bist du nicht mehr interessant. Du wirst langsam zu alt, um vierzehnjährige Teenies vom Hocker zu reißen.“

„Schade. Ich hatte gehofft, dir wie damals bei unserer ersten Begegnung detailliert Auskunft über Form und Farbe meiner Unterwäsche geben zu können.“

Ich zog eine Schnute. „Wie oft soll ich dir das noch sagen: Diese Frage wurde mir vorgegeben. Und bitte, Themawechsel! Ich habe Wochen ...“

In diesem Moment ließ mich ein lautes Klirren zusammenzucken. Meine kleine Schwester Lilly stand auf der Bühne. In der rechten Hand hielt sie einen silbernen Löffel, in der linken den Stiel eines abgebrochenen Sektglases. Sein Inhalt hatte sich über den Saum ihres Rocks ergossen, der Rest des Glases verteilte sich in mehrere Splitter zerschellt auf dem Boden. Ich schloss die Augen. Wie zum Teufel war es ihr gelungen, mit einem kleinen, harmlosen Dessertlöffel ein Sektglas zum Bersten zu bringen? Doch da Lilly auch die einzige Person aus meinem Bekanntenkreis war, die es geschafft hatte, sich eine Verbrennung am großen Zeh zuzuziehen, weil sie über ihr eingeschaltetes Bügeleisen gestolpert war, sollte ich wohl nicht allzu überrascht sein.

„Torsten und ich möchten jetzt tanzen", stammelte sie ins Mikrofon. Als ich die Augen öffnete, flüchtete sie in ihrem spitzenbesetzten Sissikleid von der Bühne.

„Scherben bringen Glück!" Torstens dicker Vater hielt sein Bierglas in die Höhe. „Prost! Auf meine liebreizende Schwiegertochter."

Die anderen Gäste hoben unsicher ebenfalls ihre Gläser. Zum Glück fing die Band in diesem Moment an, die langsamen Walzerklänge von „Moonriver" anzustimmen und Lilly verbarg ihr Gesicht verlegen an Torstens Revers. Er flüsterte ihr etwas ins Ohr, was sie zum Kichern brachte. Obwohl ich ihn normalerweise nicht ausstehen konnte, beneidete ich meine Schwester fast ein wenig. Am Ende des Liedes ging Lilly auf unseren Vater zu, Torsten forderte seine Mutter auf. Sein Vater blickte sich suchend um und für einen Augenblick blieben seine Augen wohlwollend an mir hängen. Laut Torsten passte ich genau in sein Beuteschema, das sich überwiegend auf dreißig Jahre jüngere Blondinen beschränkte. Schnell zerrte ich Sam auf die Tanzfläche. „Gott sei Dank. Der Kelch ist noch einmal an mir vorbeigegangen." Ich lehnte mich an seine Schulter.

„Ich bin gespannt, ob du das immer noch sagst, wenn das Lied zu Ende ist." Im Tanzen war mein Freund ein hoffnungsloser Fall.

„Und ich bin mir sicher, dass du dich bemühst, deine Füße unter Kontrolle zu bringen. Sonst brenne ich am Ende des Abends mit dem blondgelockten Keyboarder durch. Du kennst meine Schwäche für Musiker."

Sam grinste. Er selbst hatte eine schöne Stimme und Klavier spielen konnte er auch. Leider war er jedoch erst ab einem Alkoholpegel von einem Promille auch dazu bereit, sein musikalisches Können der Öffentlichkeit zu präsentieren. Zu schade! Denn seitdem ich vor einigen Jahren mit meiner besten Freundin Nina auf einem 3-Doors-Down-Konzert gewesen war, träumte ich davon, einen Freund zu haben, der auf einer Bühne stand und ein Liedchen für mich ins Mikrofon schmachtete. Ein schmerzhafter Tritt auf meine nackten Zehen weckte mich unsanft aus meinen Träumereien. Nicht zu fassen! Warum musste sich Sams Talent allein auf Hände und Stimme beschränken?

Auf einmal merkte ich, dass etwas mit mir nicht stimmte. Mir wurde schwindelig und in meinen Augenwinkeln hüpften blitzende Punkte auf und ab. Ich hätte vorhin am Buffet doch beherzter zugreifen sollen. Doch die Love Handles an meiner Taille gingen bestimmt nicht weg, indem ich mir den Bauch mit Antipasti und italienischen Dessertspezialitäten vollschlug. Und so hatte ich mich mit einem gemischten Salat und einem Stück gegrilltem Rinderfilet begnügt. Vielleicht lag mein Unwohlsein auch an der stickigen Luft im Saal oder daran, dass Sam mich schon seit einigen Runden wie einen Brummkreisel rotieren ließ.

Er verlangsamte sein Tempo. „Geht es dir nicht gut?“

Ich sah ihn verwirrt an, denn seine Stimme drang wie durch einen Wattebausch zu mir und mein Herz vollführte seltsame Pirouetten in meinem Brustkorb. Mein Blickfeld verengte sich und in meinem Gehirn machte sich Schwärze breit. Himmel! Ich würde doch nicht hier, mitten auf der Tanzfläche, in Ohnmacht fallen?

„Ich gehe kurz an die frische Luft“, keuchte ich und stolperte durch die geöffnete Terrassentür in den Garten. Dort kramte ich in meiner Tasche nach den Notfalltropfen, die ich seit Pauls Geburt bei mir trug, und fühlte mich dabei wie eine Heroinabhängige. Denn meine Hände zitterten und meine Angst, die Medizin vergessen zu haben, überwältigte mich fast. Das drohende Ohnmachtsgefühl breitete sich aus. Ich würde umfallen, da war ich mir sicher, und mein Herz schlug immer härter gegen meine Rippenbögen. Zum Glück! Meine Finger stießen an ein kleines Glasfläschchen. Ich öffnete es hektisch und ließ mir einige Tropfen in den Mund rinnen. Dann presste ich die Zeigefinger rechts und links an meine Schläfen.

„Was machst du hier draußen?“ Die Stimme meines Vaters riss mich aus meiner Benommenheit. Ich hatte ihn nicht bemerkt, obwohl er nur wenige Meter von mir entfernt im Schatten eines Pfeilers stand.

„Mir ist es drinnen zu voll.“ Mein Herzschlag begann sich zu normalisieren, doch in meinem Kopf machten sich bohrende Schmerzen breit. „Und du? Bist du vor Milla geflüchtet?“

Mein Vater schüttelte den Kopf. Doch sein schuldbewusster Blick und das Handy, das noch halb aus seiner Hosentasche herausragte, verrieten seine wahre Absicht. Demonstrativ blickte ich auf seine Körpermitte.

„Na gut“, gab er zu. „Ich habe Aktienkurse gecheckt.“

Ich verzog spöttisch den Mund.

Auch seine Mundwinkel schoben sich ein wenig nach oben. Einige Augenblicke schauten wir uns in stiller Übereinkunft an. So war es schon immer gewesen. Zu meinem Vater hatte ich eine besondere Beziehung. Wahrscheinlich, weil wir „aus dem gleichen Holz geschnitzt waren“, wie Milla behauptete.

Er trat zu mir heran und schweigend blickten wir in die laue Spätsommernacht. Musik und Stimmen wurden vom Plätschern des Mühlrades verschluckt und ein sichelförmiger Mond tauchte den Garten in ein milchiges Licht. Rittersporn, Hortensien und Wicken rauschten sacht im Wind. Es war friedlich hier draußen und ich wünschte mir, wie so oft in letzter Zeit, zehn Jahre alt zu sein und mich in der sorglosen Gewissheit zu sonnen, dass mein Vater alles, was in meinem Leben schief lief, richtete.

Als wir in den Saal zurückkamen, schoss Lilly gefolgt von Mia auf uns zu. Jemand, der sie nicht kannte, würde die beiden nie für Zwillinge halten. Lilly hatte rote Kraushaare, war mollig, klein und süß wie ein Erdbeertörtchen mit Schlagsahne. Mia dagegen bestand ausschließlich aus Ecken und Kanten und erinnerte mich in ihren schwarzen Kleidern an eine magersüchtige Krähe. Das einzig Leuchtende an ihr waren die kurzen, platinblond gefärbten Haare.

„Wo wart ihr? Wir haben euch gesucht!“, rief Lilly. „Gleich beginnt das Feuerwerk.“

„Ist es schon so spät?“ Überrascht blickte ich auf meine Armbanduhr. „Ja, fast elf. Die meisten sind bereits auf dem Parkplatz. Wir haben nur noch auf euch gewartet.“

Tatsächlich war der Saal bis auf Sam, der mit dem schlafenden Paul auf dem Arm hin und her wanderte, menschenleer.

„Der kleine Mann hat genug für heute. Ich bringe ihn nach Hause. Soll ich auf dich warten oder nimmst du dir später ein Taxi?“, fragte er mich.

„Nein, nein. Ich schaue mir nur noch das Feuerwerk an, danach können wir los.“ Auf einmal war ich hundemüde und wollte nur noch ins Bett.

Als ich den Parkplatz betrat, wurden unter vielen „Oohs“ und „Aahs“ die ersten Raketen abgeschossen. Helle sternförmige Strahlen erhellten den Nachthimmel, vom Boden schossen blaue Lichterfontänen empor, deren Spitzen rot glühten. Gleich darauf war der gesamte Himmel von bunten Lichtkaskaden bedeckt. Begleitet wurden sie von den anschwellenden Klängen von Vivaldis „L´Estate“. In der Luft lag ein durchdringender Schwefelgeruch, den ich liebte, weil er mich an Jahreswechsel und Neuanfang erinnerte. Ich ging zu Helga, die sich ein wenig abseits der Menge hielt. Nils stand hinter ihr und hatte die Arme um sie gelegt.

„Das Baby ist von dem Krach aufgewacht und rockt in meinem Bauch herum“, sagte sie, als sie mich bemerkte. „Magst du dein Patenkind fühlen?“

Ich nickte und Helga presste meine Hand an ihren Kugelbauch. Sanft fuhr ich über die kleine Erhebung. Das Baby begann zu treten. Plötzlich stieg eine ungeahnte Zärtlichkeit für dieses winzige, mir noch unbekannte Wesen auf.

„Bald lernen wir uns kennen.“ Ich tippelte mit meinen Fingern gegen Helgas Bauch. Helga lächelte und drückte mich an sich. Der

Schwefelgeruch in der Luft, die Bewegungen des Babys unter meinen Händen. Irgendwie würde ich alles schon schaffen.

Nachdem der letzte Lichtfunken verglüht, Vivaldis letzte Note verklungen war, erschien mein Vater auf der Bildfläche, eingehakt von Lilly und Mia. Um seinen Hals hing seine Spiegelreflexkamera. Lilly hielt eine Sektflasche in der Hand, Mia fünf Gläser.

„Wo ist denn unsere Mutter?", fragte ich.

„Sie schmollt, weil Papa sich geweigert hat, mit ihr zu tanzen." Mia verdrehte die Augen.

„Kommt her! Damit ich diesen historischen Augenblick, in dem die erste meiner Töchter in den Hafen der Ehe einläuft, endlich aufs Papier bannen kann." Aufgekratzt zückte mein Vater seine Kamera. „Anschließend stoßen wir alle zusammen auf Lilly an."

Wir stellten uns unter einem großen Ahornbaum in Position. Helga, zwei Hände fest um ihren Babybauch geschlungen, Lilly in ihrem voluminösen Brautkleid, Mia mit ihrer Irokesenfrisur und ich. Wir sahen glücklich aus in diesem Moment.

Aber irgendeine unheilvolle Ahnung sagte mir, dass zumindest ich es nicht bleiben würde.

Zwei

„Guten Morgen!", flötete Monika mir zu, kaum dass ich das Großraumbüro der Redaktion betreten hatte. Ich brummelte etwas Undefinierbares, fuhr den Computer hoch und ließ meinen Schreibtischstuhl ein paar Zentimeter nach unten sinken, damit ich sie nicht sehen musste.

Obwohl ich heute den ganzen Tag mit Dreh und Schnitt für meine wöchentliche Kolumne „Fees Welt" beschäftigt sein würde, schaute ich gewohnheitsgemäß bei bild.de vorbei, um mich über den neuesten Promiklatsch auf dem Laufenden zu halten: Stefanie Hertel und Stefan Mross gaben über Facebook ihre Trennung bekannt, Lady Gaga trug eine riesige Tasche in Form einer türkisfarbenen Rose und – holla! – Ashton Kutcher hatte sich in Ellen deGeneres' Show ausgezogen. Ich stand auf Demis Toyboy. Diesen Beitrag musste ich mir unbedingt anschauen. Sein nackter Anblick würde mich davon abhalten, ständig über den Rand meines Monitors zu Monika hinüberzuschielen.

Ich hatte die blonde Tussi noch nie leiden können, aber seitdem sie während meines Mutterschutzes meine Modekolumne moderiert hatte und beim Publikum gut angekommen war, befürchtete ich, dass sie an meinem Stuhl sägte. Auf jeden Fall hatte sie meinem Chef Ulf deutliches Interesse für die Moderation der Oscarnacht signalisiert. Dabei wusste jeder aus der Redaktion, dass mir die Ehre zuteilwurde, nächstes Jahr von diesem Event zu berichten. Markus dagegen, der am Schreibtisch neben mir saß, bemühte sich erst gar nicht, seine Sympathie für unsere junge Kollegin zu kaschieren, sondern starrte sie unverhohlen und mit lüstern wackelnden Nasenflügeln an.

Es war mir ein Rätsel, was Männer an ihr fanden. Während Monika von den weiblichen Kolleginnen wegen ihrer anbiedernden und süßlichen Art kollektiv gehasst wurde, schienen ihre charakterlichen Defizite von unseren männlichen Kollegen schlichtweg ignoriert zu werden. Bei aller Abneigung musste allerdings selbst ich zugeben, dass Monika wirklich gut aussah. Zumindest wenn man auf den Daniela-Katzenberger-Typ stand. Aber alles an ihr war einfach too much: Ihre Extensions waren zu blond, ihre Nägel zu lang, die Zähne zu weiß und die Haut viel zu stark gebräunt. Und erst ihre Kleider! Heute trug sie zu grünen Cowboystiefeln eine weite Flatterhose im Ethnolook, ein pinkfarbenes Shirt und eine lilafarbene Wollmütze. An jedem anderen hätte dieser Look unmöglich und nach Karneval ausgesehen, aber an Monika wirkte er ... cool. Und sie war noch so jung! Ganze sechs Jahre jünger als ich.

Bevor ich weiter mit meinem greisenhaften Alter hadern konnte, lenkte ich mich mit nackten Tatsachen ab und ging auf die Seite von YouTube. Doch leider war Ashton Kutchers Körper nur von Kopf bis zum Bauchnabel zu sehen, die interessanten Teile machte eine wabernde Pixelmasse unkenntlich. Nicht einmal ein Blick auf sein Gemächt war mir vergönnt! Ich seufzte.

Zum Glück war es gleich halb zehn. Zeit für unsere tägliche Morgenkonferenz. Da ich meinen heutigen Dreh, der von dem brandheißen Modethema „Reißverschlüsse" handelte, bereits vorbereitet hatte, war ich recht entspannt, als ich den Konferenzsaal betrat. Zumindest musste ich nicht befürchten, dass irgendwelche absurden Themen an mich herangetragen würden.

Erst letzte Woche hatte ein junges, aufstrebendes Nachwuchsmodel eine Jeans getragen, die aussah, als ob ein Tanga darunter hervorschaute. Mein Chef hielt es für eine gute Idee, noch am gleichen Tag über diesen Trend zu berichten. Ich durfte in der Stadt herumrennen, um ein ebensolches Teil aufzutreiben, ein megadünnes XXS-Model buchen, das Mädchen mit der Hose durch die Fußgängerzone schicken und harmlose Passanten fragen, ob sie diese Jeans ebenfalls tragen würden. Der ganze Dreh hatte sich als schwierig erwiesen, da das Mädchen beim Anblick der Hose in Tränen ausgebrochen war und ich sie nur mit Hilfe von drei Gläsern Sekt dazu bewegen konnte, sich darin der Öffentlichkeit zu präsentieren. Die meisten rannten davon, als sie mich mit dem Mikrofon auf sich zukommen sahen und die einzigen O-Töne, die ich bekam, endeten stets mit prustendem Gelächter. Aber Reißverschluss sei Dank! Heute würde ich vor solch unliebsamen Überraschungen verschont bleiben. Und so lehnte ich mich in meinem Stuhl zurück und beschloss, die Konferenz mehr oder weniger an mir vorbeirauschen zu lassen. Doch auf einmal wurde ich hellhörig.

„Ich finde, Fee sollte darüber berichten", hörte ich Monika mit ihrem nervtötenden norddeutschen Einschlag in der Stimme sagen.

„Was?" Ich fuhr hoch.

Sie wandte mir ihr zugekleistertes Gesicht zu.

„Auf bild.de ist ein Foto von Lady Gaga mit einer türkisfarbenen Rosentasche abgebildet. Gestern haben sie Sienna Miller mit einem schwarzen Maxirock gezeigt, auf dem Rosen abgedruckt waren. Ich denke, dass Rosen in diesem Herbst ein ganz heißes Thema in der Mode sein werden", erklärte sie süßlich.

Ulf schaute mich an. „Was sagst du, Fee?"

„Rosen. Kann sein. In letzter Zeit gab es nur wenig florale Drucke in der Mode", antwortete ich bemüht gelangweilt. Mir schwante jedoch Schlimmes. Und tatsächlich!

„Rosen werden diesen Herbst ein ganz wichtiges Thema in der Mode sein, glaub' mir. Ich finde, du solltest sie heute in Fees Welt aufgreifen." Monika drehte eine Haarlocke um den Finger und schaute mich unschuldig an.

Ich hatte es geahnt! Diese Schlange! Sie war am Freitag im Fundus gewesen, als ich mir das Outfit für den heutigen Drehtag zusammengestellt hatte: eine Bikerjacke zu einem duftigen Sommerkleid und hohe Pumps mit einer Reißverschlussnaht. Sie wollte meinen Dreh sabotieren.

„Das geht nicht." Ich straffte den Rücken. „Ich werde über Reißverschlüsse berichten. Der Trend dominierte die Frühjahrs- und Sommerkollektionen fast aller Modehäuser. Vor allem Chloe und Givenchy haben auf den Fashion Weeks ihre Models damit über den Laufsteg geschickt."

„Du könntest den Beitrag nächste Woche bringen. Durch das Lady-Gaga-Bild ist die Rosensache tagesaktuell", gab Ulf zu bedenken.

„Aber ich habe Reißverschlüsse vorbereitet", flüsterte ich fassungslos und sah Meike, meine Redaktionsassistentin, Hilfe suchend an.

Sie öffnete den Mund, doch ein Blick von Ulf ließ sie verstummen.

„Gut, Rosen!" Ich sank in meinen Stuhl zurück.

Vom Rest der Konferenz bekam ich nichts mehr mit. In meinem Kopf rotierte es. Ich hatte vorgehabt, die heutige Sendung im puristischen Ambiente der BMW-Welt zu drehen. Das Rosenthema würde dort wohl kaum hineinpassen. Ich musste also anrufen und den Termin auf nächste Woche verschieben, einen neuen Drehort besorgen, das Internet nach Stars im Rosenoutfit oder mit Rosenaccessoires durchforsten, im Fundus nach ebensolchen Dingen suchen und mir einen Text für mich und den Sprecher, der den Beitrag nachher vertonen sollte, überlegen. Das Filmteam würde mich um elf Uhr abholen kommen. In genau einer Stunde! Ich schrieb hastig eine Nachricht an Silvia, die Betreuerin des Fundus': „Hast du irgendetwas mit Rosen für mich? Monika hat mein Reißverschlussthema gekippt."

Silvia antwortete umgehend: „Nein, nichts! Nur einen langen Rock mit Blumen, die so ähnlich aussehen wie Rosen."

Ich verdrehte die Augen. So ähnlich wie Rosen. Super! Aber zur Not würde es gehen. Kaum hatte Ulf das Schlusswort gesprochen, spurtete ich nach draußen.

„Fahr in die Stadt und besorg mir irgendein Accessoire mit Rosen", zischte ich Meike im Vorbeirasen zu. „Wir holen dich um halb zwölf am Sendlinger Tor ab."

Zum Glück fand ich nach nur fünfminütiger Internetrecherche neben Lady Gaga und Sienna Miller noch vier weitere Prominente, die diesen Trend mitmachten. Ich druckte deren Bilder aus und rannte zum Fundus, um meinen Rock abzuholen. Die Blumen darauf sahen tatsächlich ein wenig wie Rosen aus. Aber zoomen durfte der Kameramann nicht.

Als ich mit dem Rock und einem roten Shirt zurück an meinen Schreibtisch kam, standen Monika und zwei Praktikantinnen davor.

„Seitdem sie das Baby hat, ist sie nicht mehr bei der Sache", hörte ich meine Kollegin sagen. „Wenn ihr das Internet nach neuen Themen durchforstet, darf euch ein solcher Trend nicht entgehen. Stellt euch vor, ein anderes Boulevardmagazin greift die Rosensache auf und wir nicht. Wie peinlich!"

„Was ist peinlich?", fragte ich provokant und alle drei fuhren herum.

„Lady Gagas Rosentasche", sagte Monika, ohne mit der Wimper zu zucken und lachte gekünstelt. „In diesem Türkiston. Wie peinlich! Aber was sollen wir machen? Alles, was diese Frau trägt, wird zum Trend."

Die beiden Praktikantinnen schauten betreten zu Boden. Ich starrte alle drei wütend an und verzog mich an meinen Platz. Susann, die einen Schreibtisch neben mir saß, hatte das Gespräch ebenfalls belauscht.

„Sie ist eine falsche Schlange. Vergiss, was sie gesagt hat. Hast du gesehen, was sie heute anhat?", fragte sie mitfühlend. „Geht gar nicht, oder?"

Ich nickte ihr dankbar zu. Tief in meinem Innern aber wusste ich, dass in Monikas Gerede mehr als nur ein winziges Quäntchen Wahrheit steckte.

Da ich auf einen Besuch in der Maske verzichtete, hatte ich, bis das Kamerateam eintraf, zumindest meinen Sprechtext in ein Notizbuch gekritzelt. Auf dem Weg in den Rosengarten des Westparks, der unser neuer Drehort sein sollte, teilte ich Meike in groben Zügen das Konzept mit. Sie hatte einen Hut mit aufwendigem Rosendekor gefunden, bei dem ich mich weigerte, ihn aufzusetzen, da er mich an Miss Marple erinnerte, und einen beigefarbenen Gürtel mit einer Lederrose als Schnalle. Er war mindestens eine Nummer zu klein. Aber wenn ich ein wenig flacher atmete, würde es gehen. Nachdem ich mich in dem Kleinbus umgezogen hatte, zückte Meike ihren Schminkkoffer und begann mein Gesicht zu bearbeiten.

Zwar dufteten die Rosen nicht mehr so intensiv wie noch einige Wochen zuvor und ihre Farben wirkten von der Sonne ausgeblichen, trotzdem hatte der Rosengarten auch Mitte September wenig von seinem Dornröschencharme eingebüßt. Ein leichter Wind fuhr mir durch die Haare und ließ mich für einen Moment vergessen, dass das Thermometer am Sender stolze 28 Grad angezeigt hatte. Gleich würde der Dreh beginnen, doch ich merkte, dass ich nicht richtig bei der Sache war. Der stressige Morgen saß mir in den Knochen, zu vieles musste erledigt werden, bevor ich Paul um halb sieben bei den Fernseh-Spatzen abholen durfte. Wenn ich mir auf dem Rückweg einen Salat kaufte, könnte ich in der Mittagspause in den Fitnessraum gehen. Am Nachmittag wollte ich das Material vom Dreh sichten und zusammen mit einem Cutter schneiden. Dann stand noch die tägliche Abschlusskonferenz auf dem Programm.

Sch...! Plötzlich fiel es mir ein. Ich hatte vergessen, einen Schneideplatz zu buchen. Jetzt, um zwölf Uhr, würden alle Plätze besetzt sein. Mir wurde übel. Ich musste einen meiner Kollegen, der ein weniger aktuelles Thema bearbeitete, rauswerfen. Ich würde den Zeitplan von jemand anderem über den Haufen schmeißen, so wie es Monika bei mir getan hatte. Ach Mist! Auf einmal war ich müde und den ständigen Wettlauf gegen die Zeit unsagbar leid. Wofür machte ich das alles? Ich produzierte Nachrichten, die die Welt nicht brauchte, die stets aktuell sein mussten und doch am nächsten Tag in Vergessenheit gerieten. Nichts Nachhaltiges. Nichts Bleibendes. Ich konnte mich ja selbst kaum an einen meiner Beiträge erinnern. Aber Jammern half nichts! Ich straffte die Schultern. Dies war mein Job. Ich machte ihn immer noch gut. Und früher hatte es mich auch nicht interessiert, dass ich damit keinen Pulitzerpreis gewinnen konnte. Aber seit der Geburt von Paul war ich dünnhäutiger geworden, verlor viel zu schnell die Nerven. Bisher hatte ich schließlich noch nie einen Dreh vergeigt.

In den Untiefen meiner Handtasche kramte ich mein Handy hervor, um Susann anzurufen. Von ihr wusste ich, dass sie einen Bericht über die besten Partyadressen der Stadt schneiden wollte, einen Lückenfüller, der heute genauso gut wie Anfang nächsten Jahres gesendet werden konnte. Doch da gab Meike mir das Zeichen. Sie puderte noch einmal mein Gesicht ab, bevor Frank die Kamera auf mich richtete, und Sven, der Tonassistent, das Mikrofon in Position brachte. Ich versuchte alle Gedanken an meine Nachlässigkeit auszublenden, mich nur auf den Dreh zu konzentrieren, und anfangs gelang es auch.

„Rosen, Rosen, überall Rosen. So wie hier im hinteren Bereich des Münchner Westparks, in dem ich mich gerade befinde, Rosen allgegenwärtig sind, werden diese Blumen in der kommenden Saison modische Akzente setzen“, zwitscherte ich und ließ mich darüber aus, dass es auf den Laufstegen der Welt von Rosentaschen, Rosenringen und Rosendrucken auf Shirts, Pullovern und sogar Hosen nur so wimmelte. „Die Stars haben es bereits im Sommer vorgemacht, zum Beispiel Lady Gaga, die zu einem grünen Lederkleid eine türkisfarbene Tasche in Form einer Rose trägt." So ging es weiter. Ich kommentierte den rosigen Haarreif von Katie Holmes' Tochter Suri ebenso wie den Rosenrock von Sienna Miller und die Rosentunika von Nicole Richie und war gerade dabei, das scheußliche rosenbestickte Minikleid eines bekannten Dessousmodels zu zerreißen, als ich auf einmal Schwierigkeiten bekam, zu atmen. Schon im Auto vorhin war mir unnatürlich heiß gewesen. Jetzt, unter dem rosenbedeckten Dach des Pavillons, schien die Luft endgültig zum Schneiden dick. Ich stockte. Lag es an dem zu engen Gürtel? Ich musste ihn ausziehen. Meike wies Frank an, die Kamera auszustellen.

„Ist etwas mit dir?", fragte sie.

„Nein, nein", winkte ich ab. „Alles in Ordnung. Der Gürtel ist zu eng."

Meike nickte. „Zieh das Ding aus. Frank wird ab jetzt nur noch deinen Oberkörper filmen. Fang noch einmal ab der Stelle an, an der du dieses schreckliche Kleid als Ikea-Bettdecke bezeichnest hast."

Frank brachte die Kamera erneut in Position, ich riss mir den Gürtel herunter und machte tapfer weiter. Doch das beklemmende Gefühl in Kopf und Brust wurde stärker statt schwächer. Ich spürte, wie Schweiß auf meine Stirn trat, und wollte Meike gerade darum bitten, mich noch einmal abzupudern, als die Geräusche um mich herum diffuser wurden, mein Blickfeld sich zu einem schmalen Tunnel verengte. Panik stieg in mir auf. Schlimmer noch als zwei Tage zuvor auf Lillys Hochzeit. Ich würde in Ohnmacht fallen! Dieses Mal war es so weit. Verzweifelt schüttelte ich den Kopf, um den drohenden Bewusstseinsverlust abzuwenden, kniff meine Augen zusammen und öffnete sie, als mein Herz auf einmal rasend schnell und laut zu schlagen begann. Alle Geräusche um mich herum verstummten, ich hörte nur noch meinen hämmernden Herzschlag, fühlte ihn in meinem Kopf, in meiner Brust, in meinem Bauch, überall. Ich konnte kaum noch atmen, in meinen Hände kribbelte es und in mir keimte eine schreckliche Erkenntnis auf: Ich würde nicht in Ohnmacht fallen. Ich würde sterben. Hier und jetzt. Vor laufender Kamera. So war das also. Ich hatte einen Herzinfarkt, eine Gehirnblutung, irgendetwas, das mich unaufhörlich nach unten zog. Verzweifelt wehrte ich mich, aber je mehr ich dagegen ankämpfte, desto stärker riss es mich mit sich fort. Vor einem halben Jahr hatte ich mir manchmal gewünscht, tot umzufallen. Aber doch nicht jetzt!

„Paul!“, dachte ich. „Er ist noch so klein.“ Dieser Gedanke gab mir Auftrieb.

„Bin gleich zurück“, presste ich hervor und rannte taumelnd die wenigen Meter in das nahe gelegene Restaurant. Auf der Toilette lehnte ich mich gegen das Waschbecken, öffnete den Hahn und schaufelte mir literweise kaltes Wasser ins Gesicht. Ich starrte mich im Spiegel an, um das unwirkliche Gefühl loszuwerden. Schaute mich immer wieder an, ließ Wasser über mein Gesicht und meine Handgelenke laufen, rieb mir die Schläfen und, als das alles nichts half, sank ich an die Wand und rutschte auf den Boden. Ich wollte weglaufen. Doch vor was und vor allem wohin? So blieb ich sitzen, den Kopf auf den Knien, und wartete ab, zu müde, um noch weiter gegen dieses verschlingende Nichts in mir anzukämpfen.

Seltsamerweise gab nicht nur ich in diesem Moment auf. Auch das Nichts beendete, zunächst fast unmerklich, sein Saugen und Ziehen an mir. Mein Herzschlag verlangsamte sich, mein Atem wurde regelmäßiger und ich konnte den Raum um mich herum deutlicher wahrnehmen. In diesem Augenblick betrat Meike die Damentoilette. Ihre Augen weiteten sich vor Schrecken, als sie mich am Boden kauern sah.

Mit zittrigen Knien stemmte ich mich nach oben. „Kreislaufprobleme.“

Ich schob mich an der Wand entlang nach draußen.

Auch das Kamerateam schaute mich seltsam an, als ich mit verschmiertem Gesicht und durchnässten Kleidern vor ihnen stand.

„Wir haben genug Material zusammen", sagte Meike unsicher. „Lasst uns zurückfahren!"

Ich nickte dankbar.

Zurück in der Redaktion ging ich zu Ulf und teilte ihm mit, dass ich krank sei. Nach dieser Erfahrung konnte und wollte ich mich nicht mehr mit Rosen beschäftigen. Beitrag hin oder her. Meike würde ihn für mich schneiden müssen.

Als ich Paul um kurz nach zwei aus der Krippe abholte, presste ich seinen pummeligen, kleinen Körper fest an mich. Ich vergrub meine Nase in seinen Haaren und atmete den tröstlichen Babygeruch tief ein und aus. Was auch immer das eben gewesen war, so etwas durfte nie wieder passieren!

Drei

„Hattest du früher Schluss?“, fragte Sam und öffnete die Wohnungstür. Er kam anscheinend gerade vom Volleyballtraining, denn er trug noch seine Sportsachen und begrüßte Paul und mich mit einem verschwitzten Kuss.

Ich trat ein und stolperte fast über den riesigen Wäschekorb, den ich ihm heute Morgen an eine, wie ich hoffte, strategisch günstige Stelle platziert hatte.

„Hattest du nicht versprochen, mehr im Haushalt zu machen?“, blaffte ich Sam an.

„Ich hätte die Wäsche schon noch zusammengelegt. Woher sollte ich wissen, dass du früher nach Hause kommst?“

„Mir ist schlecht geworden.“

Sam sah mich überrascht an. Es war nicht meine Art, mich wegen solcher Kleinigkeiten krankschreiben zu lassen. Doch da ihm Krankheiten und Unpässlichkeiten ein Gräuel waren, hakte er nicht weiter nach.

„Ich gehe duschen.“ Er verschwand im Bad.

Seufzend schob ich den Wäscheberg mit dem Fuß zur Seite und ging zur Küche, um Paul seinen Nachmittagsbrei zuzubereiten.

Systematisch machte ich mich daran, Wasser im Wasserkocher zu erhitzen und dieses unter ein paar Löffel Reisflocken zu rühren, sodass ein dicker, sämiger Brei entstand. Dann öffnete ich ein Glas Pfirsich-Banane, schüttete seinen Inhalt über die

Flocken und setzte Paul in seine Wippe. Der Fütterungsmarathon konnte beginnen.

Da mein Sohn Getreideflocken jeglicher Art hasste, der Kinderarzt aber meinte, dass Kohlehydrate unerlässlich für seine körperliche und geistige Entwicklung seien, erforderte diese Tätigkeit meine vollste Konzentration. Doch immer wieder drängte sich die unschöne Szene vom Vormittag in meine Gedanken.

„Denkst du daran, dass ich heute Abend nicht da bin?" Sam stand in der Tür. Er hatte ein Handtuch um seine Hüften gebunden, seine Haut war noch feucht vom Duschen.

„Wo gehst du hin?", fragte ich bemüht freundlich. Doch ich war mir sicher, dass er trotzdem den anklagenden Unterton heraushören konnte, der die letzten Wochen und Monate in all meinen Sätzen mitzuschwingen schien.

„Erst in den Biergarten, anschließend zum Pokern. Das habe ich dir aber gesagt."

„Stimmt, ich habe nicht mehr daran gedacht. Aber geh ruhig", sagte ich. „Schön, dass zumindest für einen von uns das Leben ganz normal weitergeht", fügte ich leise hinzu.

Sam hatte nach seiner Approbation als Apotheker auf den langweiligsten und selbstlosesten Beruf umgesattelt, den ich mir neben katholischem Priester und Altenpfleger vorstellen konnte: Er machte eine Ausbildung zum Biologie- und Chemielehrer und hatte die meisten Nachmittage frei.

Ich dagegen arbeitete von früh bis spät, nahm Paul mit zur Krippe und holte ihn ab. Darüber hinaus kam ich zu überhaupt nichts mehr.

Ich startete einen erneuten Versuch, unserem Sohn einen Löffel Brei einzuflößen. Doch dieses Mal war seine Hand schneller. Der orangefarbene Brei spritzte mir in die Augen. Als ich wieder etwas sehen konnte, strahlte Paul mich mit seinen zweieinhalb Zähnen an, sichtlich begeistert von seiner Aktion.

„He, he!“, lachte er.

Sam war verschwunden.

In allen Ratgebern, die ich gelesen hatte, stand, dass das Lachen ihres Babys Eltern für sämtliche Anstrengungen entschädigen würde. In meiner Schwangerschaft hatte ich diese Passagen stets mit einem verklärten Lächeln quittiert. Doch seit Pauls Geburt wusste ich es besser. Die Autoren dieser Bücher wurden für solche Äußerungen staatlich subventioniert, um den Kindermangel der Deutschen in den Griff zu bekommen.

„Hast du meine neue Jeans gesehen?“, schallte es gut gelaunt aus dem Bad.

„Sie liegt auf dem Boden im Schlafzimmer, gleich neben deiner benutzten Unterhose.“

Ich verzog das Gesicht. Warum konnte Sam sich nicht merken, wo er seinen Kram hingetan hatte? Aber was erwartete ich? Seine Mutter hatte ihm von früh bis spät alles hinterhergetragen.

Während ich den Löffel mit dem verpönten Brei wie ein Flugzeug durch die Luft kreisen ließ, um Pauls zusammengepresste Lippen doch noch zu öffnen, hörte ich Schritte in Richtung des besagten Zimmers, das Klicken eines Lichtschalters und kurz darauf ein unterdrücktes Fluchen. Ich ließ meinen Kopf auf die Tischplatte sinken.

„Die nächsten Tage müssen wir uns wirklich einmal Zeit nehmen, um die Lampe zu reparieren.“ Sams Kopf erschien in der Küchentür.

„Klar, lass uns doch gleich morgen dafür einen Termin blocken“, murmelte ich.

„Was hast du gesagt?“

„Nichts.“ Entnervt hob ich den Kopf, ging an den Schrank im Flur und nahm eine Glühbirne heraus. Ich kletterte auf einen Stuhl und tauschte sie gegen das kaputte Exemplar aus.

„Was machst du?“

„Ich repariere die Lampe."

„Die Birne war kaputt?" Sam sah mich verdutzt an. Doch dann erhellte sich sein Gesicht und er nahm mich in den Arm. „Was würde ich ohne dich machen?"

Ich entwand mich aus seiner Umarmung. „Viel Geld für Handwerker bezahlen?"

Sam trat einen Schritt zurück. „Warum reagierst du nur immer so gereizt? Seitdem Paul besser schläft, haben wir alles doch ganz gut im Griff."

„Ha! Im Griff. Dass ich nicht lache. Ich arbeite fünf Tage die Woche von neun bis halb sieben, und wenn ich abends heimkomme, sieht es in der Wohnung aus wie in einem Saustall. Ich koche, räume auf, mache die Wäsche. Und du bist nicht einmal dazu in der Lage, eine Glühbirne auszutauschen."

In der Küche begann Paul, zu protestieren. Ohne Sams Antwort abzuwarten, ging ich zu dem Kleinen, befreite ihn aus seiner Zwangslage und setzte ihn mir auf den Hüftknochen. Als ich zurückkam, tippte Sam etwas in sein Handy ein.

„Was machst du?" Wieder dieser anklagende Unterton. Hatte ich nicht vor einigen Monaten noch mit säuselnder Babystimme auf ihn eingeredet?

„Monika hat mir geschrieben." Er klang erfreut.

„Monika? Meine Kollegin? Warum das denn?" Ich war misstrauisch. Sam und sie hatten sich auf dem letzten Sommerfest des Senders kennen gelernt. Aber dass sie Nummern ausgetauscht hatten, war mir neu.

„Sie wird einen Vortrag über die Gefahren von Castingshows an meiner Schule halten." Ohne aufzuschauen, tippte er weiter auf dem Display herum.

„Monika?" Ich hörte wohl nicht recht. „Du hast Monika gefragt, ob sie an deine Schule kommt, um über Castingshows zu berichten?"

„Hab ich dir das nicht gesagt?“

„Nein. Warum zum Teufel hast du gerade sie darum gebeten?“

„Ich habe ihr auf eurem Sommerfest erzählt, dass vor allem Jugendlichen aus ärmeren Familien Shows wie „DSDS“ als ein Sprungbrett ansehen, und sie hat mir angeboten, mit ihnen darüber zu reden, wie es hinter den Kulissen abläuft.“

„Und warum hast du mich nicht gefragt? Wir wohnen schließlich zusammen“, sagte ich so neutral, wie es mir trotz meiner überlaufenden Galle möglich war.

„Was willst du denn noch alles machen? Du gehst 40 Stunden in der Woche arbeiten und hast ein kleines Kind, um das du dich sowieso viel zu wenig kümmerst.“

Mir platzte der Kragen. Ich und mein Job. Immer die gleiche Leier. Dabei arbeitete ich nicht aus Spaß Vollzeit, sondern weil Sams kümmerliches Referendargehalt nicht ausreichte, unsere Miete zu bezahlen. Auch ich wäre lieber schon um zwei zu Hause und könnte mit Paul im Englischen Garten oder in der Stadt herumbummeln, anstatt von früh bis spät in einem fensterlosen Großraumbüro zu sitzen und Paul mit seinen knapp neun Monaten bereits den ganzen Tag von anderen Leuten betreuen zu lassen.

Wütend giftete ich ihn an: „Wenn du denkst, dass Paul so stark vernachlässigt wird, warum fährst du nicht nach deinem anstrengenden Sechs-Stunden-Tag zum Sender raus und holst ihn früher aus der Krippe ab?“

„Und wann sollte ich bitte meine Schulvorbereitungen machen?“ Sam sah mich mit unbewegter Miene an. Ich hasste diesen Gesichtsausdruck. „Wenn du nach Hause kommst, bist du mit der Arbeit fertig. Wenn ich nach Hause komme, liegt das meiste noch vor mir.“

„Oh! Entschuldigung! Es ist natürlich nicht möglich, eine Stunde über das Eichhörnchen zu konzipieren, wenn ein kleines Kind neben dir sitzt. Hast du schon einmal darüber nachgedacht, deine Schulvorbereitungen abends zu erledigen?“

„Wie du bestimmt gemerkt hast, mache ich einen Großteil davon erst, wenn Paul im Bett ist."

„Ja, weil du schlafen musst, wenn du von der Schule kommst und danach Volleyball spielst oder in den Biergarten gehst."

„Ich gehe nur zweimal in der Woche zum Training. Und weißt du, wie lange ich nicht mehr im Biergarten war?"

„Bestimmt nicht so lange wie ich." Ich seufzte. „Lassen wir das. Ich will mich nicht streiten. Aber trotzdem … Warum hast du mich nicht gefragt? Ich bin schon viel länger in dem Geschäft als sie und habe viel …"

„Das hast du von deinem Vater geerbt", unterbrach mich Sam gereizt.

„Was?", fragte ich.

„Den krankhaften Ehrgeiz, in allem besser zu sein als andere", antwortete er.

„Das stimmt überhaupt nicht", entgegnete ich wütend. „Wirf mir das nicht vor! Und außerdem geht es mir auf die Nerven, dass du ständig über meinen Vater lästerst."

„Tut mir leid. Aber welcher andere Vater misst die Qualität seiner Schwiegersöhne schon daran, wer bei einer Bergtour NACH ihm als Erster ins Ziel kommt? Er hält mir heute noch vor, dass Torsten bci unserer Wanderung durch die Partnachklamm die Hütte vor mir erreicht hat."

Ich drehte mich wortlos um und ging mit Paul auf dem Arm zurück in die Küche. Dieses Gespräch war grotesk! Und ich musste erst einmal damit fertigwerden, dass Monika, die mir diesen absolut beschissenen Tag beschert hatte, sich mit meinem Freund treffen wollte.

In der Küche sah es aus wie auf einem Schlachtfeld. Überall stand schmutziges Geschirr herum und die vorher zartgrüne Wand hinter dem Tisch war seit einigen Wochen mit orangefarbenen Klecksen gesprenkelt.

„Ich bin kurz im Bad", rief ich Sam zu und setzte Paul auf dem Boden ab.

Im Badezimmer lehnte ich mich gegen die kühlen Fliesen und schloss für einen Moment die Augen. Vor mir stieg ein Bild aus einer längst vergangenen Frühlingsnacht auf: Es war warm und roch nach süßem Gras. Und ich konnte David sehen, wie er mit seiner Geige vor der dunklen Silhouette des Monopteros stand, angestrahlt vom Mond, und die Dunkelheit mit verheißungsvollen Klängen erfüllte.

Als ich meine Augen öffnete, stand meine Mutter vor mir. Ich schüttelte verwirrt den Kopf und Milla verschwand. Stattdessen blickte ich in mein eigenes Spiegelbild. Ich war blass und die feine Ader an meiner linken Schläfenseite, die ich so hasste, war deutlich sichtbar. Milla! In letzter Zeit sah ich sie ständig vor mir, wenn ich in den Spiegel schaute. Blonde Locken, blaue Augen und ein leicht vorstehendes Kinn. Schon als Kind hatte ich ihr ähnlich gesehen. Doch mit zunehmendem Alter mutierte ich immer mehr zu ihrem Zwilling. Nur ihre schmale, aristokratische Sharon-Stone-Nase, das Schönste an ihr, musste sie mir natürlich vorenthalten. Mein eigener Zinken war eher Modell Gérard Depardieu. Nichtsdestotrotz wurde nicht nur meine Mutter, sondern auch ich häufig mit der Schauspielerin aus „Basic Instinct" verglichen. Meine Schwestern und Freundinnen beneideten mich um diese Ähnlichkeit. Ich selbst konnte jedoch keinen besonderen Vorteil darin sehen, stets von Männern angebaggert zu werden, die herausfinden wollten, ob ich einen Eispickel unter dem Bett versteckt hielt.

Paul patschte gegen die Tür. Doch ich ignorierte seine Bitte, ihn hereinzulassen. Nur ein paar Minuten Ruhe. Nur ein paar Minuten nicht funktionieren müssen.

Mechanisch griff ich in meinen Kosmetikbeutel, nahm einen hellen Concealer heraus und arbeitete ihn sanft in die Partie unter meinen Augen ein, um die Spuren des schrecklichen Vormittags wegzuschminken. Schon besser! Prüfend schob ich meine Ponysträhnen beiseite. Die Haut auf meiner Stirn sah aus, als hätte jemand mit einem Pizzarad darauf herumgerollt. Überall kleine Furchen und Linien – und oberhalb der Nasenwurzel zwei deutlich sichtbare Zornesfalten.

Vor meiner Schwangerschaft hatte ich mir alle drei Monate eine Botoxinjektion verabreichen lassen. Auch wenn ich wusste, dass ich für den Preis einer Spritze gleich zwei Kühe für eine afrikanische Familie kaufen könnte, so beruhigte ich mein schlechtes Gewissen stets damit, dass diese dreihundert Euro eine berufliche Investition waren. Als Paul sich ankündigte, hatte meine mütterliche Ader jedoch über die Eitelkeit gesiegt und die quartalsmäßige Giftdosis wurde durch Besuche im Kosmetikstudio ersetzt. Seitdem er auf der Welt war, fielen auch die flach, und ich verlegte mich stattdessen auf sündhaft teure Gesichts- und Augencremes. Doch wenn ich mich jetzt so betrachtete, waren die einfach nicht so effektiv wie Botoxspritzen. Ich beugte mich noch ein wenig näher an mein Spiegelbild heran und zog mit den Zeigefingern die Zornesfalten zwischen den Augenbrauen leicht auseinander. Sofort erschien mein Gesichtsausdruck entspannter. Ich musste dringend einen Termin bei meinem Dermatologen ausmachen! Und mir ein paar neue Kleider kaufen. In den letzten Monaten hatte ich Boutiquen, es sei denn, sie führten Kindermode, meist nur von außen gesehen.

Mein Herzschlag setzte für einen kurzen Moment aus, um dann umso heftiger gegen die Rippen zu pochen. Was war das denn? Sofort stieg Panik in mir auf. Nicht schon wieder! Doch dieses Mal würde ich nicht die Nerven verlieren. Wie groß war schließlich die Chance, zweimal an einem Tag fast zu sterben? Aber mein vegetatives Nervensystem war schneller als meine Ratio. Denn in Sekundenschnelle verengte sich mein Blickfeld erneut, und in meinen

Ohren begann es, zu rauschen. Ich hörte nur noch den hämmernden Schlag meines Herzens, das wie eine Flipperkugel im Brustkorb herumtobte. In meinen Augenwinkeln sausten blinkende Fäden nach unten. Ein Gehirnschlag! War das die Strafe dafür, dass ich die Warnung von heute Mittag nicht ernst genommen hatte, mich eben noch um den Alterungsprozess meiner Haut und um meine Kleidung gesorgt hatte, anstatt dankbar zu sein, überlebt zu haben?

Mit zitternden Händen machte ich einen Waschlappen nass und presste ihn auf die Stirn. Zwang mich ruhig ein- und auszuatmen. Kämpfte mit aller Macht gegen die drohende Bewusstlosigkeit an. Doch die Flipperkugel tobte weiter, der schwarze Sog zog mich unaufhörlich nach unten. Ich musste Hilfe holen. Schnell!

Auf wackeligen Beinen lief ich ins Schlafzimmer, wo Sam sich ein frisches Shirt anzog.

„Sam! Ich habe einen Gehirnschlag oder etwas Ähnliches", stieß ich hervor, bemüht, in dieser absurden Situation Haltung zu bewahren. „Kannst du bitte den Notarzt rufen?"

Paul kam auf mich zu gekrabbelt und zog sich an meinen Rock hoch. Er wollte auf den Arm genommen werden, doch ich reagierte nicht. Sam sah mich an, als hätte ich den Verstand verloren.

„Bitte!", flehte ich. „Ruf den Notarzt!" Ich schüttelte Paul ab, der sofort anfing, zu protestieren und ließ mich auf das Bett sinken. Die Schwärze in meinem Kopf machte sich immer mehr breit, alles um mich herum drehte sich und die Wucht meines Herzschlages nahm mir den Atem. Ich zog meine zitternden Beine in einem Neunzig-Grad-Winkel zu mir heran und hielt sie nach oben. Wenn ich ohnmächtig wurde, hatte ich verloren. Ich musste aushalten, bis der Notarzt kam, um mir zu helfen. Doch von Sam kam keine Reaktion. Erst als Paul sich von mir abwandte und auf ihn zukrabbelte, löste er sich aus seiner Erstarrung und nahm ihn hoch.

„Du hast keinen Gehirnschlag", sagte er verständnislos.

„Doch! Ich habe einen!" Meine Stimme überschlug sich fast. „Ruf endlich einen Arzt!"

„Bestimmt nicht." Sam schüttelte den Kopf. „Der lacht dich nur aus. Ich gehe in den Biergarten. Bis ich zurück bin, hast du dich hoffentlich beruhigt."

Er setzte Paul zu mir auf das Bett und verließ das Schlafzimmer. Kurz darauf schlug die Wohnungstür hinter ihm zu.

„Da!" Paul zeigte nach draußen. Ich hob vorsichtig den Kopf an. Mein Herzschlag hatte sich ein wenig normalisiert. Auch das unkontrollierte Zittern von Armen und Beinen ließ nach. Langsam richtete ich mich auf. Ich traute dem Frieden nicht, wartete darauf, dass der Anfall erneut aufwallte. Doch nichts geschah.

Schwer atmend zog ich Paul auf meinen Schoß. „Was zum Teufel ist nur los mit mir?", fragte ich ihn und er sah mich aus runden Augen an. „Mich so gehen zu lassen. Erst heute Mittag auf der Arbeit, nun vor deinem Papa. Früher wäre mir das nicht passiert." Paul strampelte mit Händen und Füßen. Ich kitzelte ihn unter dem Kinn und er begann zu kichern. Was war ich für ein Weichei! Ich sollte stark sein. Schließlich hatte ich ein kleines Kind, für das ich sorgen musste. Zugleich stieg Wut in mir auf. Auf Sam, dem es egal zu sein schien, wie ich mich fühlte. Der mich allein gelassen hatte. Schon wieder.

Stärke hin oder her. Jetzt brauchte ich erst einmal Hilfe. Wenn ich sie von meinem Freund nicht bekam, würde ich sie mir eben an anderer Stelle holen. Entschlossen ging ich in den Flur und griff nach dem Telefon.

„Neurologische Gemeinschaftspraxis Mertens und Schmitz, mein Name ist Aschenbrenner, was kann ich für Sie tun?", fragte mich eine routinierte Frauenstimme am anderen Ende der Leitung.

„Felicitas Baum. Haben Sie heute noch einen Termin frei? Es ist ein Notfall."

Anschließend rief ich meinen Vater an, der gerade beim Einkaufen war.

„Kannst du mich um halb fünf in Freising am Bahnhof abholen?"

Vier

„Was kann ich für Sie tun?“ Dr. Mertens schaute mich über seine randlose Brille hinweg an.

Ich schlug die Augen nieder. Bei meinem letzten Besuch war ich überzeugt gewesen, diese Praxis nie mehr betreten zu müssen. Und nun saß ich schon wieder hier. Der endgültige Beweis dafür, jemand zu sein, der sein Leben einfach nicht auf die Reihe bekam.

„Heute Mittag ist mir etwas Seltsames passiert“, begann ich und schluckte ein paar Male, da meine Stimme rau und belegt klang. Ich erzählte ihm davon, wie es mir während der Arbeit ergangen war. „Vielleicht hatte ich einen Gehirnschlag“, beendete ich meine Ausführungen.

„Wohl kaum. Denn dann würden Sie jetzt nicht vor mir sitzen.“ Dr. Mertens’ Mundwinkel zuckten leicht. „Erzählen Sie mir, wie es zu diesem Zustand kam.“

Obwohl ich nicht wusste, was es bringen sollte, berichtete ich ihm von meinem stressigen Morgen und der Hitze und Schwüle im Westpark. Dr. Mertens schrieb eifrig mit.

„Wie haben Sie sich während dieser ersten Attacke gefühlt?“

Wie ich mich gefühlt hatte? Fast hätte ich gelacht. Ich hatte gedacht, jeden Moment tot umzufallen. Wie fühlte man sich in dieser Situation wohl?

„Ich hatte Angst. Was wahrscheinlich normal ist, wenn man befürchtet, gleich zu sterben.“

„Und wie hat sich diese Angst geäußert?“

„Das habe ich Ihnen doch bereits gesagt", erwiderte ich ein wenig unwillig. „Schwindel, Herzrasen. Ich bekam keine Luft mehr, mein Blickfeld verengte sich."

„Wo haben Sie sich während Ihres zweiten Anfalls befunden?"

„Zu Hause. Im Bad." Dass ich darüber nachgedacht hatte, restaurative Maßnahmen bezüglich meines Gesichts zu ergreifen, erwähnte ich nicht.

„Was haben Sie in dieser Situation gemacht?"

Allmählich verlor ich die Geduld. Ich wollte eine umfangreiche körperliche Untersuchung, ein EKG, ein Kopfultraschall, irgendetwas, dass mir die Gewissheit gab, nicht todkrank zu sein. Was ich nicht wollte, war, mir die schrecklichen Situationen von heute Morgen erneut ins Gedächtnis zu rufen. Aber ich fügte mich.

„Ich bin zu meinem Freund gegangen und habe ihn darum gebeten, den Notarzt zu alarmieren."

„Hat er das getan?"

„Nein", gab ich widerstrebend zu. „Er hat die ganze Sache nicht ernst genommen." Mehr musste er nicht wissen.

Dr. Mertens sah mich einen Moment schweigend an, dann flitzte sein Stift über das Papier. Hatte ich etwas Falsches gesagt?

„Aber ist denn die Reaktion meines Freundes überhaupt wichtig?", fragte ich ihn. „Können wir nicht direkt mit den Untersuchungen beginnen?"

Dr. Mertens winkte ab. „Zuvor möchte ich noch einiges abklären. Gab es Veränderungen in ihrem Leben?"

Einen Augenblick dachte ich darüber nach, ihm von David zu erzählen. Nein! Er hatte mit all dem nichts zu tun.

Ich schüttelte den Kopf. „Außer dass ich vor einigen Monaten wieder angefangen habe zu arbeiten, nichts."

„Fühlen Sie sich durch Ihren Beruf gestresst?"

„Ist das nicht normal?"

Irritiert beobachtete ich, wie er erneut in meiner Patientenakte herumkritzelte.

„Hatten Sie vor dem heutigen Tag schon einmal ein solches Erlebnis?", fragte er, ohne aufzublicken.

„Nein." Ich schnaubte. „Sonst hätte ich bestimmt eine gewisse Routine darin."

„Gut." Er klappte meine Akte zu. „Setzen Sie sich bitte kurz ins Wartezimmer. Meine Sprechstundenhilfen werden Ihnen Blut abnehmen und ein EEG machen, um auszuschließen, dass Ihre Anfälle organische Ursachen haben."

Als ich ins Wartezimmer zurückkehrte, schaute mein Vater müde von seiner Zeitschrift auf. „Und?"

Ich betrachtete den schlafenden Paul, der in seiner Babyschale neben ihm lag, und zog seine Decke ein wenig höher. „Dr. Mertens muss noch einige Untersuchungen machen. Du brauchst nicht zu warten. Ich nehme nachher den Bus."

„Ich bleibe. Zu Hause wartet sowieso niemand auf mich. Dein Opa wird bei seiner neuen Freundin sein und deine Mutter ist bestimmt immer noch stinksauer, weil heute Mittag jemand ihre Hortensien im Vorgarten geköpft hat."

„Oh!" Ich riss gespielt entsetzt die Augen auf. „Hat Milla den Täter ermitteln können?"

„Nein, aber sie hat einen Fußabdruck im Beet gefunden. Es ist also nur noch eine Frage der Zeit."

„Lass mich raten. Sie hat eins der Aibl-Kids im Verdacht."

„Natürlich." Mein Vater schüttelte sich leicht. „Ich bin zwar auch nicht froh darüber, dass diese verlotterte Familie ins Haus gegenüber eingezogen ist, aber so hat deine Mutter wenigstens etwas, mit dem sie sich den ganzen Tag beschäftigen kann. Weiß Sam, dass du hier bist?"

„Nein. Er ist im Biergarten und heute Abend geht er zum Pokern. Ich habe ihm einen Zettel auf den Küchentisch gelegt."

Mein Vater verzog geringschätzig das Gesicht. Ich wusste, was er dachte. Im Biergarten herumlümmeln und Karten spielen. Dafür hat er als Lehrer jetzt Zeit!

„Ich weiß, du magst ihn nicht", sagte ich resigniert.

„Ich mag ihn", widersprach er. „Er ist ein netter Kerl. Ich finde nur, dass ihm der Biss fehlt. Er ist nicht bereit, sich für etwas ins Zeug zu legen. Du hättest ihn auf unserer Wanderung sehen sollen ..."

„Er hat mir von eurem Rennen erzählt", unterbrach ich ihn genervt.

Diese blöde Wanderung! Warum musste mein Vater aus allem einen Wettkampf machen? Erst vor ein paar Wochen hatte er sich im Englischen Garten einen Battle mit einem anderen Großvater geliefert, der ebenfalls mit einem Kinderwagen unterwegs war. Dass er bei seiner Raserei auch Milla und mich abgehängt hatte, war ihm lange Zeit völlig entgangen.

„Frau Baum." Eine rothaarige Sprechstundenhilfe mit kurzen Haaren erschien und nickte mir zu.

Sie führte mich zu einer Kabine an der Längsseite der Praxis, die von außen einsichtig war. Nachdem sie mehrere Behältnisse voll Blut abgezapft hatte, bekam ich eine weiße Badekappe, an der unzählige bunte Drähte befestigt waren, auf den Kopf.

„Mein Gott, ich sehe aus wie ein Affe, der in einem Versuchslabor gefangen gehalten wird!", dachte ich schockiert und hoffte inständig, dass niemand, der mich kannte, vorbeikam. Auf meinen fragenden Blick erklärte mir die Arzthelferin, dass sie meine Gehirnströme messen würde. Anhand der Aufzeichnungen konnte man mögliche Gehirntumore grob lokalisieren und erfahren, ob ich zu Krämpfen neigte.

Nach dieser demütigenden Untersuchung musste ich erneut zu Dr. Mertens.

„Ich kann Sie beruhigen. Mit Ihrem Gehirn ist alles in Ordnung. Und anhand des Blutbildes kann ich feststellen, ob Ihr Anfall durch eine Störung der Schilddrüse hervorgerufen worden ist. Das Ergebnis liegt allerdings erst morgen vor", eröffnete er den zweiten Teil unseres Gesprächs.

„Und wenn ich keine Schilddrüsenstörung habe? Was fehlt mir dann?"

„Lassen Sie uns das Ergebnis abwarten."

„Ich möchte aber eine Antwort." Ungeduldig tippte ich mit dem Fuß auf den Boden.

Dr. Mertens seufzte. „Ich denke, dass Sie einen Panikanfall hatten. Sie sind zu streng zu sich, das habe ich Ihnen bereits bei Ihren letzten Besuchen gesagt. Sie wollen alles perfekt machen und Sie sind gestresst. In solchen Situationen genügt oft ein kleiner Auslöser, um eine Attacke auszulösen."

„Und was kann ich dagegen tun?"

„Wenn alle organischen Faktoren ausgeschlossen werden können, wäre es gut, wenn Sie ein paar Sitzungen bei einer Psychotherapeutin ausmachen, damit der genaue Grund für Ihre Anfälle herausgefunden wird. Und lesen Sie sich diese Broschüre durch."

Er drückte mir ein dünnes weißes Heftchen mit der Aufschrift „Panikattacken – Symptome, Auslöser, Therapien" in die Hand.

„Ich werde Sie bis zum Ende der Woche krankschreiben." Er sah mich mitfühlend an. „Panikattacken sind nichts Außergewöhnliches. Fast die Hälfte aller Menschen hat sie mindestens einmal im Leben. Gefährlich werden sie nur, wenn sie Einfluss auf unseren Alltag nehmen."

Ich verließ sein Behandlungszimmer mit dem unguten Gefühl, dass er mich nicht ernst nahm. Ich hatte heute gleich zweimal gedacht, zu sterben, und er erzählte mir, ich sei zu streng mit mir und gestresst. Inständig hoffte ich, dass die Untersuchung meines Blutbildes mir eine schwere Schilddrüsenstörung bescheinigen würde. Von ihr wusste ich zumindest, dass sie mit ein paar Hormonen in den Griff zu bekommen war.

Wenn meine Mutter sich wunderte, dass mein Vater nicht nur die Wocheneinkäufe, sondern auch Paul und mich mit nach Hause brachte, so ließ sie es sich nicht anmerken. Sie war aber auch viel zu sehr damit beschäftigt, Kalle Blomquist zu spielen und den Mord an ihren unschuldigen Hortensien aufzuklären.

Als ich mich mit Paul auf dem Arm dem Haus meiner Eltern näherte, wackelte mir mein Großvater entgegen. Seitdem ihn seine langjährige Lebensgefährtin Ingrid vor einem halben Jahr wegen eines Seitensprungs rausgeschmissen hatte, wohnte er bei ihnen.

„Bei uns ist heute was los!“, rief er mir fröhlich zu. „Es ist besser als Kino.“

Ich drückte ihm einen Kuss auf seine faltige Wange und ging weiter.

Milla hörte ich schon mehrere Sekunden, bevor ich sie sah. Wie ein Zerberus stand sie vor der Haustür und forderte fünf blonde, schmuddelige Kinder, die sich nur durch ihre Größe voneinander unterschieden, dazu auf, ihre Schuhe auszuziehen. „Wenn ihr euch weigert, muss ich zu euren Eltern gehen!“, zeterte sie.

Mit ihren 1,75, das Metermaß drohend erhoben, sah sie wahrhaftig eindrucksvoll aus. Doch die Aibl-Kids waren aus dem Fernsehen wohl schlimmere Kreaturen gewöhnt. Sie blickten kurz auf meine Mutter, dann auf ihre löcherigen Schuhe und rannten in alle Richtungen davon. Ein kleiner Junge mit Rotznase und zwei verschiedenfarbigen Socken drehte sich noch einmal nach ihr um und zeigte ihr eine lange Nase. Der fette, inkontinente Familienhund hoppelte seinen Besitzern nach und hinterließ dabei eine Pippi-Spur.

„Sodom und Gomorrha", seufzte Milla später beim Abendessen. „Würden wir in Neuperlach wohnen, könnte unsere Nachbarschaft nicht schlimmer sein. Diese furchtbaren Aibls ...", begann sie.

Opa Willy spitzte aufmerksam die Ohren, doch mein Vater und ich verdrehten die Augen. Wir wussten, was jetzt kommen würde: ein endlos langer Monolog darüber, welch schrecklicher Tortur sie sich tagtäglich wegen ihrer Nachbarn ausgesetzt sah.

Ich bemühte mich, eine mitfühlende Miene aufzusetzen und in ihren kurzen Redepausen ein zustimmendes „Hm" ertönen zu lassen, innerlich schaltete ich jedoch ab. Meiner Meinung nach sollte jemand, der täglich meditierte und mit allerlei spirituellen Wesen kommunizierte, Widrigkeiten des Alltags wie geköpften Hortensien ein wenig gelassener gegenüberstehen.

Andere Leute kaufen sich einen Hund oder eine Katze, wenn die Kinder groß werden, meine Mutter nahm Kontakt zu Engeln auf.

Da niemand außer ihr diese Wesen sehen und mit ihnen sprechen konnte, fiel es meinem Vater, meinen Schwestern und mir jedoch schwer, ihre Anwesenheit in unserer Familie zu akzeptieren. Vor allem, da sie sich mit Anweisungen uns gegenüber nicht zurückhielten. Sie ließen Lilly zum Beispiel ausrichten, dass sie sich nicht von einem Mann abhängig machen sollte, und sie waren vehement dagegen, dass ich mich Botoxbehandlungen unterzog. Meinem Vater rieten sie, kein Bier mehr zu trinken und Mia, Männer und Jobs weniger häufig wechseln. Lediglich die brave Helga verschonten sie mit klugen Ratschlägen. Diese Engel waren furchtbare Nervensägen!

Dabei hatte alles ganz harmlos begonnen: Nachdem Mia, als Letzte von uns vieren, vor drei Jahren von zu Hause ausgezogen war, bekam meine Mutter auf einmal schreckliche Kopfschmerzen. Wahrscheinlich fiel die Last jahrzehntelanger Anspannung von ihr ab. Aber Milla redete sich ein, sie hätte einen Tumor. Da keiner der Ärzte, die sie aufsuchte, etwas entdecken konnte, wandte sie sich an eine chinesische Kräuterfrau. Die Schmerzen in Millas Kopf verschwanden, die Bemerkung der guten Frau dagegen, selten so eine reine und starke Aura gesehen zu haben, hatte sich fest darin verankert. Milla begann sich fürs Esoterische zu interessieren, sie las Bücher über Wahrsagerei und ließ sich die Zukunft voraussagen. Nachdem ihr eine Handleserin aber einen schrecklichen Tod mit Ende vierzig prophezeite – meine Mutter war zu diesem Zeitpunkt bereits Mitte fünfzig –, war sie zwar geschmeichelt, etliche Jahre jünger geschätzt zu werden, fühlte sich aber übers Ohr gehauen. Sie, die mir nie besonders religiös erschienen war, verlegte sich aufs Spirituelle und fand einen direkten Kanal zu Gottes himmlischen Helfern. Außerdem begann sie eine Ausbildung zur Reiki-Meisterin, eröffnete eine kleine Praxis in unserem Haus und schaffte es durch bloßes Handauflegen tatsächlich, mehrere Patienten von ihren körperlichen und geistigen Beschwerden zu befreien. Bei mir dagegen hatte sie versagt, was ihrer Meinung nach aber nicht an ihren mangelnden Fähigkeiten lag, sondern an meiner Unfähigkeit, mich den Energien des Universums zu öffnen.

Fremden Menschen mochte sie vielleicht helfen, doch an den Problemen ihrer Kinder und ihres Ehemanns war sie meist nicht interessiert. Das zeigte sich auch heute. Denn erst nachdem Milla sich gut fünfzehn Minuten über sämtliche Sünden der Aibls ausgelassen hatte, sah sie mich auf einmal erstaunt an.

„Wieso kommst du uns unter der Woche besuchen? Musst du morgen nicht arbeiten?"

„Ich bin krankgeschrieben."

Milla hob eine Augenbraue. „Du siehst nicht krank aus?"

„Ich habe Halsschmerzen", log ich.

Ihr würde ich bestimmt nichts von meiner Nahtoderfahrung erzählen. Ich hatte mich ihr einmal anvertraut, vor neun Monaten. Die wenig schmeichelhafte Aussage „Wir haben wohl bei unserer Erziehung irgendetwas falsch gemacht." war ihre einzige Reaktion darauf gewesen. Auch dieses Mal hakte sie nicht nach.

„Helga und ich wollen morgen Abend ins Kino gehen. Kommst du mit?", fragte sie mich.

„Nein. Ich fahre morgen früh zurück nach München." Ich nahm Paul aus seinem Hochstuhl. „Komm, kleiner Mann! Ab ins Bett!"

Als ich eine halbe Stunde später geduscht und mit frischgewaschenen Haaren im Bett des Kinderzimmers lag, das ich mir jahrelang mit Helga hatte teilen müssen, bedauerte ich es, Millas himmlische Freunde in Worten und Gedanken so häufig verwünscht zu haben. Denn in dieser Nacht hätte ich einen Schutzengel gut gebrauchen können. Ich fürchtete mich davor, die Kontrolle über Körper und Geist abzugeben, vor dem Nichts, das heute zweimal versucht hatte, mich mit sich zu ziehen. Sobald ich wegdämmerte, schwappte eine Welle der Panik über mich und ich schreckte mit klopfendem Herzen hoch. Immer wieder tauchte Davids Gesicht vor meinen Augen auf. Was sollte das denn?

Erst weit nach Mitternacht siegte meine Müdigkeit über meine Angst und es gelang mir, in einen unruhigen Schlaf zu fallen.

*

Am nächsten Morgen konnte ich es kaum abwarten, Dr. Mertens anzurufen. Doch der Test brachte leider nicht das gewünschte Ergebnis. Ich hatte bombastische Blutwerte und meine Schilddrüse funktionierte tadellos. Erneut legte er mir ans Herz, über ein paar Sitzungen nachzudenken, um meinen übersteigerten Perfektionismus und mein Stressproblem in den Griff zu bekommen. Ich verdrehte die Augen. Ja, gestresst war ich. Definitiv. Aber zu hohe Anforderungen an mich stellte ich ganz bestimmt nicht. Mir selbst gegenüber war ich ausgesprochen nachsichtig. Ich verzieh mir mein mangelndes politisches und geografisches Allgemeinwissen, meine Shoppingsucht und meine Unfähigkeit, ein Leben ohne Putzfrau zu führen. Halbherzig versprach ich ihm jedoch, mich in München nach einer Therapeutin umzusehen. Doch was sollte das bringen? Ich hatte einen anstrengenden Job und ein kleines Kind. Damit musste ich klarkommen. Und für einen weiteren wöchentlichen Termin fehlte mir die Zeit. Ich würde mir eine Yoga-DVD bestellen.

Fünf

„Du hast einen tollen Freund“, schwärmte Monika.

Sie lehnte in einem wallenden indischen Kleid an meinen Schreibtisch, die obligatorischen Cowboyboots lässig überschlagen, und schien sich nicht daran zu stören, dass ich an einem Gespräch ganz offensichtlich nicht interessiert war. „Er geht so einfühlsam mit den Kids um und scheint bei allen beliebt zu sein. Es muss wundervoll sein, so in seinem Beruf aufzugehen.“

Ich grummelte vor mich hin und tat so, als würde ich etwas in meiner Tasche suchen.

„Ich wusste gar nicht, dass seinen Eltern gleich drei Apotheken gehören.“

„Hm“, murmelte ich und kramte weiter.

„Sie waren bestimmt furchtbar enttäuscht, als er ihnen gesagt hat, dass er kein Apotheker, sondern Lehrer werden will. Er ist schließlich ihr einziges Kind. Ich finde das ganz schön mutig von ihm.“

Ich verdrehte die Augen und starrte immer noch stoisch nach unten.

„Es macht dir doch hoffentlich nichts aus, dass Sam mich heute Abend zum Essen eingeladen hat, quasi als Dankeschön dafür, dass ich mit seinen Schülern gesprochen habe?“

Was? Jetzt schaute ich doch hoch. Davon hatte Sam mir überhaupt nichts gesagt. Und wann war Monika bei ihm in der Schule gewesen?

„Nein, natürlich nicht. Das gebietet doch allein der Anstand." Ich blickte sie bemüht cool unter meinen Ponyfransen hindurch an.

„Wie schön. Ich möchte nämlich nicht, dass unser gutes Verhältnis dadurch belastet wird. Wenn ich weiß, dass ich deinen Segen habe, kann ich das Essen mit ihm viel mehr genießen." Sie schenkte mir ein süßes Lächeln und ging mit wehendem Kleid zurück an ihren Platz.

Den ganzen Vormittag über konnte ich mich kaum auf die Arbeit konzentrieren. Zum Glück hatte ich nur Organisatorisches zu erledigen und musste keinen Beitrag drehen. Um Viertel vor eins stellte ich mich mit einer Tasse Kaffee ans Fenster und blickte auf den Parkplatz hinunter, um zu beobachtete, wie Monika von ihrer täglichen Schwimmeinheit im Feringa See zurückkam.

Vor ein paar Monaten noch hatte sie das Gelände des Senders barfuß, mit nassen, offenen Haaren und einem winzigen Bikini überquert. Doch jetzt, wo die Temperaturen empfindlich gesunken waren, trug sie Adiletten, eine Badekappe und einen Ganzkörperneoprenanzug. Ihre XXL-Louis Vuitton-Tasche hatte sie locker über die Schulter geworfen.

Ganz ehrlich! So jemanden konnte man doch nicht ernst nehmen! Doch auch Monikas lächerlicher Aufzug änderte nichts an der Tatsache, dass Sam mit ihr essen gehen würde, mir aber nichts davon erzählt hatte.

Kurz vor drei klingelte mein Telefon.

„Fee." Susann war am Apparat, die mit einer weiteren Kollegin nach Tokio geflogen war, um dort live von der Fashion Week zu berichten. Ihre Stimme klang gestresst. „Ich stehe gerade an der Überspielanstalt, um euch unser gedrehtes Material zu senden, und der Typ an der Information sagt, dass alle Plätze belegt sind. Aber du hast uns doch angemeldet, oder?"

Mein Herz sackte ein Stockwerk tiefer. Nein, hatte ich nicht!

„Fee!“, drängte Susann. „Ich hab nicht viel Zeit. Wenn ihr den Beitrag heute noch schneiden und senden wollt, muss ich euch das Material in der nächsten Stunde schicken.“

„Ich habe es vergessen“, sagte ich tonlos.

„Du verarschst mich.“

Ich antwortete nicht.

„Scheiße! Du verarschst mich nicht.“ Susanns Stimme überschlug sich fast. „Wie kann man etwas so Wichtiges vergessen? Ich glaube es nicht.“

„Es tut mir leid“, murmelte ich unglücklich.

„Es tut dir leid, es tut dir leid“, äffte mich Susann nach. „Weißt du, wie oft ich diese Worte in den letzten Wochen aus deinem Mund gehört habe? Ich sehe zu, dass ich noch etwas retten kann.“ Grußlos legte sie auf.

Ulf rief mich in sein Büro. Sein sonst so freundliches Gesicht sah verkniffen aus.

„Ich weiß, dass ich einen Fehler gemacht habe, aber ...“, begann ich, kaum dass ich den kleinen, fensterlosen Raum betreten hatte.

Ulf unterbrach mich mit betont ruhiger Stimme. „Zwei deiner Kollegen und ein Kamerateam waren drei Tage auf der Fashion Week und haben gedreht. Sie mussten nach Tokio fliegen und dort in einem Hotel übernachten. Ja, du hast einen Fehler gemacht. Aber weißt du auch, wie viel dein Fehler uns kostet? Zehntausend Euro reichen nicht. Ganz abgesehen von der Blamage, dass andere Sender über die Fashion Week berichten werden und wir nicht.“

„Es tut mir leid.“ Kleinlaut setzte ich mich ihm gegenüber.

„Ich muss dir eine Abmahnung schreiben."

„Ich weiß."

Ulf sah mich einige Augenblicke an, dann stützte er seinen Kopf schwer auf seine Hände.

„Was ist nur los mit dir? Du bist unpünktlich, unkonzentriert und deinen Beiträgen fehlt der Biss. Wächst dir alles über den Kopf?"

„Ja", dachte ich, doch ich sprach es nicht aus, sondern starrte ausdruckslos vor mich hin.

„Sprich mit mir!" Ulfs Stimme klang müde. „Kann ich irgendetwas für dich tun?"

„Nein. Ich weiß selbst nicht, was mit mir los ist."

„Du hast sehr früh angefangen, wieder zu arbeiten. Direkt nach dem Mutterschutz. Vielleicht wäre eine längere Pause gut gewesen."

„Vielleicht." Ich zuckte mit den Schultern. „Aber ich kann es nicht mehr ändern. Es ist also unsinnig, darüber nachzudenken."

„Nein, ist es nicht." Ulf setzte sich auf. „Ich denke, dass es das Beste wäre, wenn du dich bis Ende des Jahres krankschreiben lässt."

„Ich soll mich krankschreiben lassen? Aber warum? Mir fehlt nichts." Ich starrte ihn fassungslos an. „Und was ist mit meiner Kolumne?"

„Die wird Monika für dich übernehmen. Sie hat dich schließlich schon einmal vertreten."

„Und was ist mit der Oscarmoderation? Du hast mir versprochen, dass ich nach L.A. fliegen darf. Soll das auch Monika für mich übernehmen?"

„Die Oscars werden erst Ende Februar verliehen. Bis dahin sind es noch drei Monate. Aber darüber solltest du dir jetzt keine Gedanken machen. Nimm dir eine Auszeit und sieh zu, dass du dein

Leben in den Griff bekommst." Ulf schaute mich fest an. „Ich will die alte Fee wiederhaben, mit der neuen kann ich in der Redaktion nichts anfangen."

❋

Die Sonne war nur noch als orangefarbene Schattierung über den Hausdächern zu sehen, als ich mit Paul auf dem Arm in unsere Hofeinfahrt einbog, und in den Bäumen vor den Cafés und Geschäften blinkten die ersten Lichterketten auf. Lustlos schleppte ich mich die drei Stockwerke bis zu unserer Wohnung hoch. Vor der Tür stand das monatliche Schuhpaket von MyShoes. Ich schob es mit dem Fuß zur Seite. Vor einem Jahr hatte ich mich wie wild gefreut, wenn es eintraf. Mittlerweile platzte mein Schuhzimmer aber fast aus allen Nähten. Nachdem meine Modekolumne „Fees Welt" vor zwei Jahren so gut bei den Zuschauern angekommen war, hatte MyShoes mich als Werbegesicht engagiert und lockte neben einem fetten Honorar auch mit Gratisschuhen.

Ich steckte den Schlüssel ins Schloss und wollte ihn gerade umdrehen, als ich es mir anders überlegte. Ich zog ihn raus und ging nach unten in den Eingangsbereich. Dort holte ich den Kinderwagen aus seiner Nische, setzte Paul hinein und marschierte los. Vorbei am Sendlinger Tor, durch den Südfriedhof mit seinen prominenten Bewohnern, den Marmorengeln und den uralten Bäumen bis zu den Isarauen, die sich weitläufig von Süden nach Norden erstreckten. In der Nähe der Praterinsel wollte ich Paul aus dem Wagen lassen und mich einen Moment auf eine Bank setzen. Doch es war schon fast dunkel, der Boden um mich herum von Glasscherben und Zigarettenstummeln übersät, und zwei Obdachlose debattierten nur wenige Meter von uns entfernt über die Eurokrise. Paul schien sich nicht daran zu stören. Empört schrie er auf, als ich ihn trotz seiner Zerrerei am Gurt des Kinderwagens nicht abschnallte. Ich drückte Paul seine Stoffkuh Hugo in die Hand, die er heiß und innig liebte, drehte mich um und lief über die Maximilianstraße zum Viktualienmarkt, wo ich ihm eine Brezel, mir selbst eine Mango und ein Putenbrustfilet kaufte, und machte mich auf den Heimweg. Vor der Auslage von Ludwig Beck blieb ich stehen. Lichterketten blinkten mir entgegen und in der Luft lag der Geruch des ersten Schnees. Es versetzte mir einen Stich, als ich an die letzte Adventszeit dachte: Rund und voller Vorfreude hatte ich die Tage bis zu Pauls Geburt gezählt, ich hatte mit Sam sein Zimmer gestrichen, war mit Lilly durch die Kaufhäuser gezogen, um kleine Strampler, Bodys und Schlafanzüge zu kaufen und hatte ein Mobile gebastelt. Nachdenklich betrachtete ich meine Silhouette im Schaufenster. Herunterhängende Schultern, strähnige Haare. Und ich trug Turnschuhe. Was war ich nur für eine traurige Gestalt geworden!

Auf einmal wurde ich wütend: Auf Ulf, der mir eine Zwangspause verordnet hatte, auf Monika, die sich meinen Freund und meine Kolumne unter den Nagel reißen wollte, auf Sam, der sich von ihr einwickeln ließ, und dem es egal zu sein schien, wie schlecht es mir ging, und vor allem auf mich selbst. Dr. Mertens hatte mir gesagt, dass Panikattacken ungefährlich waren und die beiden, die ich gehabt hatte, lagen Wochen zurück. Warum zum Teufel ließ ich mir von diesem Erlebnis alles kaputtmachen? Aber das war vorbei. Wenn Ulf wollte, dass ich mich krankschreiben ließ, bitte! Zwei Monate bezahlter Urlaub hatten noch keinem geschadet. Um meinen Job würde ich kämpfen, und Sam – ihn knöpfte ich mir jetzt vor.

Ich blickte auf die Uhr. Halb acht. Sam und Monika saßen bestimmt beim Essen. Ich konnte mir auch vorstellen, wo.

Doch ich hatte mich geirrt. Denn im Schuhbauers, einem bayerischen In-Restaurant ein wenig abseits vom Marienplatz, fand ich die beiden nicht. Dabei hätte ich darauf wetten können. Seitdem das Schuhbauers nämlich eine großartige Besprechung in der Süddeutschen nebst Michelin-Stern bekommen hatte, musste man wochenlang vorbestellen, um dort einen Platz zu ergattern. Für Monika, die das Lokal einmal für einen Dirndl-Dreh gebucht hatte und den Besitzer persönlich kannte, genügte jedoch ein kurzer Anruf fünf Minuten vorher. Damit hatte sie vor uns Kollegen schon mehrere Male geprahlt. Doch anscheinend hatte sie sich etwas anderes überlegt, um Sam zu beeindrucken.

Enttäuscht schob ich den Kinderwagen zum Sendlinger Tor zurück. Paul war müde und wollte herausgenommen werden.

„Ab, ab!", rief er in einer Tour und zerrte an seinem Gurt herum. Ich beschleunigte meinen Schritt. Als ich in die Sonnenstraße einbog, stand Pietro, der Chef der Pizzeria Tarullo's, rauchend vor der Tür. Im Gegensatz zu Helgas Exfreund Giuseppe, der riesengroß, unglaublich steif und furchtbar langweilig war, erfüllte Pietro jegliches Vorurteil, dass Deutsche im Allgemeinen gegen Italiener hegten. Er trank viel Vino, er sang gerne und laut und er nannte mich „scheene, blonde Signorina" und meinen Sohn „bellisimo Paolo". Selbst wenn ich am Wochenende mit ungewaschenen Haaren und im grauen Jogginganzug nur kurz eine Pizza abholen wollte, legte er den Arm um mich, sah mir tief in die Augen und gab mir einen Handkuss. Mir und vermutlich jeder anderen Frau. Ich stöhnte auf. Nur das nicht. Nicht nach so einem Tag. Ich versuchte, so unauffällig wie möglich, die Straßenseite zu wechseln. Zu spät! Er wandte den Kopf in meine Richtung. Doch anders als sonst erhellte sich sein Gesicht nicht bei meinem Anblick. Im Gegenteil! Pietro tat so, als ob er mich nicht gesehen hätte und drehte sich demonstrativ weg. Er zog noch einmal an seiner Zigarette, trat sie aus und ging ins Restaurant. Nahm er es mir übel, dass ich ihn schon lange nicht mehr besucht hatte? Oder ... Nein! Das wagte Sam nicht! Nicht zu unserem Lieblingsitaliener. Entschlossen ging ich zurück und betrat die kleine Pizzeria. Paul ließ ich im Eingangsbereich stehen.

„Ah, die blonde Signorina isse wieder da!“ Pietro kam auf mich zu, deutlich weniger begeistert als sonst. Er legte den Arm um mich und führte mich zur Theke. Wie immer trug er kurze, karierte Hosen unter seiner Schürze und hatte sich nur auf einer Seite rasiert.

„Was kann ich für diche tun, scheene Frau?“ Ich verdrehte den Kopf, um mich umzuschauen, doch Pietro schirmte mich mit seinem massigen Körper ab. „Eine Vino oder lieber eine Kaffee. Willste du etwas trinke? Oder lieber etwas esse?“

Ich schob ihn beiseite. „Pietro, ich weiß genau, dass mein Freund zusammen mit einer Frau hier ist. Lass mich zu ihm. Ich will mit ihm sprechen.“

„Isse gute Bekannte von ihm, oder?“ Er sah mich mit seinen braunen Hundeaugen treuherzig an.

„Klar.“ Ich drängte mich an ihm vorbei.

Sam und Monika saßen in einer Ecke im hinteren Bereiche des Restaurants, hatten die Köpfe zusammengesteckt und tuschelten. Es gab mir einen Stich, als ich sah, wie vertraut sie wirkten. Ein schönes Paar. Sam, der braungebrannte Beachvolleyballer, und Monika, die Hippiebraut. Ich ging auf sie zu.

„Wann wolltest du mir sagen, dass du dich mit meiner Kollegin …“, ich warf Monika einen giftigen Blick zu, „zum Essen triffst?“

Sie fuhren auseinander und sahen mich erschrocken an.

„Fee …“, begann Sam, doch ich unterbrach ihn.

„Ich muss mit dir reden, sofort! Komm mit nach draußen!“ Ich drehte mich mit dem Rücken zu Monika, um sie nicht sehen zu müssen. Von den Nachbartischen schauten Leute zu uns herüber, doch ich beachtete sie nicht.

„Fee, setz dich hin! Alle starren uns an“, zischte Sam und zog an meinem Arm.

„Ich kann mich nicht hinsetzen, Paul steht im Kinderwagen vor der Tür. Also kommst du oder nicht?“

„Nein. Wir reden später.“

„Später?“ Meine Stimme wurde schrill. „Ich will aber nicht später reden, sondern jetzt!“

„Du benimmst dich unmöglich“, sagte Sam leise. „Ich verstehe nicht, warum du einen solchen Zinnober veranstaltest. Monika und ich essen nur eine Pizza zusammen. Und ich hätte dir davon erzählt, wenn du mir nicht schon seit Wochen aus dem Weg gehen würdest.“

„Ich gehe dir aus dem Weg? Ich gehe dir aus dem Weg? Ich gehe dir überhaupt nicht aus dem Weg. Du gehst mir aus dem Weg. Du kommst also nicht mit?“

„Nein.“ Sam sah mich ausdruckslos an und genau dieser Gesichtsausdruck war es, der bei mir das Fass zum Überlaufen brachte.

„Gut, dann lass es!“ Ich nahm die Karaffe mit Wasser in die Hand, die zwischen Sam und Monika stand, und kippte sie ihm über den Kopf.

Sam sprang auf und fuhr zurück. „Spinnst du?“ Wütend starrte er mich an.

„Ja. Und weißt du was? Es fühlt sich gut an!“ Ich knallte das Gefäß auf den Tisch und schritt mit hoch erhobenem Kopf nach draußen. Pietro schaute mir verdutzt nach.

Ich schnappte mir Paul, der zum Glück immer noch friedlich in seinem Kinderwagen saß und an seiner Brezel herumkaute. Mein Herz schlug, als hätte ich gerade einen Marathonlauf hinter mich gebracht. Sam, dieser Mistkerl! Wie konnte er mir das antun? Ich drehte mich mehrere Male um, um zu sehen, ob er mir vielleicht hinterher lief, doch die Tür zum Tarullo’s blieb geschlossen. Na toll! Obwohl meine Kehle wie zugeschnürt war und ich kaum Luft bekam, rannte ich die letzten Meter fast zu unserer Wohnung und sprintete die Treppe hinauf. Dem Paket von MyShoes gab ich einen so festen Tritt, dass es durch die Sprossen des Geländers bis ins Erdgeschoss polterte. Ich hatte es satt! Ich hatte alles so satt!

Als ich die Wohnungstür öffnete, hörte ich den vertrauten Klingelton meines Handys in der Handtasche. Ich setzte Paul in sein Zimmer und kramte es hervor. Meine Hände zitterten so stark, dass ich es fast fallen gelassen hätte. Gott sei Dank! Es war Sam!

„Ja“, sagte ich so cool wie möglich.

„Was sollte das eben?“, fuhr er mich an.

Ach! Er wollte sich gar nicht entschuldigen.

„Was sollte was?“, fragte ich provozierend.

„Das weißt du genau. Deine Aktion im Tarullo's. Weißt du eigentlich, wie peinlich du dich verhalten hast?“

„Ich bin peinlich. Ich bin peinlich!“ Mir stiegen die Tränen in die Augen. „Weißt du, was ich peinlich finde? Dass dir nichts Besseres einfällt, als dich hinter meinem Rücken mit dieser blöden Kuh zu treffen, obwohl du genau weißt, wie sehr ich sie verabscheue. Und dann auch noch bei unserem Italiener. Du bist so ein Arschloch.“

„Ach, ein Arschloch. Das ist ja nett, wenn einen die eigene Freundin so bezeichnet.“ Sam lachte humorlos auf. „Na ja, von jemandem wie dir sollte ich vielleicht nichts anderes erwarten.“

„Von jemandem wie mir. Was soll das denn heißen?“, zischte ich. Doch auf der anderen Seite herrschte Stille. Sam hatte mich weggedrückt. Das konnte er doch nicht machen. Ich wählte seine Nummer. So einfach kam er mir nicht davon.

„The person you‘ve called is temporary not available“, sagte eine Frauenstimme am anderen Ende der Leitung. Ich atmete scharf aus und starrte einige Augenblicke auf das Display. Dann schleppte ich mich zu Paul ins Zimmer.

„Da!“, sagte er freundlich und hielt mir einen Bauklotz vor die Nase.

„Danke.“ Mit einem gezwungenen Lächeln nahm ich ihn entgegen und ließ mich zu ihm auf den Boden sinken.

Nachdem ich ihm etwas zu essen gegeben und ihn ins Bett gebracht hatte, setzte ich mich an den Küchentisch und kaute lustlos auf meiner Mango herum. Jetzt, wo mich die Stille der leeren Räume verschluckte, fühlte ich mich elend und einsam und meine überzogene Reaktion vorhin im Restaurant kam mir auf einmal unglaublich albern vor. Bestimmt würde Sam jetzt zu Monika gehen, um sich trösten zu lassen. Er gefiel ihr. Das hatte sie ihm deutlich zu verstehen gegeben. Er gefiel den meisten Frauen. Selbst Mia fand, dass ich mit ihm einen guten Fang gemacht hatte. Und das lag nicht nur an seiner durchtrainierten Figur und den blauen Augen. Sam war freundlich. Man konnte sich auf ihn verlassen. Er kümmerte sich liebevoll um Paul. Nur zwischen uns lief alles schief.

Schon früher hatte ich an einigen Abenden überlegt, die Angst in mir durch Rotwein zu mindern, doch die Vernunft sagte mir, dass Alkohol als Problemlöser in meiner Situation keine gute Idee sei. Doch nun griff ich zur Tequillaflasche, mixte mir eine Margarita und nahm sie mit auf den Balkon.

Mittlerweile war es dunkel geworden und außer dem Brummen der Autos war kein Geräusch zu hören. Mit einem Anflug von Sehnsucht dachte ich an vergangene Sommerabende, an leise Musik, den Geruch von Grillfleisch und das gedämpfte Gemurmel, das von Nachbarbalkonen oder der Straße zu mir herüber drang. Ich stützte mich auf das Geländer, nahm einen langen Schluck des bittersüßen Getränkes und blickte hinaus in die tanzenden Lichter der Stadt.

15 Jahre lag es zurück, dass ich von Marzling nach München gezogen war. Gegen den Willen meiner Mutter, die meinte, ich könne zu Hause wohnen bleiben und jeden Tag mit der S-Bahn zur Uni fahren, so wie Helga es tat. Doch ich wollte abends mit einer Flasche Wein am Gärtnerplatz sitzen, mich mit meinen Büchern zum Lernen in den Englischen Garten verziehen, einen H&M zu Fuß erreichen und nahm es dafür gern in Kauf, neben meinem Studium in Restaurants und Fitnessstudios zu jobben. Es war die richtige

Entscheidung gewesen. Und obwohl es mittlerweile schon so lange her war, konnte ich mich immer noch an meinen ersten Morgen erinnern, als ich in meinem winzigen WG-Zimmer in Schwabing am Fenster stand, über die Dächer von München in einen wolkenlosen, blauen Himmel schaute und in der Luft der Geruch von Aufbruch lag.

✻

Am nächsten Tag wurde ich durch Pauls lautes Jammern geweckt. Ich lag angezogen auf der Couch, auf dem Tisch stand eine halb leere Tequilaflasche, daneben zwei Tetrapaks Orangensaft. Mein Kopf dröhnte, meine Augen schmerzten und meine Zunge lag pelzig und viel zu schwer in meinem Mund. Unsicher torkelte ich in Pauls Kinderzimmer. Als er mich sah, hörte er sofort auf zu weinen, sein kleiner Mund verzog sich zu einem breiten Lachen und er streckte mir seine Arme entgegen.

„Guten Morgen, mein Süßer."

Ich nahm Paul heraus und ließ mich benommen auf den blauen Wippstuhl sinken, den Sam mir vor der Geburt geschenkt hatte, damit ich ungestört stillen konnte.

Sam!

Ich schoss so abrupt nach oben, dass Paul leise protestierte und lief ins Schlafzimmer. Das Bett war ordentlich gemacht, auf dem Boden lagen die gleichen Klamotten verstreut wie am Tag zuvor. Auf der Kommode im Flur fand ich mein Handy. Keine Nachricht von ihm. Auch auf dem Küchentisch lag kein Zettel. Sam schien die letzte Nacht woanders geschlafen zu haben. Woanders! Mein Gehirn weigerte sich, diesen Gedanken in voller Tragweite zu erfassen.

In diesem Moment klingelte das Telefon. Ich stürzte ins Wohnzimmer und hob zitternd ab.

„Überraschung!"

Sechs

Als ich um halb zwölf an unserem Treffpunkt, einem kleinen Parkplatz fünf Kilometer außerhalb von Freising, ankam, hing der Nebel immer noch schwer in den Baumwipfeln und legte sich wie ein feuchtes Handtuch über Gesicht und Haare. Nina war bereits da. In engen schwarzen Hosen, hohen Stiefeln und einem knielangen, dunkelgrünen Mantel bekleidet stand sie lässig an ihren Fiat 500 gelehnt und wartete auf mich. Ihr kleiner Hund Puck sprang um sie herum und schnüffelte in den Blätterhaufen am Boden nach Mäusen.

„Fee!“ Nina kam auf mich zugestürmt und umarmte mich mit ihren 1,80 so fest, dass ich fast in dem rüschenbesetzten Kragen erstickte.

Ich trat einen Schritt zurück und schnappte nach Luft.

„Gut siehst du aus. Die Berliner Luft scheint dir zu bekommen. Und wo hast du diesen Mantel her? Der passt super zu deinen Haaren.“

„Wirklich?“ Geschmeichelt schüttelte Nina ihre rotbraune Haarpracht. Ihr Blick wurde prüfend. „Das Kompliment kann ich leider nicht zurückgeben. Du siehst schrecklich aus. Was ist los? Zehren die schlaflosen Nächte an dir? Und wo hast du deinen Sohn gelassen?“

„Den habe ich bei Milla geparkt. Aber erzähl mir von Berlin! Du hast mir so gefehlt.“ Ich nahm Nina noch einmal in den Arm und beugte mich zu Puck hinunter, um ihm kurz den Kopf zu tätscheln.

Auf unserem Weg durch den Weltwald berichtete mir Nina, wie es ihr in den letzten drei Monaten ergangen war. Seit ihrem Umzug nach Berlin sprachen wir selten miteinander. Entweder musste sie drehen oder ich. Wir beide schienen nie zur gleichen Zeit wach zu sein und Lust zum Telefonieren zu haben.

Ich kannte Nina schon, solange ich denken konnte. Als Babys hatten uns unsere Mütter zusammen im Buggy herumgeschoben. Später backten wir Sandkuchen und buhlten um die Aufmerksamkeit von Hannes, dem süßesten Jungen in der Klasse. Sie hielt mir die Haare zurück, als ich mich an Eckes Edelkirsch betrunken hatte, und sie fuhr mich auf ihrem altersschwachen Mofa zu meinem ersten Mal. Nina war es auch, der ich meine Bekanntschaft mit Sam zu verdanken hatte.

Während des Studiums war Nina einige Zeit mit einem Jungen namens Suri zusammen gewesen. Eigentlich hatte sie mit ihm nur ihre Quote aufbessern wollen, denn obwohl Suri eine dicke Brille trug und ihr nur knapp bis zu den Augenbrauen reichte, hatte er sich an der Uni den Ruf erworben, mit fast jeder Frau geschlafen zu haben. Der Sex mit ihm war aber so fantastisch, dass Nina einfach nicht von ihm loskam. Die darauffolgenden Wochen gewöhnte sie sich eine bucklige, vornübergebeugte Haltung an, um sich mit ihm auf gleiche Höhe zu begeben, und ich lernte Suris Freund Sam kennen. Während die beiden die meiste Zeit im Bett verbrachten, traf ich mich mit Sam in den Isarauen, um in der Sonne zu faulenzen und uns an Bacardi Breezer zu betrinken. Als es an einem Tag regnete, gingen wir zusammen in die Sauna. Dort bemerkte ich das erste Mal, dass Sam ein Mann war, und die Stimmung zwischen uns heizte sich derart auf, dass er nur noch mit Handtuch um die Hüfte herumlaufen konnte und ich nachts von Bildern gequält wurde, wie er seine verschwitzte Haut an meinem nackten Körper rieb und wir an jedem erdenklichen Ort und in jeder erdenklichen Stellung miteinander schliefen. Doch es blieb bei meinen schmutzigen Fantasien und auch die bacardisüßen Tage in den Isarauen wiederholten sich nicht. Denn eine Regenfront zog auf und Nina und Suri trennten sich. Er hatte mit gleich zwei Frauen zusammen eine Münchner Nobeldisko verlassen und sie hatte davon Wind bekommen.

In den folgenden Jahren trafen Sam und ich uns ein paar Male auf Unipartys oder in der Stadt. Nach dem Ende unseres Studiums sahen wir uns eine ganze Zeit lang überhaupt nicht. Bis ich beim Joggen im Englischen Garten mit ihm zusammenprallte und wir Laufpartner wurden.

Nina konnte immer noch nicht über Suri sprechen, ohne Gift und Galle zu spucken. Und das, obwohl sie in den letzten Jahren ihre Männer ebenso häufig wie ihre Jobs gewechselt hatte. Doch in Berlin, wo sie zusammen mit Tamara, einer ehemaligen Visagistin der Vogue, die Firma profashional films gegründet hatte, schien sie sich heimisch zu fühlen.

„Es läuft alles noch recht schleppend. Ganz von unseren Filmen leben können wir momentan nicht", berichtete Nina. „Aber die Arbeit macht Spaß, ich kann kreativ sein, und letzte Woche haben wir für Kaviar Gauche gedreht. Wenn der Film gut ankommt, können wir garantiert mit weiteren Aufträgen rechnen und uns über kurz oder lang einen Namen in der Branche machen."

Sie erzählte mir von ihrer neuen Wohnung, von all den süßen Typen, die sie bereits kennen gelernt hatte, und sie nannte mir all die Läden, in die wir beide unbedingt gehen müssten, wenn ich irgendwann einmal die Zeit dafür finden würde, sie in Berlin zu besuchen.

Kurz bevor wir die kleine Waldkapelle St. Clemens erreichten, beschloss ich, sie nicht länger auf die Folter zu spannen, und wir steuerten auf eine Bank zu, die vor einem umgestürzten Baum stand. Krähen stoben kreischend auf, als wir uns näherten. Ich holte Luft und erzählte Nina, was sich in den letzten vier Wochen zugetragen hatte. Angefangen bei Lillys Hochzeit, über die erste Panikattacke während meines Rosendrehs, bis zu dem verpatzten Beitrag und meiner Sprudelattacke auf Sam.

„So, jetzt weißt du alles."

Nina zog mich fest an sich. „Du Arme."

Ich ließ meinen Kopf auf ihre Schulter sinken. „Das ist doch nicht fair. In meinem Leben geht auf einmal alles schief. Alles!" Ich zog geräuschvoll meine Nase hoch und Nina reichte mir ein Papiertaschentuch. „Meinst du, das ist eine Art Strafe?"

„Eine Strafe? Wofür?"

Ich blickte sie müde an. „Für David."

„Quatsch!"

„Ich denke ganz schön oft an ihn."

Nina schnaubte. „Ja und? Kannst du dich noch an Philipp erinnern, den heißen Typen von der Bundeswehr, den ich auf dem Oktoberfest kennen gelernt hatte?"

„Den aus Norddeutschland? Mit der Haitätowierung?"

Sie nickte. „Ich ärgere mich immer noch darüber, dass ich damals kein Kondom in der Tasche hatte und es nicht zum entscheidenden Akt zwischen uns gekommen ist."

Ich sah sie verständnislos an.

„Was ich damit sagen will", erklärte Nina, „ist, dass ich das Ereignis verkläre. Ich denke, dass ich den besten Sex meines Lebens verpasst habe, dabei könnte es sein, dass Philipp mich im Bett Mutter nennt oder während des Orgasmus anfängt zu miauen.

Du hast eine heiße Nacht mit David verbracht und am nächsten Morgen bist du nach Hause gefahren. Du hast nie seine schmutzigen Unterhosen gewaschen und dich nie mit ihm darüber gestritten, wer Paul abduscht, wenn ihm die Babykacke aus dem Halsausschnitt quillt. Natürlich denkst du, dass David viel toller ist als Sam."

„Aber ich hätte es ihm sagen sollen."

„Nein." Nina schüttelte den Kopf. „Niemandem wäre damit gedient gewesen. Du hast alles richtig gemacht."

„Anfangs dachte ich das auch. Aber jetzt bin ich mir nicht mehr so sicher. Vielleicht will mich das Schicksal für meinen Seitensprung bestrafen."

„Was für ein Blödsinn! Hast du dich zu oft mit Milla unterhalten?"

„Milla glaubt nicht ans Schicksal, sie glaubt an göttliche Fügungen."

„Was auch immer." Nina sah mich fest an. „Weißt du noch, wie es mir erging, kurz, nachdem ich mich von Fred getrennt habe? Meine Mutter hatte einen Knoten in ihrer Brust und ich habe mein Auto zu Schrott gefahren. Aber irgendwann ging es wieder aufwärts. Die Chemo schlug an, den Schaden am Auto hat die Versicherung bezahlt und ich bin nach Berlin gezogen."

„Am liebsten würde ich mit dir tauschen."

„Wirklich?" Nina verzog ihr Gesicht zu einer Grimasse. „Ich bin Single, arbeite 50 Stunden in der Woche und lebe mehr oder weniger von meinen Ersparnissen. Bist du sicher, dass du das willst?"

„Aber es war doch einmal anders. Als wir noch in der Schule waren oder als wir studiert haben. Wann zum Teufel hat es angefangen, dass wir nur noch irgendwie über die Runden kommen?"

Nina lächelte. „Als wir erwachsen geworden sind und uns das echte Leben eingeholt hat."

Ich massierte meinen schmerzenden Nacken. „Wenn ich gewusst hätte, wie wenig Spaß es macht, erwachsen zu sein, hätte ich mit 16 niemals meinen Schülerausweis gefälscht und mich zwei Jahre älter gemacht."

Nina nahm mich in den Arm. „Ach Süße, jetzt sieh doch alles nicht so pessimistisch. Das Leben ist nicht immer schön. Du hast in den letzten Monaten ein paar Mal Pech gehabt. Na und? Das geht vorbei und dann kommen richtig fette Zeiten."

„Wie denn?" Ich lachte humorlos. „Zwischen Sam und mir läuft es seit Monaten äußerst bescheiden, wahrscheinlich hat er mich letzte Nacht mit Daniela Katzenberger betrogen, als Mutter bin ich nicht der Hit und mein Chef hat mir geraten, mich bis Ende des Jahres krankschreiben zu lassen. Es müsste ein Wunder geschehen, damit alles wieder gut wird."

„Erstens bist du eine ganz tolle Mutter ..."

„Nein", unterbrach ich sie. „Du weißt doch, was ich am Anfang für Probleme hatte ..."

„Mein Gott, Fee. Ich kann es nicht mehr hören. Zieh endlich einen Schlussstrich. Es ist vorbei. Ja, du hattest Probleme. Und weißt du auch, warum?"

„Klär mich auf!", entgegnete ich verstimmt.

„Wegen diesem rosa Zuckerguss, mit der diese ganze Babysache überzogen ist. Wenn du dich Knall auf Fall in irgendeinen fremden Typen verliebst, wirst du schräg angeschaut. Aber von einer frischgebackenen Mutter erwartet man, dass sie direkt nach der Geburt vor lauter Liebe und Glück nicht mehr ein noch aus weiß. Das ist doch Unsinn. Du musst den Wurm, der aus dir herausgepurzelt ist, doch erst einmal kennen lernen."

„Nun ja, die meisten Mütter dürften ihn neun Monate mit sich herumgeschleppt haben."

„Das ist nicht das Gleiche. Im Bauch haben diese Dinger weder Hunger noch schreien sie die ganze Zeit. Sie laufen einfach so mit."

Ich zuckte mit den Schultern. „Wahrscheinlich hast du recht. Ich habe trotzdem ein schlechtes Gewissen Paul gegenüber. Denn weißt du, was ich am schlimmsten daran finde, nicht zur Arbeit zu gehen?"

„Was?"

„Dass ich mich den ganzen Tag ununterbrochen um ihn kümmern muss. Ich sollte dankbar dafür sein, ein gesundes Kind zu haben, stattdessen habe ich das Gefühl, einen Schreikrampf zu bekommen, wenn ich nur ein einziges Mal eine Windel wechseln oder einen Brei kochen muss. Letzte Woche habe ich mir nachts Ohropax in die Ohren gestopft, damit ich es nicht hören muss, wenn Paul anfängt zu weinen, weil ich so kaputt war und einfach nur schlafen wollte. Welche Mutter tut so etwas?"

„Und? Konntest du schlafen?"

„Ich hab mir die Dinger nach fünf Minuten rausgemacht."

„Na, siehst du? Durch und durch schlecht scheinst du also nicht zu sein. Und keine Frau, die alle Tassen im Schrank hat, freut sich darüber, permanent Windeln zu wechseln und Brei zu kochen. Ich wäre eher besorgt, wenn es anders wäre."

„Aber ich wollte Paul vor ein paar Monaten mit den Schnüren seines Schlafsacks an sein Bett fesseln, als er angefangen hat, sich zu drehen und deshalb ständig aufgewacht ist."

Nina seufzte. „Hast du es getan?"

„Nein. Aber ich habe darüber nachgedacht."

„Meine Mutter hat mir gestanden, dass sie in den ersten Wochen nach meiner Geburt die Vision hatte, mich in der Badewanne zu ertränken. Na und? Sie hat es nicht getan. Und ich habe keinen psychischen Schaden davongetragen." Sie grinste. „Zumindest keinen, der nicht mit fünf Therapiesitzungen zu beheben war."

„Das beruhigt mich kaum. Ich muss also damit leben, dass Paul später zum Psychologen geht."

„Du bist zu streng mit dir", fuhr Nina fort.

„Jetzt hörst du dich an wie Dr. Mertens."

„Siehst du! Wenn dein Psychiater und ich dasselbe sagen, solltest du darüber nachdenken. Sieh doch deine berufliche Zwangspause als etwas Positives an. Flieg ein paar Tage mit Paul in die Sonne. Geh zur Kosmetikerin oder in die Sauna. Such dir einen

Babysitter und ein Fitnessstudio mit Kinderbetreuung. Kauf dir sündhaft teure Unterwäsche und überrasch' Sam damit. Du wirst sehen, dann geht es dir bald besser."

„Meinst du wirklich, dass es so leicht ist?", fragte ich zweifelnd.

„Ja", antwortete Nina fest. „Und was Sam angeht: Er hat dich nie im Leben mit dieser Röstbratwurst betrogen. Schwimmt sie noch jeden Tag in ihrem Mini-Bikini durch den Feringa See?"

„Ja. Aber der Bikini war ihr wohl auf Dauer nicht aufsehenerregend genug. Jetzt trägt sie eine Badekappe und einen Neoprenanzug dabei."

Nina verdrehte die Augen. „Sam würde doch nichts mit einer so durchgeknallten Schnepfe anfangen. Du wirst sehen, er hat bei einem Freund übernachtet."

„Vielleicht hast du recht und er war bei Suri."

Ninas Miene verfinsterte sich und sie wechselte das Thema. „Und wie klappt es zwischen euch im Bett?"

Ich zuckte mit den Schultern. „Ganz gut, damit es dazu kommt, müssen nur verschiedene Faktoren aufeinandertreffen."

„Welche denn?"

„Paul muss schlafen, ich darf meine Tage nicht haben, bei Sam sollte keine wichtige Prüfung anstehen und wir müssen vorher mindestens vier Stunden am Stück geschlafen haben. Wenn Paul seine Milchflasche getrunken hat, döst er gerne noch für ein halbes Stündchen vor sich hin. Die Wochenenden sind also ziemlich gut dafür geeignet."

„Ist doch toll! So habt ihr zumindest etwas, auf das ihr euch die ganze Woche freuen könnt."

„Ja, aber leider meistens nur dreimal im Monat. Habe ich dir von der Frau in meiner Rückbildungsgymnastik erzählt, die sich jeden Morgen den Wecker auf halb sechs stellt, damit sie noch mit ihrem Mann schlafen kann, bevor er auf die Arbeit geht und das Baby aufwacht."

„Ernsthaft?" Nina hob die Augenbrauen.

„Sie hat es zumindest behauptet."

„Sie hat euch garantiert angelogen, um sich wichtigzumachen. Den Wecker auf halb sechs stellen …" Sie schnaubte verächtlich. „So gut könnte der Sex gar nicht sein. Und ich lebe seit zwei Monaten enthaltsam."

Ich dachte daran, wie verrückt ich die ersten Jahre unserer Beziehung nach Sam gewesen war. Wie ich dahingeschmolzen war, wenn er mir beim Sex schmutzige Dinge ins Ohr flüsterte. Wie ich seinen flachen Bauch geliebt hatte und ihn immer noch gut fand. Die Stelle, an der sich seine Haare vom Bauchnabel bis hinunter zum Bund seiner Shorts kräuselten. Den Pfad zum Glück hatte ich ihn genannt, und zum Teufel – ich konnte und wollte mir einfach nicht vorstellen, wie Monika ihn mit ihren lackierten Krallen nachzog.

„Sex ist zwischen Sam und mir nicht das Problem. Und Monika ist es auch nicht ausschließlich", sagte ich.

„Was ist es denn?" Nina beugte sich nach vorn.

„Der Alltag. Und das Geld. Es reicht nicht."

„Was soll das heißen, euer Geld reicht nicht?"

„Was ich gesagt habe. Nach Abzug von Miete und Versicherungen ist kaum noch etwas übrig."

„Aber wie kann das sein? Du arbeitest den ganzen Tag und du hast nicht nur den Moderationsjob, sondern auch den Werbevertrag von MyShoes."

„MyShoes hat mir eine einmalige Summe gezahlt. Seitdem bekomme ich nur noch Schuhe."

„Aber Sam? Der ist Lehrer. Verdient man in diesem Beruf nicht unglaublich gut und hat außerdem noch ein Drittel des Jahres frei?"

„Sam wird Lehrer. Noch ist er Referendar und mit dem, was er verdient, können wir nur die Hälfte der Miete abdecken."

„Aber Paul trägt Baby UGGs. Wer sich so etwas leistet, kann doch nicht davon sprechen, dass er kein Geld hat."

Ich blickte schuldbewusst zu Boden. „Ich habe gesagt, dass unser Geld nicht reicht. Ich habe nicht gesagt, dass wir keins haben."

„Das verstehe ich nicht."

„Sams Mutter schickt uns jeden Monat einen Scheck über 1000 Euro."

„Was?" Nina schnappte nach Luft. „1000 Euro. Einfach so?"

„Nein. Kurz nach Pauls Geburt hat sie mich angerufen. Sie wollte wissen, wie es ihm geht, hat mich gebeten, ihr Fotos zu schicken und sie mit Paul regelmäßig zu besuchen. In dem Zusammenhang hat sie mir angeboten, uns finanziell zu unterstützen."

„Sam weiß nichts davon, oder?"

„Nein. Und er darf es auch nicht erfahren. Sein Vater und er sind sich immer noch spinnefeind."

„Mein Gott, Fee!" Nina klang geschockt. „Warum hast du dich darauf eingelassen?"

„Ich gebe die 1000 Euro ja nicht für mich aus", verteidigte ich mich. „Ich gehe zum Metzger und auf den Markt, ich bringe das Auto zur Inspektion, ich kaufe Paul Kleider. All das kostet Geld."

Nina schüttelte den Kopf. „Du kaufst Paul nicht nur Kleider. Du kaufst ihm UGG Boots. Diese Dinger sind sauteuer."

„Würde es dir Spaß machen, für dein Kind auf dem Flohmarkt einzukaufen?"

„Nein. Aber ich würde es tun. Jedenfalls bevor ich meinen Freund so hintergehen würde." Sie sah mich herausfordernd an.

„Ich bin aber nicht so edel wie du", antwortete ich.

Nina ignorierte meine schnippische Äußerung. „Warum hat Sam damals alles hingeschmissen und die Ausbildung zum Lehrer angefangen? Du hast es mir nie gesagt." Sie drehte sich nachdenklich eine rote Haarlocke um den Finger.

„Weil ich es nicht weiß. Ich glaube, Sam weiß es selbst nicht so genau. Es war eine Kurzschlussreaktion. Sein Vater hat ihn rausgeschmissen und die Kreditkarte gesperrt. Ende."

„Aber er muss dir doch irgendeinen Grund für seine Entscheidung genannt haben."

Ich zuckte mit den Schultern. „Keinen besonders überzeugenden. Nur, dass er nicht sein ganzes Leben damit verbringen will, von früh bis spät zu arbeiten, er mehr Zeit für unsere späteren Kinder und für mich haben möchte. Wahrscheinlich hat mein Vater recht und Sam ist ein Weichei, das nie gelernt hat, sich anzustrengen."

„Aber es ist doch nett, wenn er sagt, er möchte einen Beruf, bei dem er Zeit mit dir und euren Kindern verbringen kann."

Ich schnaubte. „Zu diesem Zeitpunkt wollte ich überhaupt keine Kinder. Und was nutzte mir damals ein Mann, der immer zu Hause ist. Ich war selbst nie da. Aber Themawechsel. Ich habe keine Lust mehr, über Sam zu reden. Lass uns noch ein paar Schritte gehen."

Ich stand abrupt auf. Hätte ich doch nur den Mund gehalten! War es denn so schwer, mein Verhalten nachzuvollziehen? Nina hielt mich für oberflächlich und gedankenlos. Ich merkte es deutlich, auch wenn sie es nicht aussprach. Schon seit der Pubertät musste ich gegen dieses Vorurteil ankämpfen. Dabei war ich nicht oberflächlich. Ganz und gar nicht. Und ich machte mir über viele Sachen Gedanken. Vielleicht sogar über zu viele. Nur weil ich schöne Kleider liebte und mehr als nur eine Handtasche besaß, hieß das nicht, dass sich mein IQ im zweistelligen Bereich bewegte. Ich wurde schlichtweg sehr, sehr oft missverstanden. Meinen Hamster zum Beispiel, der vor fünf Jahren gestorben war, hatte ich nicht Paris Hilton genannt, weil ich das blonde It-Girl so toll fand, sondern weil er stundenlang vor seinem kleinen Spiegel saß und sich putzte. Die pinkfarbene Prinzessinnenschlafmaske trug ich nicht, weil sie mir besonders gut gefiel, sondern weil ich nur bei völliger Dunkelheit schlafen konnte. Hätte ich vielleicht das schwarze Modell mit der Aufschrift „Pirat" wählen sollen?

In der Oberstufe hatte ich versucht, gegen das eindimensionale Bild, das meine Umgebung von mir hatte, aufzubegehren, indem ich täglich Nachrichten schaute und mir eine dunkle Nerdbrille mit Fenstergläsern kaufte. Doch irgendwann fand ich mich damit ab, dass ich „Brisant“ lieber mochte, als das „heute journal“, dass mir Pink besser gefiel als Beige und ich stand zu meinem Ruf als dümmliche Blondine. Er war ganz praktisch. Man erwartete so wenig von mir. Ich hatte auf jeden Fall in der Schule niemals als Streberin gegolten, obwohl ich eine der zehn Schülerinnen und Schüler in meinem Jahrgang war, deren Abiturschnitt unter 2,0 lag. Wahrscheinlich hielten es die meisten meiner Mitschüler für eine Verwechslung, als mein Name bei der Zeugnisvergabe in diesem Zusammenhang vorgelesen wurde.

Puck sprang fröhlich um uns herum und schnappte nach herumwirbelnden Blättern, als Nina und ich den steinigen Weg zu der Waldkapelle hochschlenderten, die geduckt hinter einigen bunt belaubten Büschen auf einer Anhöhe lag. Einst war sie die Dorfkirche des kleinen Weilers Oberberghausen gewesen, doch heute erinnerten nicht einmal Ruinen daran, dass sich hier, mitten im Wald, ein Dorf befunden hatte. Durch einen Farn-Dschungel hindurch erreichten wir einen zugewucherten Friedhof, auf dem sich mehrere schmiedeeiserne Grabkreuze aus dem 18. und 19. Jahrhundert befanden. Obwohl es der Sonne endlich gelungen war, den Nebelschleier beiseitezuschieben und der Friedhof in warmen Gold- und Grüntönen glänzte, lag eine schwermütige Stimmung über der Szenerie. Schweigend marschierten wir zwischen den Zeichen menschlicher Vergänglichkeit hindurch. Ein sanfter Wind strich mir durch das Gesicht und raschelte an den bunten Blättern. Einige von ihnen schwebten zu Boden und ich musste an ein Herbstgedicht von Rilke denken. Vor einem besonders schön verschnörkelten Metallkreuz blieb ich stehen. Eine Plakette war darauf angebracht, auf der vier Personen zu sehen waren. Ihre Körper wurden von rot glühenden Flammen aufgefressen. Darunter stand: „Hier ruht die Familie Weller. Möge der Herr ihre Seelen aus dem Fegefeuer befreien."

Nachdenklich betrachtete ich die Inschrift einige Zeit. Dann fasste ich einen Entschluss: Ich würde mich zusammenreißen und Ninas Ratschläge beherzigen, um körperlich und seelisch einigermaßen auf die Beine zu kommen. Und dann würde ich nach Irland fahren, um David zu suchen.

Himmel oder Hölle? Alles war besser, als der Zustand dazwischen!

Sieben

Paul zappelte erfreut mit Armen und Beinen, als er Sam sah, und verlangte, auf den Boden gesetzt zu werden, damit er zu ihm krabbeln konnte. Mechanisch hob Sam ihn hoch. Er sah müde und blass aus.

„Es tut mir leid, dass …", fing ich an.

Sam nahm mich in seinen freien Arm. „Ist alles wieder getrocknet. Mir tut es auch leid. Ich hätte dir sagen sollen, dass …"

„Ja! Hättest du." Ich ließ meinen Kopf gegen seine Schulter sinken. „Gestern war ein Scheißtag."

„Ich weiß. Ich habe vorhin bei dir auf der Arbeit angerufen. Einer deiner Kollegen hat mir alles erzählt. Und du bist nicht an dein Handy gegangen. Ich habe mir Sorgen gemacht."

„Ich hatte Angst, dass wir uns wieder angiften. Deshalb habe ich es erst gar nicht mitgenommen." Ich zeigte auf die Kommode im Flur. „Ich dachte, es wäre besser, wenn wir uns bei unserem Gespräch in die Augen sehen."

Er musste nicht wissen, dass ich bei meinem überstürzten Aufbruch nach Freising so verkatert gewesen war, dass ich das Ding dort vergessen hatte.

Sam seufzte. „Ich weiß, dass du das jetzt nicht hören willst, aber es ist wahrscheinlich gut, so wie es gekommen ist. Du hast so früh wieder angefangen zu arbeiten."

„Ich musste arbeiten", gab ich zu bedenken. „Wie hätten wir sonst das Auto und die Miete bezahlt?"

„Du hättest Elterngeld bekommen, wir hätten uns einschränken können, die Putzfrau entlassen. Es wäre schon irgendwie gegangen."

„Aber ohne Putzfrau … Ach, lass uns nicht darüber streiten. Jetzt ist es, wie es ist. Auf jeden Fall hat mir Monika gestern auch noch von eurem gemeinsamen Abendessen erzählt."

„Nachdem sie bei uns an der Schule war, hat sie mich gefragt, ob ich in den nächsten Tagen abends eine Kleinigkeit mit ihr essen will. Ich dachte, das sei das Mindeste, sie einzuladen. Wo sie mir doch einen Gefallen getan hat."

„Sie hat dich gefragt und nicht umgekehrt?"

„Ja."

Ich war erleichtert. Sam setzte Paul auf den Boden.

„Ich weiß, ich hätte dir von der Einladung erzählen sollen."

„Wäre besser gewesen. Wo hast du heute Nacht geschlafen?"

„Nicht bei Monika." Sam verzog den Mund zu einem schiefen Lächeln. „Bei Suri. Er war ein wenig verwundert, als ich tropfnass vor ihm stand, aber ich habe ihm erzählt, dass ein Kind mich auf dem Weg zu ihm mit einer Wasserspritzpistole attackiert hat."

„Das hat er dir abgekauft?"

„Er hat auf jeden Fall nicht weiter nachgefragt. Ruf ihn an, wenn du mir nicht glaubst."

„Ich glaube dir." Ich strich Sams verwuschelte Haare glatt.

„Wo warst du heute den ganzen Tag?"

„Ich habe mich mit Nina getroffen. Sie ist für ein paar Tage bei ihrer Mutter in Freising."

„Du hattest also ein wenig Ablenkung?"

„Ja." Ich schaute auf meine Fußspitzen. Jetzt wäre der richtige Moment, ihm von meinen Irlandplänen zu erzählen. Doch ich konnte nicht. „Sie kommt morgen für zwei Tage zu uns. Ist das in Ordnung für dich?"

„Dann muss ich mich aber beeilen, wenn ich noch etwas von dir haben will!“ Er lächelte.

❋

Tagsüber fühlte ich mich häufig überfordert von Paul. Doch ich genoss unsere gemeinsame Zeit vor dem Schlafengehen. In seinem kuschligen Schlafsack lag er dann in meinem Arm, nuckelte an seiner Milchflasche und lauschte andächtig dem Gute-Nacht-Lied, das ich ihm anschließend furchtbar falsch vorsang. In diesen Minuten empfand ich Frieden, und auch wenn ich nach der Arbeit meist total kaputt war und wusste, dass Sam nichts dagegen hätte, Paul auch hin und wieder ins Bett zu bringen, ließ ich mir diese Zeit mit ihm nur selten nehmen.

An diesem Abend war Paul so müde, dass er bereits über seinem Fläschchen einschlief. Ich legte ihn in den Stubenwagen, drückte ihm seine Stoffkuh in den Arm und beobachtete, wie sich seine Brust gleichmäßig hob und senkte. Die Tür ging auf und Sam kam herein.

„Schläft Paul schon?“, fragte er.

Ich nickte.

Er trat von hinten an mich heran und nahm mich in den Arm. Ich legte meine Hände auf seine, schmiegte meinen Kopf in seine Halsbeuge und so standen wir einige Momente bewegungslos da. Warum konnte es zwischen uns nicht immer so sein?

Erst als Paul im Schlaf etwas brabbelte, öffnete ich die Augen. Ich wollte mich nach Sam umdrehen, um ihn zu küssen. Aber er hielt mich fest.

„Hey“, protestierte ich.

Doch er lockerte seinen Griff nicht, sondern begann, mit seinen Lippen über meinen Hals zu streichen. Sein Atem kitzelte an meinem Ohr und er drückte seinen Unterleib an meinen Po. Eine Hand legte er wie einen Schraubstock um meine Taille. Die andere ließ er von meinen Schultern abwärts wandern. Versuchsweise wehrte ich mich ein wenig. Doch Sam ließ mich nicht los. Seine Finger wanderte immer tiefer nach unten und öffnete den Bund meiner Jeans, um langsam darunter zu gleiten.

Irgendwann hielt ich die Spannung kaum noch aus. Aber Sam zum Glück auch nicht. Denn er drehte mich um und nahm mein Gesicht in seine Hände. Doch kurz bevor sich unsere Lippen trafen, stoppte er und schaute mir in die Augen. Mit einem Blick, den ich so noch nie an ihm gesehen hatte. Zärtlich, aber trotzdem fordernd. Er presste seinen Mund auf meinen, mit einer Heftigkeit, die mich erschreckte. Ich schnappte nach Luft. So hatte er mich schon ewig nicht mehr geküsst.

„Küche oder Wohnzimmer?", fragte ich lockend, als ich mich nach einigen Minuten von ihm löste.

„Das Schlafzimmer", sagte Sam und zog mich hinter sich her. „Ich muss morgen früh raus."

In der Dunkelheit des Schlafzimmers zog er mich aus und drückte mich aufs Bett. Und auch wenn ich es schön fand, ihn so nah bei mir zu haben, mit meinen Händen über seine muskulösen Oberarme zu streichen und ihn in mir zu spüren, so war ich irgendwie enttäuscht. Das Ganze hatte so heiß begonnen. Und der Küchentisch oder die Couch wären eine nette Abwechslung gewesen. Jetzt hatte alles in unserer üblichen Routine geendet.

Dabei harmonierten wir beim Sex ganz wunderbar miteinander. Er wusste, was ich wollte, ich wusste, was er wollte. Doch wahrscheinlich war es gerade das, was es ein bisschen langweilig machte. Denn wenn man genau weiß, was der Partner möchte, neigt man dazu, ihm genau das auch zu geben. Ohne groß zu experimentieren.

Vor allem seitdem Paul auf der Welt und Zeit knapp war, gingen wir so effektiv und zielgerichtet wie möglich vor, was dazu führte, dass zwischen dem ersten Kuss und unserem gemeinsamen Orgasmus kaum mehr als zehn Minuten lagen. Ich hatte schon häufig darüber nachgedacht, unser Sexleben grundlegend zu revolutionieren. Aber wie, wenn man die meisten Sachen in der Prä-Paul-Zeit schon gemacht hatte? Sex in der Umkleidekabine, Sex in der freien Natur, Sex in den meisten Stellungen, zumindest diejenigen, für die man nicht zwangsweise den Spagat beherrschen musste, Sex mit Handschellen, Sex mit verbundenen Augen. Alles ausprobiert. Und wirklich exotische Dinge wie Peitsche und Streckbank, Sam im Latexsupermannkostüm, ich als Krankenschwester verkleidet, der Besuch eines Swingerklubs, all das war nicht mein Fall. Obwohl, Letzteres vielleicht schon. Zumindest wenn ich mir sicher sein könnte, dort nur ausgesprochen schöne Menschen anzutreffen. Ashton Kutcher und Natalie Portman wären nicht schlecht. Ich selbst müsste fünf Kilo weniger wiegen und durchtrainierter sein. Vielleicht sollte ich einen Body tragen.

Meine Güte! Ich presste mich fester an Sam. Kein Wunder, dass ich Schwierigkeiten hatte, wieder in Fahrt zu kommen, wenn ich meine Gedanken derart abschweifen ließ. Ich musste mich konzentrieren. Ich stellte mir vor, wie ich nackt mit Ashton Kutcher und Natalie Portman auf dem Deck einer Jacht lag, ein Hubschrauber kreiste in der Luft und erregte Paparazzi schossen Fotos von uns. Und nach kurzer Zeit hatten Sam und ich unseren gemeinsamen Orgasmus.

*

Am nächsten Morgen stand Nina mit Puck und einem riesigen giftgrünen Koffer vor der Tür.

„Du willst hier einziehen, oder?"

Nina verzog herablassend das Gesicht. „Du warst auch schon origineller."

„Nein, wirklich. Mein Gott, was hast du alles dabei? Dieser Koffer ist so groß wie unser Gästezimmer. Du kannst definitiv niemals Kinder bekommen. Denn dann müsstest du mit einer Entourage wie Jennifer Lopez verreisen."

Paul saß im Flur und gluckste begeistert auf, als er Puck sah, und vergrub sein Gesicht in dessen wuscheligem Fell. Der kleine Hund leckte ihn ab. Paul versuchte, ihm in die Nase zu beißen, so wie er es bei seinem Stoff-Hugo immer tat.

„Oh nein, mein Freund." Ich drohte Paul mit dem Zeigefinger und nahm ihn auf den Arm. Enttäuscht schrie er auf.

Erst als mein Sohn gegen eins seinen zweistündigen Mittagsschlaf antrat, fanden Nina und ich eine Gelegenheit, in Ruhe zu reden. „Du siehst besser aus als gestern", stellte Nina zufrieden fest.

„Ich fühle mich auch besser. Und ich habe mich sofort daran gemacht, deine Vorschläge in die Tat umzusetzen." Ich holte meinen Kalender hervor. „Morgen früh um zehn habe ich einen Termin in Leo's Sportsclub, am Samstag gehe ich zur Kosmetikerin, ich habe eine vertrauenerweckende Babysitterin gefunden, und tataaa …", ich griff in eine grüne Papiertüte und zog einen Hauch von schwarzer Spitze heraus, „hier ist die sündhaft teure Unterwäsche. Außerdem habe ich ein Schlank-im-Schlaf-Kochbuch und eine Yoga-CD gekauft."

„Wow!" Ein anerkennender Ausdruck huschte über Ninas Gesicht. „Das hast du alles innerhalb der letzten zwölf Stunden organisiert."

„Ich bin heute Morgen extra früher aufgestanden." Ich grinste und vermied es, ihr zu sagen, dass mein Shoppingtrip in mir alles andere als Glücksgefühle ausgelöst hatte. „Ach ja, und mit Sam geschlafen habe ich auch."

„Das ist die Fee, wie ich sie kenne und liebe." Nina nahm mich in den Arm. „Ich wusste doch, dass du dich nicht unterkriegen lässt."

Tatsächlich kam mir meine rebellische Natur zugute. Denn ich ließ mich nicht unterkriegen. Die diffuse Angst, mit der ich seit den Panikattacken kämpfte, wollte zwar einfach nicht verschwinden und ich fühlte mich immer noch permanent benommen, aber ich schaffte es, diesen Zustand weitestgehend zu ignorieren.

Mit Sam lief es besser. Wir schliefen wieder häufiger miteinander, – manchmal dachte ich dabei sogar ausschließlich an ihn –, und Anni, ein Mädchen, das ein Stockwerk über uns wohnte, passte jeden Freitagabend auf Paul auf. Über meinen Anfall und seine verständnislose Reaktion darauf sprachen wir nicht.

Ende November marschierten Sam und ich mit Schlittschuhen über der Schulter zum Karlsplatz. Schneeflocken wirbelten herum und in der Fußgängerzone waren die ersten Weihnachtsmarktstände aufgebaut. Der Duft von Glühwein und gebrannten Mandeln lag in der Luft und die Schaufensterauslagen funkelten und glitzerten.

Ich liebte die Weihnachtszeit. Unauffällig schubste ich Sam in Richtung des Juweliers Christ, wo ich vor einigen Tagen eine mit Swarovskisteinen besetzte Uhr von Donna Karan gesehen hatte. Doch Sam durchschaute mich.

„Netter Versuch. Aber dein Weihnachtsgeschenk habe ich bereits."

„Ernsthaft?" Normalerweise war Sam eher ein Last-Minute-Typ.

Ich schmiegte mich an ihn. „Wann hast du es denn gekauft?"

„Es ist mehr ideeller Natur." Sam legte den Arm um mich.

„Du hast mir etwas gebastelt?"

Er schüttelte den Kopf. Gut! Denn Sam war handwerklich eine echte Niete. Die meisten Nägel in unserer Wohnung hatte ich in die Wand geschlagen.

„Du bindest dir eine rote Lackschleife um und schenkst mir dich selbst?", scherzte ich.

„Mich hast du ja bereits." Er grinste. „Nein. Und du brauchst nicht weiterzuraten. Du kommst sowieso nicht drauf."

Mittlerweile waren wir auf dem Karlsplatz angekommen. Dort hatten sich so viele Menschen versammelt, dass man kaum die Eisfläche sehen konnte.

„Ich bin schon ewig nicht mehr Schlittschuh gelaufen." Sam sah mich zweifelnd an.

„Kein Problem. Umfallen kannst du bei diesen Menschenmassen auf jeden Fall nicht."

Er seufzte. „Gut. Stürzen wir uns ins Getümmel. Aber damit du es weißt. Das tue ich nur dir zuliebe."

Hand in Hand stolperten wir über die spiegelglatte Eisfläche, drehten uns im Kreis und lachten gemeinsam über unsere unbeholfenen Versuche. Bei einer besonders wilden Pirouette wäre ich fast gefallen. Doch Sam fing mich auf. Nur wenig später fuhr eine Ambulanz mit Blaulicht an uns vorbei und ich fragte mich einmal mehr, warum nichts im Leben perfekt war.

Zehn Tage vor meiner Abreise nach Irland beschloss ich, Nägel mit Köpfen zu machen und Sam von meinen Reiseplänen zu berichten. Ich wusste selbst, dass es eine Schnapsidee war, Ende November dorthin zu fliegen. Welchen Grund konnte man schließlich haben, freiwillig bei Dauerregen über Schafweiden zu laufen, wenn auf der anderen Seite Ziele wie Tunesien nur wenige Flugstunden entfernt lagen, die mit Sonne, Meer und braungebrannten Barkeepern lockten? Und ich war mir sicher, dass auch Sam mir meinen Wunsch nach Einsamkeit und Selbstfindung nicht abkaufen würde. Der Zeitpunkt für mein Geständnis musste also strategisch geplant werden.

Ich entschied mich dafür, ihn ins Mamacitas am Isartor einzuladen. Sam liebte die Enchiladas dort, und während des Essens konnte ich ganz nebenbei das Gespräch auf meinen Urlaub bringen. Ich mochte das Restaurant mit seinen hellen freundlichen Farben und der riesigen Fensterfront, die an warmen Tagen komplett zur Seite geschoben wurde. Früher waren Sam und ich fast jede Woche dort zur After-Work-Party gegangen. Mit einem Baby verlief der Abend jedoch leider nicht so harmonisch, wie ich es mir erhofft hatte.

Kaum hatten Sam, Paul und ich nämlich das Lokal betreten, krabbelte unser Sohn zu den künstlichen Steinwänden, zog sich daran hoch und versuchte, einen Stein herauszupulen. Zunächst freuten Sam und ich uns darüber, dass er eine Beschäftigung gefunden hatte und Bauklötze, Stoffkuh Hugo und Knisterbuch in der Wickeltasche bleiben konnten. Wir gaben entspannt die Bestellung auf. Enchiladas mit Rindfleisch für Sam, ein Surf-and-Turf-Salat für mich. Als Aperitif gönnte ich mir einen Jumbo-Cocktail. Doch unsere Freude währte nur kurz, denn als Paul merkte, dass die Steine fest in der Wand verankert waren, schaute er vorwurfsvoll zu Sam und mir und schlug gegen die Wand.

„Da! Da!"

Sam tat ihm den Gefallen und zupfte ein wenig an einem Stein herum, machte ein bedauerndes Gesicht und sagte: „Geht nicht. Der Stein ist fest."

„Ab, ab!" Pauls Gesichtsfarbe wechselte von Babyrosa zu Fleckigrot und er stieß wütende Laute aus. Schnell zog ich ihn von der Wand weg und kramte in der Tasche nach dem Knisterbuch mit den Tieren. Paul liebte es. Doch die kleinen Schweinchen mit ihren Ringelschwänzen und die Hundewelpen schienen seine Aggression noch zu verstärken. Er feuerte das Buch auf den Boden und wand sich aus meinem Griff heraus. Dann krabbelte er erneut auf die Steinwand zu und schlug dagegen. Die hippe Asiatin am Nachbartisch, die Paul anfangs noch verzückt beobachtet hatte, warf uns einen genervten Blick zu.

„Kannst du nicht wenigstens versuchen, einen kleinen Stein herauszureißen", flüsterte ich.

„Das ist Sachbeschädigung." Sam sah mich verständnislos an.

„Ich weiß. Aber wir müssen etwas tun, damit Paul diese blöde Wand in Ruhe lässt."

„Und was? Ich bin auf jeden Fall nicht dazu bereit, morgen unseren Versicherungsmakler anzurufen und ihm zu erklären, dass ich aus Versehen einen Plastikstein aus einer Wand in einem Restaurant gerissen habe. Lenk Paul mit etwas zu essen ab!"

Ich griff nach einem Stück Brot und zog Paul erneut zu mir auf den Schoß. Lockend hielt ich es ihm vor die Nase. Doch er schlug danach und kreischte auf. Die Bedienung stellte Sams Enchiladas vor uns auf den Tisch. Entschlossen nahm ich Paul auf den Arm.

„Ich werde mit ihm durchs Lokal gehen, bis mein Essen kommt. Vielleicht hat er bis dahin die blöde Wand vergessen."

Nach drei Runden im unteren und zwei weiteren im oberen Bereich des Restaurants hatte diese von ihrer Anziehungskraft jedoch nichts verloren. Immer wenn ich mich unserem Tisch näherte, begann Paul zu strampeln und zu quengeln und wollte auf den Boden gesetzt werden. Nachdem Sam fertig gegessen hatte, löste er mich ab. Ich schlang meinen Salat herunter und trank meinen Planters Punch in nur zwei Zügen aus. Als wir nach einer Dreiviertelstunde völlig gestresst im Auto saßen, hatte ich Bauchschmerzen, war leicht betrunken, und zu allem Überfluss schrie Paul auch noch aus vollem Hals. Ich drehte mich zur Rückbank um und steckte ihm einen Schnuller in den Mund. Doch er stieß ihn mit der Zunge weg und schrie lauter.

„Lass ihn!", fuhr Sam mich an. „Er mag ihn nicht."

„Und ich mag nicht die ganze Heimfahrt mit einem schreienden Kind im Auto sitzen", blaffte ich zurück und rammte den Schnuller erneut in den weit geöffneten Mund unseres Sohnes. Damit er ihn nicht wieder hinausspucken konnte, hielt ich ihn fest. Paul würgte.

„Hör auf! Du kannst ihn doch nicht knebeln. Wie würde es dir gefallen, wenn ich dir den Mund zuhalte, wenn du einen deiner hysterischen Anfälle hast."

„Ich habe keine hysterischen Anfälle."

„Ach." Sam sah mich mitleidig an. Das genügte!

„Bald musst du mich nicht mehr ertragen. Ich fliege nämlich nächsten Samstag nach Irland."

So, jetzt war es raus. Auch wenn der Zeitpunkt nicht ganz so strategisch günstig war, wie ich es mir erhofft hatte.

„Du tust was?“ Sam sah mich an, als hätte ich den Verstand verloren.

„Ich fliege nach Irland.“ Ich kramte eine Flasche Tee aus meiner Tasche und steckte Paul den Sauger in den Mund. Das Geschrei verstummte.

„Im Winter?“

„Warum nicht?“

„Weil es dort kalt ist und ständig regnet.“

„Der Winter ist in Irland wegen des Golfstroms längst nicht so kalt wie bei uns.“ Diese Information hatte ich kurz vor unserem Abendessen aus Wikipedia entnommen.

„Das mag ja sein. Aber was willst du dort?“

„Ich werde herumfahren und mir die Insel anschauen.“

„Dort ist Linksverkehr. Bist du schon einmal links gefahren?“

„Nein, aber so schwer kann das nicht sein. Schließlich fahren alle anderen Autos ebenfalls auf der linken Seite.“

Sam presste seine Hände fest um das Lenkrad. „Wie lange bleibst du?“

„Das weiß ich noch nicht. Ich habe nur den Hinflug gebucht.“

Ihm blieb der Mund offen stehen. „Du weißt nicht, wann du zurückkommst?“

„Ich komme zurück, wenn ich alles, was ich mir anschauen will, gesehen habe. Aber wenn es dich beruhigt: Weihnachten bin ich wieder da.“

„Aber was ist mit Paul? Lässt du ihn bei deinen Eltern?“

„Ich nehme ihn mit.“

„Das geht nicht“, sagte Sam.

Die Ader auf meiner Stirn begann zu pochen. „Warum nicht?“

„Weil es eine absolut schwachsinnige Idee ist, mit einem Baby im Winter durch Irland zu fahren. Wenn du unbedingt dorthin willst, warte, bis ich Ferien habe. Dann komme ich mit."

„Ich möchte aber jetzt fahren." Eigensinnig kniff ich den Mund zusammen.

„Warum jetzt?"

„Weil ich raus muss. Mir fällt zu Hause die Decke auf den Kopf."

Sam lachte freudlos auf. „Ach, dir fällt die Decke auf den Kopf. Du Arme. Gut, dann fahr, aber Paul nimmst du nicht mit."

„Doch."

„Nein."

„Doch."

„Das werden wir ja sehen."

Bis wir an unserer Wohnung ankamen, sprachen wir kein Wort mehr miteinander. Auch die folgenden Tage herrschte Eiszeit zwischen uns. Dann entdeckte Sam zu allem Überfluss den Scheck.

Er war kurz vor meinem Streit mit ihm mit der Post gekommen und ich hatte ihn in mein Nachtschränkchen geschoben.

„Was ist das?" Anklagend hielt er mir den Scheck unter die Nase.

Ich war gerade dabei, die Spülmaschine auszuräumen.

„Was?", fragte ich betont ruhig, obwohl mein Körper sich verkrampfte und meine Gedanken wie trockene Blätter in meinem Kopf herumwirbelten, als ich den Wisch erkannte.

„Das hier." Er wedelte mit dem Papier herum. „Das ist ein Scheck. Von meiner Mutter. Über 1000 Euro."

„Ach." Ich richtete mich auf und sah ihn böse an. „Warum hast du in meinem Nachtschränkchen herumgekramt?"

Wir hatten ausgemacht, dass es für ihn tabu war. Nicht, dass ich einen Vibrator dort aufbewahrte, der lag im Kleiderschrank, aber gerade wenn man zusammenwohnte, brauchte man einen Platz, der nur einem selbst gehörte. Und dieser Platz war mein Nachtschränkchen. Hatte ich ihm dies nicht unmissverständlich klargemacht?

Doch Sam blieb unbeeindruckt. „Ich habe Taschentücher gesucht. Aber du hast meine Frage nicht beantwortet. Warum schickt dir meine Mutter Geld?"

„Für Pauls Autositz."

Sam starrte mich an. „Du weißt genau, dass ich kein Geld von meinen Eltern will."

Ich versuchte, seinem Blick standzuhalten. Bilder von gemeinsamen Abendessen in schicken Münchner Restaurants zogen an mir vorbei, Skiurlaube in Kitzbühel, die Villa in Bogenhausen mit dem Pool im Garten und der Sauna im Keller. War es denn so verwerflich von mir, dass ich mich nach diesem Leben zurücksehnte? Außerdem mochte ich Sams Eltern. Warum zum Teufel hatte er diese verdammten Apotheken nicht übernehmen können?

„Und trotzdem hast du diesen Scheck angenommen." Sams Stimme klang gepresst.

„Ich habe ihn ja nicht eingelöst", erwiderte ich trotzig. „Ich wollte dich erst fragen, aber die letzten Tage haben wir nicht miteinander geredet. Paul braucht einen größeren Sitz. In die Babyschale passt er kaum noch hinein. Und wir haben keine 200 Euro übrig, um ihm einen zu kaufen."

„Ein neuer Autositz kostet keine 200 Euro. Ich habe im Internet nachgeschaut. Es gibt sie bereits ab 80 Euro."

„Aber keinen schönen." Ich zwirbelte nervös eine Haarsträhne um meinen Finger.

„Keinen schönen. Aha! Und deswegen hast du mich hintergangen. Weil wir für 80 Euro keinen schönen neuen Schicki-Micki-

Designer-Autositz bekommen." Sams Stimme schwoll bei den letzten Worten an.

„Ich wollte dich nicht ..."

„Natürlich wolltest du nicht. War es das erste Mal, dass du Geld von meiner Mutter angenommen hast?"

„Ja." Ich bückte mich nach unten und nahm den Besteckkasten aus der Spülmaschine.

Sam verschwand nach draußen in den Flur. Er kam mit Pauls Winterjacke zurück.

„Und was ist damit?" Er hielt sie mir anklagend vor die Nase.

„Was soll damit sein?"

„Die Jacke ist von Bogner und kostet mindestens 150 Euro. Paul wird in ein paar Monaten herausgewachsen sein."

„Ich habe sie in einem Baby-Secondhand-Laden gekauft. Das weißt du aber." Und es stimmte auch.

„Ja, und ich habe es dir geglaubt. Aber jetzt glaube ich es dir nicht mehr. Also. War es das erste Mal, dass du Geld von meiner Mutter angenommen hast?" Seine Augen hefteten sich durchdringend an meine.

Ich wich seinem Blick aus. „Nein. Aber ich gebe das Geld nur für Paul aus. Und ich habe das meiste davon auf sein Sparkonto getan."

Doch Sam ging nicht darauf ein. „Wie oft schon?"

„Wie oft was?"

„Wie oft hat dir meine Mutter ihre großzügigen Almosen zukommen lassen?"

„Ein paar Mal. Ich weiß nicht genau, wie oft."

„Natürlich weißt du es." Sam lachte gequält.

„Aber was sollte ich denn tun? Du verdienst fast nichts. Mein Geld reicht nicht für Miete, Versicherungen, Pauls Babynahrung. Und weißt du, wie viel der neue Auspuff von meinem Auto gekostet hat?"

„Unser Geld reicht sehr wohl für alles. Unser Geld reicht nur nicht für Designerkleider und einen Promikinderwagen. Und der Auspuff vom Auto hätte nur die Hälfte gekostet, wenn du statt eines Mini-Cabriolets einen Opel oder Ford fahren würdest. Dort würden auch der Kinderwagen und unsere Einkäufe besser hineinpassen."

Ich schwieg. Sam ließ sich auf den Küchenstuhl sinken.

„Ich weiß überhaupt nicht, was in letzter Zeit mit dir los ist." Er klang resigniert.

„Ich weiß es auch nicht." Ich begann zu schluchzen. „Ich liebe Paul, wirklich, aber seitdem er auf der Welt ist, ist mein Leben ein einziges Chaos."

„Oh ja. Ein einziges Chaos", wiederholte Sam zynisch. „Du hast ein gesundes Kind, eine nette Familie und immer noch genug Geld, um dir teure Kleider und ein Cabrio zu leisten. Du bist zu bedauern, du Arme."

„Und du bist unfair." Hektisch stapelte ich die sauberen Teller auf der Arbeitsplatte aufeinander. „Du weißt genau, wie schlecht es mir nach Pauls Geburt gegangen ist."

„Ja, dir ist es schlecht gegangen." Sams Stimme ließ jegliche Emotion vermissen. „Weil du nicht mehr so lange schlafen konntest, wie du wolltest. Weil du dein Geld auf einmal teilen musstest. Weil du nicht mehr jedes Wochenende auf irgendwelchen Promi-Events rumhängen konntest."

Ich schaute ihn fassungslos an. „Ich hatte eine Menge Blut verloren."

Sam lachte auf. „Ja, nach der Geburt der Blutverlust, die Brustentzündungen und deine anderen Wehwehchen und jetzt die Panikattacken. Das alles kaufe ich dir nicht mehr ab. Soll ich dir sagen, was dein einziges Problem ist?"

„Lass mich an deinem Wissen teilhaben!", sagte ich sarkastisch.

Sams Gesicht näherte sich meinem, bis es nur noch wenige Zentimeter davon entfernt war. „Das einzige Problem, das du hast, ist, dass du dich das erste Mal in deinem Leben um einen anderen Menschen als dich selbst kümmern musst. Und damit kommst du nicht klar."

Ich wich zurück. Starrte auf Sam, dann auf den Teller in meiner Hand. Überlegte, ob ich ihn in sein blasiertes Gesicht werfen sollte, um nicht selbst zu zerbrechen. Doch meine Wut war fort. In mir nur noch Leere. Ich stellte ihn auf den Tisch.

„Verschwinde!", sagte ich so ruhig wie möglich. „Hau ab! Ich ziehe zu meinen Eltern. Und bis ich Mitte Januar wieder arbeiten muss, hast du dir eine eigene Wohnung gesucht. Ich will dich nicht mehr sehen."

„Du schmeißt also alles hin? Einfach so?"

„Ja", antwortete ich müde. „Aber nicht einfach so. Wir tun uns schon seit einer ganzen Weile nicht mehr gut."

Acht

„Ich habe es doch gewusst, dass dir dieser Kerl nicht das Wasser reichen kann“, sagte Vater, als ich kurz darauf mit bleichem Gesicht und Paul auf dem Arm vor der Tür stand, um das zweite Mal innerhalb kürzester Zeit in Marzling Asyl zu suchen. Anscheinend war er gerade vom Golfspielen zurückgekommen, denn er trug noch den Pullunder, die seltsamen Schuhe und die unsagbar alberne Mütze, die man sich kaufen musste, wenn man kaschieren wollte, dass man ein Handicap hatte, das über 18 lag.

„Ich könnte in eure Wohnung fahren und ihm tüchtig die Meinung sagen.“ Er ließ ein paar Mal seinen Schläger an meinem Ohr vorbeizischen.

„Das Angebot ist sehr nett von dir. Aber ich war es doch, die ihn verlassen hat.“ Ich presste die Lippen zusammen.

Mein Vater drückte mich unbeholfen an sich und verschwand unter die Dusche. Er hatte schon immer besser mit Taten als mit Worten trösten können.

Milla reagierte erfreulicherweise ganz anders, als ich erwartet hatte. Ich musste weder eine Engelkarte ziehen noch pendelte sie aus, ob meine Entscheidung richtig gewesen war. Sie kochte mir nur eine große Tasse Entspannungstee und packte mich mit einer Wärmflasche ins Bett. Dann strich sie mir kurz über den Kopf, legte eine Entspannungs-CD ein und zog die Tür hinter sich zu.

Normalerweise mochte ich es nicht, wenn Paul bei mir im Bett lag. Er schlief unruhig, zuckte zusammen und stieß mir ständig einen Arm oder einen Fuß ins Gesicht. Doch an diesem Abend hob ich ihn aus seinem Reisebett heraus, nahm ich ihn mit unter meine Decke und presste meinen Körper eng an seinen. Warum war ich nur so impulsiv gewesen? Hatte Sam rausgeschmissen. Ihm gesagt, dass alles aus sei. Ich hätte mir eine Auszeit erbeten und erst einmal eine Nacht über alles schlafen können. Natürlich waren seine Vorwürfe ungeheuerlich gewesen. Aber ich hatte sein Vertrauen missbraucht. Auch wenn ich Evas Geld nicht für mich ausgegeben hatte, hätte ich es schlicht und einfach niemals annehmen dürfen. Ich überlegte, ob ich Sam vielleicht anrufen, den ersten Schritt zu einer Versöhnung machen sollte, aber seine verletzenden Worte von vorhin hielten mich davon ab. Ich fühlte mich merkwürdig wund und hohl. Mein Herz pochte fest gegen meinen Brustkorb, doch nicht schnell und unkontrolliert, sondern langsam. Und es schmerzte bei jedem Schlag.

„Jetzt wäre ein geeigneter Moment für eine Panikattacke", dachte ich. Aber nichts geschah. Im Gegenteil! Zum ersten Mal seit Wochen fühlte ich mich klar. Die Watte war aus meinem Kopf verschwunden und ich sah die Welt auch nicht mehr wie durch die Scheiben eines Aquariums hindurch. Ich dachte an Sam und unsere erste gemeinsame Nacht in Spanien. Ich sah die Sterne über mir, spürte den Wind auf meinem Gesicht und war traurig über die Chance, die wir nicht genutzt hatten.

❋

Die Nachricht, dass Sam und ich uns getrennt hatten, verbreitete sich schneller als ein Ebolavirus. Am nächsten Nachmittag erschien Lilly, kurz darauf folgte ihr Helga. Die Anteilnahme der beiden rührte mich zwar, aber am allerliebsten wäre ich allein geblieben und hätte die ganze Angelegenheit verdaut. Doch ich war zu schwach, um vor ihnen zu fliehen, und so saß ich wie eine alternde Diva in eine Decke gehüllt auf der großen Hollywoodschaukel im

Wintergarten, unfähig, mich zu rühren, und beantwortete wie im Repeatmodus ihre immer gleichen Fragen.

Gegen Abend trudelte völlig unerwartet Mia ein. Bei ihr jedoch war von Anteilnahme wenig zu spüren. Im Gegenteil, sie schien sichtlich entzückt über meinen Zustand.

„Du siehst beschissen aus", begrüßte sie mich erfreut. „Deine Haut ist ganz grau."

„Ich fühle mich auch grau." Ich war zu schwach, um mich gegen ihre Angriffe zu wehren. Und sie waren mir egal.

Letztendlich war ich es nämlich gewesen, die den ersten Schritt gemacht und Sam angerufen hatte. Doch unser Gespräch dauerte kaum 30 Sekunden und seine Stimme klang kalt wie ein Eiswürfel. Selbst gegen meine Irlandreise schien er keine Einwände mehr zu haben. Auf jeden Fall war er nicht darauf eingegangen, als ich ihm anbot, sie abzusagen. Gegen den Schmerz, der seitdem in meinem Inneren wütete, waren Mias Äußerungen nur winzige Pikser.

„Und deine Haare sind nicht gewaschen." Mia hob kurz eine meiner blonden Strähnen an. „Mein Gott, es muss dir echt schlecht gehen. Sam hat dich wirklich verlassen?"

„Ich habe ihn verlassen."

„Das Ergebnis ist das gleiche. So einen findest du nicht mehr." Sie grinste triumphierend.

„Ach, lass mich doch in Ruhe." Ich wedelte mit der Hand vor ihr herum, als wollte ich eine Fliege verscheuchen.

„Natürlich würde Fee wieder so einen finden. Aber das muss sie gar nicht, denn ich bin mir sicher, dass sie und Sam sowieso wieder zusammenkommen." Helga setzte sich neben mich auf die Schaukel und nahm mich in den Arm. „Sie brauchen nur eine kleine Pause."

„Das glaube ich auch." Lilly nickte. „Sam und du, ihr gehört zusammen. Ihr seid wie Harry und Sally."

„Eher wie Harold and Maude." Mia kicherte.

Lilly warf ihrer Zwillingsschwester einen zornigen Blick zu. „Ihr kennt euch schon so lange. So etwas ist nicht einfach vorbei." „Genau", bekräftigte Helga. „Wie lange war Sam in dich verliebt, bevor ihr zusammengekommen seid? Zehn Jahre?"

Ich zuckte mit den Schultern.

„Und wie lange willst du bei Milla und Papa wohnen bleiben?", erkundigte sie sich.

„Nur bis Mitte Januar. Dann muss ich wieder arbeiten."

„Das sind noch sieben Wochen." Mia rollte mit den Augen. „Ich würde sterben, wenn ich es so lange in diesem Kaff aushalten müsste. Was willst du den ganzen Tag machen? Mit Bernhard und Bianca joggen gehen?" Sie zeigte auf das Pärchen, das gerade dabei war, das Nachbarhaus zu verlassen. Beide hatten einen praktischen Kurzhaarschnitt und trugen wie immer den gleichen blauen Adidas-Sportanzug. Eigentlich hießen sie Bernhard und Christine. Da Mia sie aber hartnäckig mit Bernhard und Bianca, den Mäusen aus dem gleichnamigen Walt-Disney-Film, betitelte, hatte sich diese Bezeichnung bei uns allen festgesetzt, und wir mussten höllisch aufpassen, die junge Frau nicht wirklich mit Bianca anzusprechen. Lilly winkte den beiden zu, Bernhard und Bianca winkten freundlich zurück und entschwanden aus unserem Blickfeld.

„Wenn du dich ihnen anschließen willst, brauchst du aber auch so einen Trainingsanzug", meinte Helga ernsthaft.

„Und eine Topffrisur", gab Lilly zu bedenken.

Auch wenn diese Vorstellung eigentlich zutiefst deprimierend war, musste ich lachen.

„Wenn dir langweilig ist, könntest du Manfred fragen, ob du ihm im Garten helfen darfst. Jetzt im Herbst hat er jede Menge zu tun", schlug Helga vor.

„Nein, danke." Ich verzog das Gesicht. Manfred war der Frührentner, der vor einem Jahr das Haus links neben den Aibls bezogen hatte und den lieben langen Tag in einer weißen kurzen

Hose, bis zu den Knien hochgezogenen Tennissocken und mit einem kleinen Eimerchen über sein handtuchgroßes Grundstück lief, Blumen goss, Unkraut jätete oder mit einer Nagelschere in der Hand auf dem Boden lag und dafür sorgte, dass jeder Grashalm seines Rasens die korrekte Länge hatte. Bei Letzterem hatte ich ihn selbst beobachtet.

„Du könntest dich auch mit Maria und Brigitte anfreunden", schlug Mia süffisant vor. „Vielleicht hast du bei Frauen mehr Glück als bei Männern."

„Die beiden haben letzten Monat geheiratet. Wusstest ihr das?", fragte Lilly.

Wir anderen schüttelten den Kopf.

„Bernhard und Bianca, Manfred, Maria und Brigitte und die Aibls. Wer weiß, welche Anomalien du noch entwickelst, wenn du dich länger hier aufhältst." Mia wiegte gespielt sorgenvoll den Kopf hin und her.

„Ich glaube nicht, dass es politisch korrekt ist, ein verheiratetes Lesbenpärchen als anormal zu bezeichnen", konterte ich schwach.

Doch insgeheim schauderte es mich. Mir war nicht bewusst gewesen, dass meine Eltern in den letzten Jahren zunehmend von Exoten eingekreist wurden. Umgeben von einer solchen Nachbarschaft war es nicht verwunderlich, dass meine Mutter mit Engeln kommunizierte, während mein Vater einen altersuntypischen Hang zu Körperschmuck entwickelte und einmal im Monat zur Kosmetikerin ging.

„Ich werde nicht die ganze Zeit hier wohnen", sagte ich, bevor mich der Gedanke, in ein paar Wochen eventuell als Prinzessin Lillifee verkleidet durch die Straßen von Marzling zu spazieren, zu sehr deprimierte. „In vier Tagen fliege ich nach Irland."

„Du fliegst wohin?" Helga blieb der Mund offen stehen und auch die anderen beiden starrten mich an.

„Nach Irland", wiederholte ich betont laut und langsam.

„Im Winter?“

„Noch ist es Herbst.“

„Das macht es aber nicht besser“, sagte Mia.

„Warum willst du gerade nach Irland?“, fragte Lilly.

Ich wiederholte die Antworten, die ich Sam bereits vor einem Tag gegeben hatte: Wollte schon immer dorthin, mildes Klima, im Sommer zu viele Touristen.

„Du wirst statt deiner Nuttenschläppchen Gummistiefel einpacken müssen.“ Mia grinste boshaft. „Meinst du, du kannst darin gehen?“ „Bestimmt.“ Schon vor langer Zeit hatte ich gelernt, mich nicht mehr von ihr provozieren zu lassen.

„Mit wem fährst du? Doch nicht allein, oder?“, fragte Lilly.

„Nein. Mit Paul.“

„Aber ist das nicht ein bisschen einsam? Nur du und Paul.“ Helga runzelte die Stirn.

Auch wenn ich es mir nicht gerne eingestand, dieser Gedanke war mir auch schon gekommen. Und je näher meine Abreise rückte, desto mulmiger wurde mir bei der Vorstellung, mit meinem zehn Monate alten Sohn allein über die grüne Insel zu fahren. Im Linksverkehr.

„Möchte eine von euch mitkommen?“, fragte ich Mia und Lilly hoffnungsvoll. Da Helga mittlerweile aussah, als hätte sie Danny de Vito verschluckt, erübrigte sich diese Frage bei ihr.

„Garantiert nicht.“ Mia zeigte mir einen Vogel.

Auch Lilly musste passen. „Der Jahresabschlussbericht in Torstens Büro steht an.“

„Seht ihr. Mir bleibt nichts anderes übrig, als allein zu fahren.“ Vorwurfsvoll blickte ich sie an.

„Ach.“ Mias Augen glitzerten gefährlich. „Wenn dir so viel an Gesellschaft liegt, würde mir schon jemand einfallen, der Zeit hätte, dich auf deinem Selbstfindungstrip zu begleiten.“

„Wer denn?“

„Milla.“

„Nein.“

„Dann fahr allein.“ Sie zuckte mit den Schultern.

Es dauerte zwar ein wenig, aber letztendlich überwand ich mich doch, meine Mutter darum zu bitten, ein paar Tage mit Paul und mir zu verreisen. Ich fühlte mich schlichtweg nicht dazu in der Lage, das Projekt Irland alleine anzugehen. Was, wenn ich auf der Insel einen Panikanfall bekäme? Was, wenn ich frontal mit einem LKW zusammenstieß? Und ich konnte David doch nicht gleich bei unserem ersten Treffen mit Paul auf dem Arm gegenübertreten. Doch auch Milla stand meinem Reiseziel zunächst skeptisch gegenüber.

„Muss es unbedingt Irland sein? Normalerweise fährt man doch im Frühling oder Sommer dorthin. Wenn alles grün ist und kleine Lämmchen über die Wiesen sausen. Wir könnten ein paar Wochen mit unserer Irlandreise warten und stattdessen nach Ägypten fliegen. Dort kann man jetzt noch im Meer baden.“ Sie zog die Stirn in Falten.

„Ach, wer will denn schon nach Ägypten!“ Ich machte eine wegwerfende Handbewegung. „Und im Frühling und Sommer ist Irland viel zu überfüllt. Im Winter ist dort überhaupt nichts los und der Flug und die Hotels sind spottbillig. Außerdem“, ich packte meinen letzten Trumpf aus, „ist Irland das Land der Zwerge, Elfen und ... Engel.“

„Der Engel?“

„Ja, der Engel. Und überall gibt es energetische Plätze, wo du dein Energiefeld neu aufladen kannst. Die Iren sind ein wahnsinnig spirituelles Volk.“

Ich überlegte kurz, ob ich zu dick aufgetragen hatte. Denn meine Mutter blickte mich misstrauisch an und fühlte sich offensichtlich nicht ernst genommen. Doch dann schien sie abzuwägen, was ihr lieber war, das Tanken von Energie oder das Tanken von Sonne, und ihre Spiritualität siegte.

„Na gut, ich komme mit. Vielleicht ist es ganz gut, wenn ich mal rauskomme."

„Natürlich ist es das", bekräftigte mein Vater. „Es ist doch toll, wenn du ein paar Tage deine Freiheit hast und tun und lassen kannst, was du willst."

Ich verkniff mir nur mühsam ein Grinsen. Weit mehr als die Freiheit meiner Mutter lag ihm nämlich garantiert seine eigene am Herzen.

Neun

„Auch die dunkelste Nacht hat Sterne." Mit diesem Satz hatte Milla mich im Kindergarten und in der Grundschule immer aufgemuntert, wenn ich meinen Lieblingsteddy verloren hatte oder einer meiner Schmetterlingsohrringe kaputt gegangen war. Der kleine Stern war meist unmittelbar erschienen, und zwar in Form von Gummibärchen und Schokolade, die mir meine Mutter hinter dem Rücken meiner Geschwister verstohlen in die Backentaschen schob. In der Pubertät stand ich dieser Binsenweisheit etwas kritischer gegenüber. An die Stelle von verschwundenen Teddys und kaputten Schmetterlingsohrringen traten widerspenstige Jakobs, Simons und Ferdinands, die einfach nicht verstehen wollten, dass ich genau die Frau war, die sie bis an ihr Lebensende glücklich machen würde. Mein Herzschmerz ging tiefer und es brauchte eine viel größere Menge an zuckerhaltigen Nahrungsmitteln, um mich zu trösten. Doch eigentlich hatte Milla recht behalten: Irgendwie war es immer weitergegangen und keine Nacht blieb so dunkel, wie sie anfangs schien.

Auch dieses Mal tauchte, klein, rundlich und in eine verführerische Wolke Chanel No 5 getaucht, ein winziger Leuchtpunkt am ansonsten tiefschwarzen Himmel meiner Depression auf.

Einen Tag, nachdem Sam nach Marzling gekommen war, um sich von Paul zu verabschieden, und mich bei diesem Besuch wie eine Hausstaubmilbe behandelt hatte – klein, unsichtbar, aber trotzdem ausgesprochen lästig – lag ich morgens um halb sieben im Bett, Paul saß auf meinem Brustkorb und ich war zu schwach, ihn daran zu hindern, mir seine Finger in Augen, Nase, Ohren und Mund zu bohren.

„Mein Leben ist zu Ende!", dachte ich dumpf. „Ich bin dick, alleinerziehend und bald arbeitslos. Meine Eltern streiten sich nur noch, meine Schwestern haben ihr eigenes Leben, mein Kind ist bald groß und dann habe ich niemanden mehr. Ich sitze zu Hause auf dem Sofa, lese Rosamunde-Pilcher-Romane und bastele Blumen aus Draht und Perlonstrümpfen." Besonders Letzteres erschien mir ausgesprochen trostlos und ich spürte, wie sich eine Träne in meinem rechten inneren Augenwinkel ansammelte.

„Da!" Pauls Finger schoss interessiert nach vorne und bohrte sich in meinen Augapfel.

Auf meinem Nachtschränkchen vibrierte es. Mit schmerzendem Auge griff ich nach meinem Handy und schielte auf das Display. Ich hatte eine Kurzmitteilung erhalten. Von Sams Mutter Eva, die mich ins Münchner Café Luitpold zum Frühstück einladen wollte.

*

Ich parkte den Mini in der Nähe des Odeonsplatzes und marschierte die Brienner Straße hinauf zu dem altehrwürdigen Café. An diesem Wochenende hatte der Schwabinger Weihnachtsmarkt eröffnet und neben den Gitarrenklängen von Feliz Navidad drang auch der Geruch von Glühwein und Bratenspießen zu mir herüber. Mir knurrte unwillkürlich der Magen, vor allem, da ich wusste, dass im Café Luitpold die Preise hoch und die Portionen winzig waren.

Eva wartete bereits auf mich. Sie war wie immer top gestylt und ähnlich üppig mit Schmuck behangen wie der opulente Weihnachtsbaum im Eingangsbereich des Cafés.

„Felicitas, wie schön, dass du gekommen bist. Wo ist mein süßer Enkel?" Sie hauchte mir rechts und links ein Küsschen auf die Wange.

„Ich habe ihn bei meiner Mutter gelassen. Wir hätten sonst keine ruhige Minute gehabt. Seitdem er krabbeln und sich hochziehen kann, ist er nicht mehr dazu zu bewegen, in einem Hochstuhl sitzen zu bleiben. Das nächste Mal komme ich zu dir nach Hause."

Evas Augen leuchteten. „Wann hast du Zeit? Ich habe bereits fünf Sorten Plätzchen gebacken."

„Leider erst kurz vor Weihnachten. Paul und ich fahren nach Irland."

„Nach Irland?" Eva hob ungläubig die Augenbrauen. „Im Winter?"

„Ich besuche eine Freundin." Ich hatte keine Lust darauf, mich erneut lang und breit über die Beweggründe meiner Reise auszulassen.

„Es ist bestimmt ganz schön kalt dort." Eva fröstelte und zog ihr kunstvoll gerafftes Hermèstuch ein wenig fester um den Hals.

„Nein, durch den Golfstrom ..." Mein Gott, normalerweise war ich diejenige mit dem fehlenden Allgemeinwissen. Wusste denn außer mir wirklich gar niemand über das Klima in diesem Land Bescheid? An den Reaktionen meiner Mitmenschen gemessen, konnte man glauben, dass Irland direkt neben Sibirien lag.

„Ich mag die wärmeren Regionen ja lieber. Für nächsten März habe ich mit Herbert eine Reise in die Karibik geplant. Wenn er es bis dahin geschafft hat, sich von diesen vermaledeiten Apotheken zu lösen." Eva seufzte.

Eine Bedienung kam zu uns an den Tisch und nahm unsere Bestellung entgegen. Eva orderte ein Kännchen Kaffee und eine Brezel, ich einen Jasmintee und das Frühstück Mannequin.

„Hat Herbert einen Pächter gefunden?" Neugierig beugte ich mich nach vorn. Wenn das leidige Thema Apotheke endlich vom Tisch war, würde vielleicht endlich Frieden in dieser Familie einkehren.

„Ja, einen junger Mann. Er ist Ende dreißig und kommt aus Hamburg. Am liebsten würde er alles sofort übernehmen. Aber du kennst ja Herbert. Er kann sich noch nicht völlig davon lösen. Mit Samuel als Nachfolger wäre ihm der Abschied leichter gefallen."

Innerlich verdrehte ich die Augen. Weder meine Schwestern noch ich waren Steuerberaterinnen geworden. Hatte mein Vater deswegen einen solchen Aufstand gemacht? Aber vielleicht war das auch nicht zu vergleichen. Die Sonnenapotheke war eine der ältesten Apotheken in München und befand sich seit 150 Jahren in Familienbesitz, die Apotheke am Isartor und die in Bogenhausen hatte Herberts Opa aufgebaut. Die Steuerkanzlei meines Vaters dagegen wurde erst 1981 eröffnet, und als der ersehnte Sohn ausgeblieben war, hatte mein Vater wohl gar nicht erst damit gerechnet, unter seinen Töchter einen potenziellen Nachfolger zu finden.

„Wie geht es Samuel?" Ein Hauch von Bedauern lag in Evas Stimme.

Sams Vater war es gewesen, der ihn vor anderthalb Jahren zu Hause rausgeschmissen hatte. Aber da Eva sich in dieser Auseinandersetzung nicht kategorisch auf die Seite ihres Sohnes gestellt hatte, sprach Sam auch mit ihr seitdem nur noch das Notwendigste. Dass wir nicht mehr zusammen waren, schien jedenfalls nicht bis zu ihr vorgedrungen zu sein. Ich beschloss, nicht lange um den heißen Brei herumzureden.

„Sam und ich haben uns getrennt."

„Wie bitte?" Ihre Augen weiteten sich. „Aber warum? Ihr wart doch glücklich miteinander."

„Ja, waren wir. Aber seitdem Paul auf der Welt ist und Sam diese Lehrerausbildung macht, haben wir uns nur noch gestritten. Aber wir werden weiterhin in Kontakt bleiben und Sam kann Paul jederzeit sehen." Ich beschloss, die ganze Angelegenheit im Rekordtempo abzuhaken. An einer Versöhnung schien ihrem Sohn ja ganz augenscheinlich nicht gelegen zu sein.

„Ach Gott, das tut mir leid." Eva blickte mich mitfühlend an und ich merkte, dass meine Unterlippe zitterte.

Zum Glück brachte die Bedienung uns in diesem Moment unser Frühstück. Das Modell „Mannequin“ hielt, was sein Name versprach. Das Birchermüsli war in einem Glasschälchen mit einem Durchmesser von sechs Zentimetern drapiert und bei dem Obstsalat handelte es sich um drei Trauben und zwei Scheibchen Apfel. Um Eva nicht anschauen zu müssen, machte ich mich sofort darüber her.

Doch ihr hatte es den Appetit verschlagen, denn sie zerbröselte ihre Brezel nur zwischen den Fingern, aß aber nichts davon.

„Als Sam klein war, haben Herbert und ich uns auch ständig gestritten“, meinte sie nachdenklich. „Es war eine anstrengende Zeit. Herbert hatte gerade die Apotheken übernommen und Tag und Nacht gearbeitet und ich habe zu Hause mit dem kleinen Kind gesessen und gedacht, dass mein Leben nur noch aus Windeln und Babybrei besteht. – Ihr braucht vielleicht einfach nur ein wenig Abstand voneinander. Oder hast du einen anderen?“

Nicht nur ich, auch Sams Mutter war eine Freundin der direkten Worte.

„Nein.“ Ich schüttelte den Kopf.

„Hat Sam eine andere?“

Ich dachte kurz an Monika. „Auch nicht.“

„Was hindert euch daran, es in ein paar Wochen erneut zu versuchen? Ihr habt schließlich ein kleines Kind.“

„Es ist einfach zu viel schiefgelaufen.“

„Was denn?“

Sie konnte wirklich hartnäckig sein. Ich bedauerte es langsam, mich mit ihr getroffen zu haben.

„Du weißt doch, dass ich nach Pauls Geburt Probleme hatte.“

Eva nickte.

„Sam hat es überhaupt nicht verstanden. Ich glaube, damit fing alles an.“

Sie griff nach meiner Hand. „In dieser Hinsicht ist Samuel wie sein Vater. Die Leidensgeschichten seiner Kunden hört sich Herbert geduldig an, aber wenn ich krank bin, bringt er mir noch nicht einmal einen Tee ans Bett. Es scheint fast so, als wäre er durch meine Unpässlichkeit persönlich beleidigt."

„Du denkst also, Sam kann nichts für sein Verhalten? Er ist lediglich das Opfer seiner Gene?"

Eva nickte. „Und auch wenn er es dir nicht immer zeigt, ich weiß genau, dass mein Sohn dich sehr, sehr liebt. Schon seit eurem ersten Treffen."

„Woher willst du das wissen?"

Sie lachte. „Weil er es mir gesagt hat. Damals hat er schließlich noch mit mir gesprochen. Nachdem ihr das erste Mal in den Isarauen wart, ist er abends nach Hause gekommen und hat mir erzählt, dass er die Frau getroffen hat, mit der er gemeinsam alt werden möchte. Gut, es hat noch ein wenig gedauert, bis ihr zusammengekommen seid, aber egal wie viele Freundinnen er in der Zwischenzeit hatte, er wollte immer nur dich."

„Hat er dir das auch gesagt?"

„Ja, des Öfteren. Und du weißt, dass er normalerweise kein großer Redner ist."

Ich schluckte. Die Frau, mit der er gemeinsam alt werden möchte. Davon hatte ich keine Ahnung gehabt. Mir hatte Sam nur erzählt, dass er sich schon bei unserem ersten Treffen gewünscht hatte, mit mir ins Bett zu gehen.

„Meinst du, ich könnte Samuel einmal anrufen?", fragte Eva. „Ich finde es schade, dass sich unser Verhältnis die letzten Jahre so verschlechtert hat."

Ich zuckte mit den Schultern. „Du weißt, wie stur er ist. Aber versuch es. Durch unsere Trennung hat sich einiges verändert."

Schweigend widmete ich mich meinem Frühstück. Ich musste darüber nachdenken, was Eva mir gerade erzählt hatte.

Nach unserer Verabschiedung spazierte ich noch ein wenig durch die Fußgängerzone. Ich überlegte, ob ich mir von dem Scheck, den Eva mir während unseres Frühstücks aufgedrängt hatte, etwas gönnen sollte. Doch seit meiner Panikattacke im Badezimmer trieb mir allein der Gedanke daran, einkaufen zu gehen, den Angstschweiß auf die Stirn. Selbst beim Schminken fühle ich mich unwohl. Ich musste an Dr. Mertens Worte denken. „Gefährlich werden die Panikattacken nur, wenn sie Einfluss auf unseren Alltag nehmen." Angst vor geschlossenen Räumen, Angst vor Menschenansammlungen, meinetwegen auch Angst davor, Auto zu fahren. All das konnte ich nachvollziehen. Aber war es nicht grotesk, dass es mir davor graute, eine Boutique zu betreten oder in den Spiegel zu schauen?

Nachdem ich ein wenig ziellos herumgeschlendert war, blickte ich auf die Kirchturmuhr der Frauenkirche. Erst halb zwölf. Sam würde noch in der Schule sein. Der Zeitpunkt war günstig, um zu Hause noch die paar Dinge einzupacken, die ich bei meinem überstürzten Aufbruch vergessen hatte. Und um herauszufinden, was Sam in meiner Abwesenheit alles trieb.

❄

Als ich die Wohnung betrat, fiel mir sofort der abgestandene Geruch auf. Sam musste seit Tagen nicht mehr gelüftet haben. Abgesehen von seiner ungemachten Bettseite sah es aber überraschend ordentlich aus. Sam hatte seine herumliegenden Kleider im Schrank verstaut und in der Küche stand bloß eine leere Flasche Rotwein auf der Anrichte. An den Fliesen über dem Herd klebte der kleine weiße Zettel. „Für immer du ♥!" Sam hatte ihn mir geschrieben, kurz bevor Paul auf die Welt gekommen war. Damals hätte ich nicht im Traum daran gedacht, dass dies die letzten romantischen Worte waren, die er an mich richten würde. Obwohl, das stimmte nicht ganz. Als Paul und ich aus dem Krankenhaus gekommen waren, hatte ein Banner an der Tür seines Kinderzimmers geklebt: „Schön, dass ihr wieder da seid, ihr beiden Süßen." Zu diesem Zeitpunkt musste ich den ersten Platz in Sams Herzen jedoch schon teilen.

Ich ging zu Pauls Kleiderschrank und stopfte wahllos einige Bodys, Strumpfhosen und Halstücher in meine Tasche. Über seinem Wickeltisch hing das Mobile mit den Schäfchen und dem Schäfer und auf dem Regal daneben lagen Kinderbücher und sein Babyalbum. „Unser kleiner Prinz" stand darauf. Nachdem ich ein paar Hosen und Pullover für Paul eingepackt hatte, setzte ich mich auf den blauen Stillstuhl, legte die Füße hoch und öffnete es. Bis auf die erste Seite, die mich mit einem riesigen Babybauch zeigte, war es leer. Nachdenklich betrachtete ich das Bild. Es war zwei Wochen vor der Geburt aufgenommen worden und ich ähnelte darauf dem Männchen aus der Michelinwerbung. An den Füßen hatte ich solche Wassermengen eingelagert, dass mir nur noch UGG Boots und Birkenstockschuhe passten, und selbst bei denen musste ich den obersten Riemen offen lassen. Mein Bauch war so prall, dass er meine Umstandshosen sprengte, und ich lief ausschließlich in einer XXL-Jogginghose herum, die Sam für mich im C&A gekauft hatte, da ich mich selbst nach wenigen Metern zu Fuß wie nach einem Marathonlauf fühlte. Meine Kreuzschmerzen brachten mich fast um. Ich träumte von einer Massageliege, die neben einem Loch für mein Gesicht auch eines für meinen Bauch hatte, so groß war mein Wunsch, in einer anderen Schlafposition als auf der Seite zu liegen. Da ein solches Gerät aber noch nicht erfunden war, hatte ich kurz entschlossen Sam zu einer solchen Liege umfunktioniert. Wenn er auf der Couch saß, passte mein Bauch genau zwischen seine gespreizten Beine und darüber hinaus konnte er in dieser Position auch noch prima meinen schmerzenden Rücken mit zwei Igelbällen massieren. Ich fühlte mich wie ein gestrandeter Wal und musste auch genauso viel gewogen haben, doch Sam beschwerte sich nie und massierte mich, ohne zu murren Tag für Tag durch das abendliche Fernsehprogramm hindurch.

Nur widerwillig schlug ich schließlich das Buch zu. Ich würde es mit nach Irland nehmen und dort mit Millas Hilfe versuchen, die Zeit nach Pauls Geburt zu rekonstruieren, um den leeren Seiten Leben einzuhauchen.

Nach einigem Zögern steckte ich auch „O wie schön ist Panama“ von Janosch in meine Tasche. Mit fünf hatte ich dieses Buch geliebt, war aber untröstlich darüber gewesen, als ich Jahre später feststellen musste, dass der kleine Bär und der kleine Tiger am Ende ihrer Reise das Land, das nach Bananen duftete, gar nicht gefunden hatten, sondern genau dort ankamen, wo sie aufgebrochen waren. Das Buch hatte ich danach nie wieder angerührt. Vielleicht sollte ich ihm noch eine Chance geben!

Lustlos schleppte ich mich ins Schlafzimmer, bewusst bemüht, nicht auf meine verwaiste Bettseite zu schauen. Ich öffnete meinen Schrank, zog wahllos einige Kleidungsstücke heraus und warf sie aufs Bett. Die schönen Stücke passten mir sowieso nicht mehr. Bedauernd strich ich über einen cognacfarbenen Lederrock und ließ den fließenden Stoff eines schwarzen Cocktailkleides durch meine Finger gleiten. Alles Relikte aus einem anderen Leben. Und erst meine Sportoutfits! Hatte ich wirklich in diese winzigen türkisfarbenen Hotpants hineingepasst? In das hautenge weiße Top? Anschließend ging ich ins Badezimmer. Dort schmiss ich als Erstes meine elektrische Zahnbürste in meine Tasche und die Ladestation gleich hinterher. Sollte Sam sich doch mit einer normalen Bürste die Zähne putzen! Ich hatte es die letzten Tage schließlich auch getan. Außerdem konnte ich sein Elektromodell sowieso nirgendwo finden. Wahrscheinlich war er beim Zähneputzen durch die Wohnung gerannt und hatte es irgendwo stehen lassen.

„Fee, hast du meine Zahnbürste gesehen?“, hörte ich ihn fragen.

„Nein, denn dafür bin ich nicht mehr zuständig“, antwortete ich brüsk.

Ich kramte in meinem Kosmetikkorb herum. Alles würde ich nicht mitnehmen können. Aber wie sollte ich zwischen wichtigen und unwichtigen Sachen unterscheiden? Würde es in Irland jemand zu schätzen wissen, dass ich eines der letzten Exemplare des neuen Chanel-Nagellacks bei Douglas erwischt hatte? Brauchte ich neben meinem Maniküre- und Pediküreset auch noch eine Wimpernzange und den Epilierer? Wohl kaum, aber wer wusste schon, was mich dort alles erwarten würde.

Ich konnte das Gefühl nicht abschütteln, irgendetwas Wichtiges vergessen zu haben. Aber was? Im Geist ging ich die Liste durch, die ich für Paul und mich gemacht hatte: warme Kleidung, mittelwarme Kleidung, Gummistiefel, Regenjacke, Regenschirm, das Outfit, das ich tragen wollte, wenn ich David gegenübertrat, mein Kosmetikkoffer, die Wickeltasche, ein paar Spielsachen, Pauls Kuscheltier. Ich hatte alles eingepackt.

Kurz bevor ich die Wohnung verließ, machte ich mir noch einen grünen Tee und ging damit auf den Balkon. Ich musste immerzu an Evas Worte denken. Sam hatte bereits bei unserem ersten Treffen gewusst, dass er mit mir zusammen alt werden wollte. Vorsichtig nippte ich an dem heißen Getränk. Auf einmal fiel mein Blick auf den kleinen Tisch in der Ecke des Balkons. Zwei Weingläser, auf deren Boden sich eine dunkelrote Flüssigkeit abgesetzt hatte, standen darauf. Im Aschenbecher daneben lagen fünf ausgedrückte Zigarettenstummel. An drei von ihnen befanden sich rote Lippenstiftspuren.

Auf einmal schoben sich die vereinzelten Puzzleteile, die bisher lose in meinem Kopf herumgeflogen waren, zu einem klaren Bild zusammen. Die ungewohnt ordentliche Wohnung, die leere Rotweinflasche in der Küche, Sams ungemachte Bettseite. Monika rauchte. Und außer nach ihren Schwimmeinheiten durch den Feringa See hatte ich sie nie ohne sorgsam nachgezogene Lippen gesehen.

Sam hatte sich mit ihr in unserer Wohnung getroffen. Da er sie aber nicht mit seinem üblichen Sauhaufen konfrontieren wollte, hatte er zuvor aufgeräumt. Die beiden tranken Rotwein und

Sam ließ sich zu einer Zigarette überreden, obwohl er das Rauchen schon vor Jahren aufgegeben hatte. Anschließend gingen sie in unser Schlafzimmer und schliefen dort miteinander. Aber aus Respekt mir gegenüber hatte sich Sam bei seinem Liebesspiel auf seine Betthälfte beschränkt. Und damit sie von mir nicht bei ihrer heißen Affäre überrascht werden konnten, war Sam kurzerhand zu Monika gezogen. Das erklärte auch seine fehlende Zahnbürste und die abgestandene, muffige Luft in der Wohnung. Alles ergab auf einmal einen Sinn.

Ich lachte freudlos auf. Vielleicht hatte Sam vor 13 Jahren wirklich mit mir zusammen alt werden wollen, doch nach unserer Trennung schien er schnell einen Ersatz für mich gefunden zu haben.

Zehn

Am nächsten Tag landeten Milla, Paul und ich auf dem Dubliner Flughafen. Das Ankunftsgebäude war modern, mit viel Glas und Metall und futuristischen weißen Weihnachtsbäumen, an denen blaue Lichterketten blinkten. Obwohl ich mit nichts anderem gerechnet hatte, versetzte es mir einen Stich, dass uns Irland anstatt mit Sonne und Schäfchenwolken mit einer undurchdringlichen grauen Wolkendecke und dicken Regentropfen empfing. Milla schien ähnliche Gedanken wie ich zu hegen, denn sie stöckelte missmutig neben mir her. Sie war den gesamten Flug über schon ungewohnt schweigsam gewesen, hatte mit düsterem Gesicht aus dem Fenster hinaus ins Nichts gestarrt oder lustlos in Bölls Irischem Tagebuch geblättert. Paul dagegen war bestens gelaunt. Er hatte den ganzen Flug verschlafen, war topfit und kommentierte alles um ihn herum mit „Da!“ und einem bis in die letzte Muskelfaser angespannten Zeigefinger. Seitdem mein Koffer auf einem Flug nach London aus Versehen in Paris gelandet war und mich mein Besuch nicht zuerst zum Buckingham Palace oder Big Ben, sondern zu einem Drogeriemarkt und in ein Unterwäschegeschäft geführt hatte, war ich immer recht angespannt, bis ich ihn in der Hand hielt. Doch überraschenderweise kam er bereits als Zweiter auf dem Förderband eingetrudelt, auch Millas Louis-Vuitton-Imitat ließ nicht lange auf sich warten. Ich verdrängte das mulmige Gefühl, das mich beschlich, wenn ich an das angelsächsische Linksfahrgebot dachte, setzte Milla und Paul auf einer Bank ab und ging mit energischem Schritt auf die irische Autovermietung thrifty zu, um den Fiat Punto abzuholen, den ich von Deutschland aus gemietet hatte.

Die Frau in der Autovermietung sah aus wie eine Schwester von Herrn von Bödefeld. Sie hatte eine birnenförmige Figur, ihren Kopf zierte eine orangefarbene Dauerwelle und sie war so klein, dass sie selbst stehend kaum über den Tresen schauen konnte. Augenblicklich empfand ich so etwas wie Mitleid mit ihr. Doch dieses Mitleid legte sich sofort, als ich herausfand, dass sie der Figur aus der Sesamstraße nicht nur auf irritierende Weise ähnelte, sondern auch genauso dreist war wie diese. Hochmütig musterte sie mich und weigerte sich hartnäckig, mein Englisch zu verstehen, von dem ich wusste, dass es nicht perfekt war, aber doch ausreichen sollte, um nach einem Mietwagen zu verlangen. Ganze drei Male musste ich den Satz „Ich habe ein Auto bei Ihrer Agentur gebucht und möchte es abholen" wiederholen, bis sie sich mit mürrischem Gesicht an den Computer setzte und auf dessen Tastatur herumtippte.

„Ihren Führerschein, bitte!", forderte Frau von Bödefeld mich nach einigen Minuten auf, ohne ihren Blick auf mich zu richten. Ich kramte aus meiner Handtasche meinen Geldbeutel hervor und öffnete ihn. Das Fach, in dem der Schein sich normalerweise befand, war leer. Das konnte nicht sein! Hektisch durchsuchte ich auch alle weiteren Fächer, schaute selbst hinter meinen EC- und Visakarten nach und leerte schließlich alles auf dem Tresen der Autovermietung aus. Der Inhalt meiner Handtasche folgte. Doch der Führerschein tauchte nicht auf. Hilflos blickte ich die Frau an.

„Er ist weg", stammelte ich. Mein Gott!

Verzweifelt suchte ich nach so etwas Ähnlichem wie Anteilnahme in den Knopfäuglein von Frau von Bödefeld.

Doch die blieben undurchdringlich und sie zuckte mit den Schultern. „Ohne Führerschein kein Auto."

„Können Sie keine Ausnahme machen?"

„Nein."

Welche Überraschung! Und natürlich konnte sie mir auch das überwiesene Geld nicht zurückzahlen.

❋

„Du hast deinen Führerschein vergessen?" Milla zog ihre Augenbrauen hoch.

„Ja."

„Aber den trägt man doch normalerweise immer bei sich. Im Geldbeutel, in der Handtasche oder ..."

„Im Auto", unterbrach ich sie. „Und der Mini ist, wie du weißt, zu Hause."

Innerlich tat ich sofort Abbitte für diese klitzekleine Notlüge. Aber meine Mutter sollte nicht wissen, dass ich den Führerschein vor einigen Wochen aus meinem Portemonnaie herausgenommen hatte, um im Vergleich Passfoto-Spiegel wehmütig festzustellen, wie alt ich in den letzten Jahren geworden war. Damals hatte meine Wangenpartie nicht an eine Dänische Dogge erinnert und der Schwerkraft noch tapfer getrotzt.

„Und nun?", wollte Milla wissen. Es gehörte zu ihren besseren Charaktereigenschaften, dass sie die Schusseligkeiten ihrer Mitmenschen meist kommentarlos hinnahm. Wahrscheinlich, weil sie selbst ständig etwas vergaß.

„Du wirst dich ans Steuer setzen müssen."

„Aber hier herrscht Linksverkehr." Sie schien nicht mehr ganz so gefasst. „Ich habe von Anfang an gesagt, dass ich auf keinen Fall in Irland Auto fahren werde."

„Nach fünf Minuten wirst du dich daran gewöhnt haben. Es kommen dir schließlich ständig andere Autos entgegen und zeigen dir, welches deine Fahrbahnseite ist."

„Nein, das kann ich nicht." Millas Gesicht hellte sich auf einmal auf. „Außerdem habe ich auch keinen Führerschein dabei."

„Das glaube ich dir nicht."

„Doch, wirklich." Sie öffnete den Reißverschluss ihrer Jacke und zog einen Brustbeutel heraus. „Seitdem Mia in Rom ihre Handtasche mit Geldbeutel und Rückflugticket geklaut worden ist, nehme ich mein Portemonnaie nicht mehr mit ins Ausland und trage nur noch das Nötigste bei mir. Also ein bisschen Geld, Ausweis und Kreditkarte."

Ich starrte sie an. Sie hatte nicht einmal den Anstand, so zu tun, als ob es ihr leidtäte.

„Müssen wir denn unbedingt nach Galway fahren?", fuhr sie in dem Ton eines quengelnden Kindes fort. „Wir könnten uns ein schnuckeliges kleines Wellness-Hotel an der Ostküste nehmen, spazieren gehen, Schafe streicheln. Ich finde es sowieso eine Schnapsidee, mit einem Neugeborenen bei dieser Jahreszeit diese unwirtliche Gegend erkunden zu wollen."

„Paul ist fast elf Monate alt und die Westküste ist viel sehenswerter als die Ostküste. Und überall kannst du nachlesen, dass Galway der kulturelle Höhepunkt einer jeden Irlandreise ist."

Schon wieder eine Notlüge, denn laut dem Iwanowski-Reiseführer für individuelle Entdecker hatte Galway zwar eine rege Musikszene und konnte in der Innenstadt mit vielen kleinen Geschäften und Pubs aufwarten, war ansonsten aber eher arm an Sehenswürdigkeiten.

„Wenn du magst, können wir anschließend noch an die Ostküste fahren."

Meine Mutter seufzte und packte im Geist wohl Badeanzug und Saunahandtuch wieder ein. „Was schlägst du also vor?"

„Wir werden ein Taxi nehmen."

Ich drückte Milla Paul in die Arme und steuerte eins der Fahrzeuge an, die vor dem Ankunftsgebäude des Flughafens auf Passagiere warteten.

„Ich möchte nach Galway“, teilte ich dem rotgesichtigen Fahrer mit, der gelangweilt in seinem Auto saß und las.

„Oh, Galway“, wiederholte er und legte die Zeitung auf den Beifahrersitz. Er schien Lust auf ein Schwätzchen zu haben. „Eine wundervolle Stadt. Möchtest du von dort weiter nach Connemara reisen?

„Vielleicht. Ich weiß es noch nicht“, antwortete ich, an Small Talk wenig interessiert. „Wie viel kostet die Fahrt dorthin?“

Der Mann überlegte einen Augenblick. „250 Euro. Aber weil du so ein entzückendes Mädchen bist, für dich 200.“

„200 Euro!“ Ich keuchte. „Das ist zu viel. Wissen Sie, ob ein Bus von hier nach Galway fährt?“

Der Mann nickte sichtlich enttäuscht. „Die Busse fahren jede Stunde dort drüben ab.“ Er deutete mit seinem Kinn vage auf eine Bushaltestelle mit der Aufschrift „Bus Eireann“ und vertiefte sich erneut in seine Lektüre.

Tatsächlich würde in nur 30 Minuten ein Bus nach Galway abfahren, das Ticket sollte nur knapp 20 Euro kosten.

Doch Milla war entsetzt. „Wir sollen mit dem Bus fahren? Und die Fahrt dauert zweieinhalb Stunden.“

„Mit dem Auto wären wir fast genauso lange unterwegs gewesen. Aber wenn du möchtest, darfst du uns auch gerne die Taxifahrt dorthin spendieren. Kostet dich nur 200 Euro. Wenn du den Taxifahrer bezirzt, kannst du den Preis eventuell auf 150 drücken. Oder du schaust in deinem Brustbeutel nach. Vielleicht hast du den Führerschein aus Versehen doch eingepackt“, fügte ich provozierend hinzu.

Aber schon der von mir genannte Preis hatte meine Mutter verstummen lassen und sie folgte mir, ohne zu murren, zur Bushaltestelle.

Der Bus fuhr bereits 15 Minuten früher ab. Erleichtert ließ ich mich in einen der Sitze fallen und schaltete, unter dem Vorwand die Wettervorhersage für die kommenden vier Tage zu checken, das Handy an. In Wahrheit wollte ich nachschauen, ob Sam sich bei mir gemeldet hatte. Fehlanzeige! Aber Helga hatte fünf Mal versucht, mich zu erreichen, ich hatte eine SMS von Lilly bekommen und gleich zwei Nachrichten von Mia.

Na toll! Wenigstens nach Paul hätte Sam sich erkundigen können! Ließ ihm Monika keine Zeit für solch profane Dinge wie das Schreiben einer Nachricht oder einen kurzen Anruf? Ich schob das Bild von ihm beiseite, wie er mit verbundenen Augen auf einem roten Satinbetttuch lag und Monika Vanilleeis aus seinem Bauchnabel schlürfte, und gönnte mir stattdessen für einige wohlige Augenblicke die Vision, wie ich den Kopf meiner Kollegin immer wieder gegen die Kante eines Waschbeckens schlug.

Lustlos öffnete ich dann die Nachrichten von Lilly und Mia.

Ich wünsche dir eine wunderschöne Zeit in Irland voller Sonnenschein und Schafen. Mit dem Bus ist es garantiert viel entspannter als mit dem Auto. Es wird sich alles richten.
Liebe Grüße, Lilly

Wie kann man so doof sein und seinen Führerschein zu Hause vergessen? Falls du im Bus einen gut aussehenden Iren triffst, gib ihm meine Telefonnummer!
Mia

Aber keinen mit roten Haare und Sommersprossen. Ich möchte einen schwarzhaarigen.

Die Buschtrommel funktionierte in meiner Familie wie immer vorzüglich. Alle meine Schwestern hatten bereits von meinem Missgeschick erfahren. Und natürlich musste jede dazu einen Kommentar ablassen.

Ich verdrehte die Augen. Manchmal war es mir in meiner Familie einfach zu eng.

❋

Das Irland, das hinter dem Busfenster an mir vorbeizog, hatte wenig gemein mit dem idyllischen Plätzchen, das ich aus Rosamunde-Pilcher-Verfilmungen kannte. Zwar entdeckte ich zahlreiche Schafe, doch die sahen viel schmuddeliger aus als ihre prominenten Brüder und Schwestern. Sie ähnelten mehr einem ausgedrückten Schwamm als einer pudrigen Wolke. Und der Himmel präsentierte sich nicht zartblau, sondern grau, ohne auch nur die kleinste Farbschattierung. Ein wütender Wind zerrte an den verkrüppelten Bäumen, deren Äste wie Spinnenbeine in die Höhe ragten. An den Stämmen schlängelte sich zerzaustes Efeu hoch. Den einzigen Farbklecks in der ansonsten tristen Szenerie bildeten die Wiesen, die mit ihrem wie gephotoshopt aussehenden Grün das Auge blendeten.

Während der gesamten Fahrt kritzelte Milla fleißig in ein lilafarbenes Notizbuch mit silbernen Punkten.

„Was machst du?“, fragte ich sie.

„Ich trete in die Fußstapfen von Heinrich Böll und führe Tagebuch. Wie teuer waren die beiden Bustickets nach Galway?“ Sie sah über den Rand ihrer Lesebrille zu mir herüber.

„So detailliert notierst du dir alles?“

„Nein. Ich kann es aber nicht einsehen, dass wir der Autovermietung über 200 Euro für einen Leihwagen überwiesen haben und nun auch noch die öffentlichen Verkehrsmittel bezahlen müssen.“

„Ich auch nicht. Aber was willst du dagegen machen? Die Autovermietung verklagen, weil ich meinen Führerschein in Deutschland gelassen habe?“

„Nein. Aber ich habe mir etwas anderes überlegt. Also: Wie viel haben die Bustickets gekostet?“

„Jeweils 16 Euro."

„32 Euro", notierte Milla auf einer leeren Seite. „Gut. Hier werden wir alle entstandenen Unkosten aufschreiben und uns das Geld an anderer Stelle zurückholen."

Als wir den Hauptbahnhof in Galway erreichten, war es schon dunkel und Paul in meinen Armen eingeschlafen. Das 7 Cross Boutique Townhouse im Zentrum der Stadt hatte im Internet mit der Bezeichnung „Galways kleinstes Hotel" geworben. Es musste wahrhaftig winzig sein, denn obwohl der Taxifahrer genau an der angegebenen Adresse anhielt, fanden Milla und ich es zunächst nicht. Ein wenig hilflos ließen wir unseren Blick über die Restaurants, Bars und Geschäfte gleiten, deren Fassaden im ersten Stock mit glitzernden Tannenbäumen geschmückt waren, doch ein Hotel konnten wir nicht ausmachen.

„Bist du sicher, dass du dir die richtige Straße aufgeschrieben hast?", fragte Milla.

„Ganz sicher. Aber ich werde in einen der Pubs gehen und nachfragen."

Das Busker Brownes, in dem ich mir erhoffte, Hilfe zu finden, war eine gemütliche Kneipe mit dunkelbraunen Ledermöbeln, runden Tischen und einer schummrigen Beleuchtung. Ich trat an die Theke und fragte einen rundlichen Kellner mit schwarzen Haaren und freundlichem Gesicht nach dem Hotel. Sein Mund verzog sich zu einem amüsierten Lächeln.

„Fast niemand findet es auf Anhieb. Ich habe Bennett schon öfter gesagt, dass er seine Beschilderung verbessern muss."

Er führte mich nach draußen und zeigte auf eine braune Holztür, die eingequetscht zwischen dem Busker Brownes und einem Souvenirgeschäft lag. „Hier ist es."

„Das ist doch kein Hotel. Die Fassade des Hauses misst ja kaum zwei Meter“, sagte ich zweifelnd.

„Nach oben hin wird es breiter.“

Tatsächlich! Der erste bis dritte Stock lag über dem Souvenirgeschäft und auch ein winziges Schild neben der Tür bewies eindeutig, dass wir an unserem Ziel angekommen waren. Erleichtert verabschiedete ich mich von dem Kellner und klopfte an das Fenster des Taxis, in dem meine Mutter mit Paul auf dem Schoß saß und apathisch vor sich hinstarrte.

Ihre Laune besserte sich aber schlagartig, als wir an der Tür des Hotels klingelten, und uns ein gut aussehender Mann älteren Semesters mit grau melierten Haaren und stahlblauen Augen öffnete. Er stellte sich als Bennett vor.

„Come in, come in“, forderte er uns mit einer einladenden Handbewegung auf und Milla und ich folgten ihm über die engen Treppen vorbei an einem riesigen Weihnachtsmann und einer Art-Dekoschaufensterpuppe mit Spiegelmosaiksteinen nach oben. Als wir den ersten Treppenabsatz passierten, zwitscherte etwas und Milla und ich blickten uns irritiert um. In einer Fensternische sahen wir einen Käfig, mit einem kleinen roten Vogel darin.

„Er ist nicht echt“, sagte Bennett und grinste.

Unser Zimmer lag im dritten Stock und war mit seinen cremefarbenen Möbeln und dem stoffbezogenen Betthintergrund wunderschön eingerichtet, aber so klein, dass Milla, Paul und ich Probleme hatten, nebeneinanderzustehen.

„Kommt doch später herunter und trinkt ein Glas Wein mit mir! Ich erzähle euch ein wenig von der bewegten Geschichte des Hotels“, bot Bennett uns an. „Dieses Haus hat einiges erlebt. Es war erst ein Wohnhaus, dann ein Nonnenkloster und schließlich ein Bordell.“ Seine Augen ruhten wohlwollend auf Millas schlanken Beinen.

Sie nickte entzückt. „Das hört sich interessant an.“

„Mal sehen", sagte ich.

Er ließ uns allein.

Ich legte mich mit Paul aufs Bett und schloss für einen kurzen Moment die Augen. Endlich angekommen! Zufrieden kuschelte ich mich an meinen Sohn, der hingebungsvoll an seinem Schnuller saugte, und überlegte, wie ich den weiteren Abend gestalten konnte. Doch durchdringender Weihrauchgeruch ließ mich hochfahren.

„Was machst du?", fragte ich Milla, die das Fenster weit geöffnet hatte und mit einem Räucherstäbchen in der Hand durchs Zimmer lief. „Das stinkt."

„Ich vertreibe die negativen Energien, die frühere Bewohner hinterlassen haben. Du hast gehört, was Bennett gesagt hat: Dieses Haus war ein Bordell."

„Aber das ist schon ewig her."

„Negative Energien verschwinden nicht von selbst."

Ich rollte die Augen gen Himmel. Ich war es ja gewohnt, dass meine Mutter nach jedem Putzen ein Räucherstäbchen anzündete, um nicht nur materiellen, sondern auch spirituellen Dreck zu vertreiben, aber ich hätte nicht gedacht, dass sie die Dinger mit in den Urlaub nahm.

„Und was machst du jetzt?", fragte ich entsetzt. Milla hatte das Räucherstäbchen auf einem Teller ausgedrückt und kroch mit einem mit Steinen gefüllten Säckchen auf dem Boden herum.

„Ich lege Kristalle unter das Bett. Unser Bierwagenfahrer hat mir gesagt, dass sich darunter eine Wasserader befindet und ich habe keine Lust, schlecht zu schlafen."

„Euer Bierwagenfahrer", wiederholte ich schwach und starrte auf Milla, die vor mir auf dem Boden kniete.

„Ja, Tom. In dieser Hinsicht vertraue ich ihm blind."

„Ist er denn schon einmal hier gewesen? Oder woher weiß er von der Wasserader?"

„Nein, ich habe ihm genau beschrieben, wo wir hinfahren, er hat ein Bett aufgemalt und ein Pendel darüber gehalten. Es hat sofort ausgeschlagen."

Oh mein Gott!

Um das Gespräch in unverfänglichere Bahnen zu lenken, fragte ich: „Hast du auch so großen Hunger wie ich? Ich würde gerne noch etwas essen gehen. Das Restaurant nebenan hat eine gute Karte."

Milla schüttelte den Kopf. „Nein. Ich trinke nachher mit Bennett noch ein Glas Wein. Wir müssen doch das Geld von dem Mietwagen reinholen. Aber geh nur! Ich hole Paul noch etwas zu essen und lege ihn ins Bett. Hast du ein Babyphon dabei?"

Ich nickte. Unglaublich, wie schnell sich die Laune meiner Mutter besserte, wenn ein attraktiver Mann in ihrer Nähe war.

„Denk dran, dass du verheiratet bist!"

Milla verdrehte die Augen. „Keine Angst, das vergesse ich nicht. Auch wenn ich es gerne würde. Dein Vater konnte es heute Nachmittag am Flughafen überhaupt nicht abwarten, mich loszuwerden. Hast du gesehen, wie er meinen Koffer aus dem Auto geworfen hat? In meinem früheren Leben muss ich eine Schlingpflanze oder eine Fußfessel gewesen sein."

Da auch ich fand, dass der Abschied der beiden ein wenig rüde ausgefallen war, entgegnete ich nichts, sondern gab Paul einen Kuss und begab mich zu meinem einsamen Abendessen ins Busker Brownes. Bei demselben freundlichen Kellner, der mir das Hotel gezeigt hatte, gab ich meine Bestellung auf: eine creamy chicken soup und ein fresh seafood chowder. Dann zückte ich mein Handy und suchte das Studentenwohnheim, dessen Adresse mir David nach unserer gemeinsamen Nacht gegeben hatte, auf googlemaps. Es lag nur drei Kilometer von der Innenstadt entfernt. Dort würde ich ansetzen. Und vielleicht morgen schon David wiedersehen. David, mit der Geige und den alternativen Klamotten. David, der so unglaublich gut küssen konnte und mit dem an einem warmen Frühlingsmorgen im April alles seinen Anfang genommen hatte.

Der Kellner erschien mit der Suppe. Gedankenverloren löffelte ich sie in mich hinein ...

„Was hältst du von dem?" Fasziniert zeigte ich auf einen jungen Mann in einem karierten Hemd, ausgeblichener Jeans und Doc Martens, der sich hinter einer brasilianischen Trommelcombo und zwei Russinnen mit Violoncello in die Schlange eingereiht hatte.

Wir standen vor der Stadtinformation auf dem Münchner Marienplatz, um einen Bericht über ein Straßenmusiker-Casting zu drehen. Musiker, die in der Münchner Innenstadt spielen wollten, mussten nämlich ein ebenso strenges Auswahlverfahren über sich ergehen lassen wie ihre Kollegen aus dem Fernsehen. Nur zehn Lizenzen wurden jeden Tag vergeben.

„Der mit dem Geigenkasten in der Hand?" Miriam, die Kamerafrau, machte ein beifälliges Gesicht. „Nicht schlecht. Wenn er nur einigermaßen spielen kann, werden wir uns an ihn ranhängen."

Ich nickte. Der Typ war wirklich nicht schlecht. Sie hatte recht. Dabei entsprach er eigentlich nicht meinem Geschmack. Viel zu alternativ, viel zu jung und Männer mit langen Haaren konnte ich sowieso nicht leiden. Aber es war dieses Lässige, betont Gleichgültige, das mich in den Bann zog. Die anderen Musiker redeten miteinander und die Aufregung war ihnen deutlich anzumerken, nur er stand alleine da, mit seinem Geigenkasten in der Hand, und musterte das hektische Treiben um ihn herum mit unbeteiligter Miene. Unwillkürlich fragte ich mich, ob er wohl im Bett genauso unbeteiligt und cool war, wie er sich hier gab.

Sein Blick traf meinen und er lächelte mich herausfordernd an.

Schnell schaute ich weg. Doch es war zu spät.

Der Kellner stellte einen weiteren Teller Suppe vor mich. Verwundert blickte ich ihn an. Ich hatte einen Meeresfrüchtesalat bestellt. Das hier war eine Art Eintopf.

„Ich wollte ein fresh seafood chowder."

„Hier ist es." Der Kellner feixte und wünschte mir einen guten Appetit.

Ich sackte in mich zusammen. Erst das Desaster mit dem Mietwagen, dann die erfolglose Suche nach unserem Hotel, obwohl wir direkt davor standen, und nun aufgrund meiner mangelnden Englischkenntnisse Suppe – als Vor- und als Hauptspeise. Mein Irlandtrip begann alles andere als Erfolg versprechend.

Zögernd tauchte ich den Löffel in die bräunliche Flüssigkeit und führte ihn zum Mund. Nicht besonders lecker. Doch ich hatte zu großen Hunger, um den Eintopf stehen zu lassen, und tunkte ihn in Rekordtempo mit zwei Scheiben Vollkornbrot auf. Die pampige Masse lag bleischwer im Magen.

Um wenigstens ein paar der angefutterten Kalorien zu verbrennen, beschloss ich, noch einige Minuten in der Galwayer Innenstadt herumzuschlendern. Doch bereits nach wenigen Metern blieb ich vor einem Pub, aus dem laute Livemusik scholl, stehen. Durch die Fenster, die mit rotem Klebeband in verschiedene Karos unterteilt und mit weihnachtlichen Motiven besprüht waren, konnte ich die Band sehen. Ein junges Mädchen mit langen Dreadlocks und einem Bass und ein tätowierter Trommler spielten „Seven Nation Army" von The White Stripes. Neugierig betrat ich den Pub und setzte mich mit einem Glas Guinness in eine etwas abseits gelegene Ecke des Raumes, die von einer Tiffany-Lampe nur spärlich beleuchtet wurde. Niemand nahm Notiz von mir. Alle saßen oder standen zu zweit oder in kleinen Gruppen herum, lachten und redeten miteinander. Einige Mädchen tanzten. Inmitten dieses bewegten Meeres aus glücklichen Gesichtern musste ich wie eine freudlose Insel wirken. Zu allem Überfluss stoppte der wummernde Bass von „Seven Nation Army" auf einmal abrupt, und zarte, wehmütige Klänge schwebten zu mir herüber. „Here with me" von Dido. Ein Lied, das mich an Lagerfeuer an den Isarauen und Sams Sommersprossen erinnerte und daran, wie gerne ich mich an ihn lehnen, von vorne anfangen und den ganzen

Mist der letzten Zeit einfach vergessen würde. Er stand vor mir, ich schob eine Haarsträhne aus der Stirn, atmete den herben Zitrusduft seines Rasierwassers ein und blickte in seine Augen, die nicht gesprenkelt und meliert wie meine waren, sondern tiefblau und klar wie Bergseen, mit einem türkisen Rand um die Pupille. Doch langes, blondgelocktes Haar und ein rotgeschminkter Mund schoben sich vor Sams lächelndes Gesicht. Ich wich zurück und das sehnsuchtsvolle Ziehen in meinem Inneren verschwand. Ach Scheiße! Ich hatte es verbockt.

Ich kippte mein Guinness hinunter und verließ den Pub. Zurück am Hotel blickte ich von der Straße aus in das erleuchtete Zimmer des Frühstücksraums. Milla und Bennett saßen am Fenster und unterhielten sich. Zwischen ihnen standen zwei Gläser und eine Flasche Rotwein. Ich hatte wenig Lust, den beiden Gesellschaft zu leisten, und so schlich ich mich so leise wie möglich über die Treppe nach oben. Dabei fiel mir auf, dass alle Zimmer im Hotel eigene Namen hatten. Im ersten Stock waren sie nach Entdeckern wie Christoph Columbus benannt worden, im zweiten nach berühmten Dichtern à la Shakespeare und im dritten nach Figuren aus der Camelotsage. Milla, Paul und ich nächtigten im King Arthurs Room.

Paul schlief fest in der Bettritze zwischen Millas und meiner Seite, da unser Zimmer zu winzig war, um ein Babybett aufzustellen. Leise ging ich ins Bad, zog mir einen Pyjama an und kroch zu ihm unter die Bettdecke. Von der Straße drangen hämmernde Technobeats zu mir herauf. Ich war überzeugt, die ganze Nacht kein Auge zu machen zu können und beschloss, wollige Schafe über niedrige Steinmauern springen zu lassen, doch bereits vor dem zehnten Shawn war ich in einen tiefen, traumlosen Schlaf gesunken.

Elf

„Was möchtest du?“ Milla blinzelte mich verschlafen an und zog sich ihre Ohropax heraus. Ich stand mit Paul auf dem Arm vor unserem Bett.

„Ich muss mir die Füße vertreten. Mein Rücken tut weh. Kannst du Paul übernehmen?“

„Jetzt schon.“ Milla tastete auf dem Nachtschränkchen nach ihrer Armbanduhr. „Es ist erst sieben Uhr.“ Stöhnend ließ sie sich zurück auf ihr Kissen sinken.

„Wann war dein Rendezvous mit dem schönen Bennett denn gestern Nacht beendet? Ich habe gar nicht gehört, wie du hochgekommen bist.“ Provozierend blickte ich sie an.

„Um zwei Uhr.“ Sie gähnte. „Hast du schon gefrühstückt?“

„Nein. Ich habe keinen Hunger. Also? Kann ich Paul bei dir lassen?“

„Natürlich. Aber warum hast du dich für deinen Stadtbummel denn so schick gemacht?“ Sie musterte mich von oben bis unten. „Ist das Kleid nicht ein wenig zu dünn für diese Jahreszeit?“

„Nein, ich passe mich nur den irischen Gegebenheiten an. Gestern Abend in der Stadt habe ich mehrere Frauen mit einem kurzen Rock und ohne Strumpfhosen herumlaufen sehen.“

„Und diese Schuhe! Bist du sicher, dass du damit längere Zeit laufen kannst?“ Ihre Augen blieben an meinen hochhackigen Stiefeletten hängen.

„Zu dem Kleid kann ich schlecht UGG Boots oder Gummistiefel tragen und etwas anderes habe ich nicht dabei."

„Du musst es wissen." Milla zuckte die Achseln. „Reich mir meinen Enkel." Sie streckte die Arme nach Paul aus, der fröhlich zu krähen begann. „Guten Morgen, mein Schätzchen. Gehst du mit mir frühstücken?"

Hatte Galway am Abend noch geglänzt und gefunkelt, wirkte es im fahlen Licht des frühen Morgens müde und blass. Die gestern so festlich aussehenden Weihnachtsbäume an den bunten Hausfassaden ähnelten dürren Gerippen, ihre Lichterketten flatterten lustlos im Wind. Vor vielen Pups parkten Lieferwagen und Fahrer luden Bierfässer, Getränkekästen oder Kartons mit Lebensmitteln aus. Ansonsten war die Fußgängerzone menschenleer.

Da es leicht nieselte, spannte ich meinen Schirm auf, zog meinen Schal fester um den Hals und machte mich auf den Weg ins Ungewisse. Anfangs hatte ich lange an einer passenden Ausrede herumgetüftelt, die erklärte, warum ich nach so langer Funkstille plötzlich vor Davids Tür stand. Ein Auslandssemester in Irland, der Besuch bei einer Freundin. Ich zog es sogar in Erwägung, ihm vor dem Wohnheim aufzulauern, ihn zu verfolgen, um ihm in der Stadt rein zufällig zu begegnen. Natürlich wäre es ein großer Zufall gewesen. Aber seitdem ich während meines ersten und einzigen Urlaubs in Gran Canaria auf der Strandpromenade meinem Exfreund samt neuer Freundin in die Arme gelaufen war, wusste ich, dass solche Zufälle vorkamen. Trotzdem hatte ich mich dazu durchgerungen, David die Wahrheit oder zumindest eine abgeschwächte Version davon zu erzählen, sollte er noch in der Stadt wohnen. Ich machte eine Rundreise durch Irland, und da ich wusste, dass er in Galway studierte, wollte ich ihm einen kurzen Besuch abstatten.

Auf googlemaps hatte der Weg zu dem Wohnheim gar nicht so weit ausgesehen, es befand sich nur knapp anderthalb Kilometer von der Innenstadt entfernt, doch auf hohen Absätzen und im Slalom um Pfützen herum erwies er sich doch zeit- und kräfteraubender als zunächst angenommen. Mit schmerzenden Füßen und durchtränkten Schuhen erreichte ich schließlich nach einer Dreiviertelstunde Fußmarsch das Corrib Village.

Sofort stieg in mir Erleichterung darüber auf, nicht mehr studieren zu müssen, denn die langen, einstöckigen Gebäude mit den winzigen Fenstern wirkten wenig einladend. Eine Zeit lang irrte ich erfolglos zwischen den Häusern herum, um das Appartement mit der Nummer 103 auszumachen, bevor ich beschloss, mir in einem blauen Häuschen mit der Aufschrift „Shop" Hilfe zu holen. Über ein paar Treppenstufen betrat ich einen kleinen Laden, hinter dessen Kasse ein sommersprossiges Mädchen saß und in einer Modezeitschrift blätterte. Die Glocke über der Tür ließ ein rostiges Klingen ertönen und die Irin fuhr erschrocken zusammen. So früh am Morgen bekam sie anscheinend selten Kundschaft. Nachdem sie mehrere Male „Oh my God!" gestammelt hatte, kramte sie unter ihrer Kasse in einer Schublade herum und holte einen Plan hervor, auf dem alle Gebäude des Corrib Village eingezeichnet waren. In der rechten oberen Ecke, im Appartementkomplex F, machte sie ein Kreuz und tippte mit dem Zeigefinger darauf. „Das ist es."

Ich bedankte mich, kaufte einen Becher Tee und ein Croissant und verließ den Laden. Auf einer Bank vor dem Shop ließ ich mich nieder und versuchte, mich gedanklich auf meine Konfrontation mit der Vergangenheit vorzubereiten …

„Ich habe Hunger. Möchtest du eine Kleinigkeit mit mir essen gehen?", fragte David, nachdem unser Dreh am frühen Nachmittag beendet war.

„Ich habe erst um sechs Uhr Redaktionsschluss", entgegnete ich abwehrend.

Mit vor der Brust verschränkten Armen stand er vor mir und sah mich provozierend an. Ich stellte mir vor, wie sich seine Lippen auf meine legten und seine Hände an unanständigen Stellen meines Körpers entlang wanderten. Mein Körper schrie ja, mein Verstand nein.

„Gegen halb sieben kann ich in der Stadt sein", sagte ich.

Wir aßen eine Kleinigkeit in einer versteckt liegenden Pizzeria, schlenderten durch die verwinkelten Gässchen von Schwabing, bis die Sonne unterging, und bogen in den Englischen Garten ab, wo wir uns auf den Steinplatten des Monopteros niederließen. Der Mond stand wie eine große gelbe Scheibe am Himmel und der Wein, den wir in einem Zeitungsladen gekauft hatten, sorgte dafür, dass ich mich entspannt und schwerelos fühlte.

Nachdem ich David zu seiner Pension gebracht hatte, standen wir uns einige Augenblicke unschlüssig gegenüber. David musterte mich. Sein Blick glitt so langsam und intensiv an meinem Körper auf und ab, dass ich mich beinahe nackt fühlte. Gleichzeitig fing mein Unterleib an zu kribbeln bei dem Gedanken, was gerade in seinem Kopf vor sich ging. Sein Gesichtsausdruck ließ keine Zweifel zu. Himmel, was machte er bloß mit mir?

„Also, ich geh dann jetzt. War schön, dich getroffen zu haben", stammelte ich und wollte mich schon abwenden.

Aber David kam auf mich zu. Er legte eine Hand in meinen Nacken und zog mich zu sich heran.

„Ich sollte nicht hier sein!", dachte ich. Doch dann kamen mir Sams Worte in den Sinn. Warum muss er alles kaputtmachen?

Davids Atem brannte auf meiner Haut. Wir standen so dicht zusammen, dass kein Blatt mehr zwischen uns gepasst hätte. Als seine Lippen auf meinen Mund trafen, schmolz auch der letzte Rest von Gegenwehr dahin. Atemlos erwiderte ich seinen Kuss.

Irgendwie gelang es David, die Eingangstür der Pension zu öffnen und auch die seines Zimmers. Und wir hatten uns wohl auch für einen Moment voneinander gelöst, denn mein Oberkörper war plötzlich nackt. Doch ich konnte mich nicht daran erinnern, das Shirt ausgezogen zu haben. Ich konnte mich an überhaupt nichts mehr erinnern. Plötzlich verschmolzen alle Berührungen zu einer einzigen. Das billige Pensionszimmer wurde zu einem luftleeren Raum, in dem es weder ein Gestern noch ein Morgen gab. Es gab auch keinen Platz mehr für Hemmungen oder Reue. Der Mond schien durch einen Spalt des Vorhangs und beleuchtete das zerwühlte Laken, die herabgefallenen Decken und unsere inzwischen nackten Körper, die atemlos und verschwitzt miteinander zu ringen schienen.

Am nächsten Morgen schlich ich mich mit schlechtem Gewissen und der Erkenntnis davon, dass Davids unerschütterlich wirkende Fassade sehr wohl zum Einsturz gebracht werden konnte.

Oh Gott! Ich musste aufhören, daran zu denken. Sonst würde ich es niemals schaffen, ihm einigermaßen souverän gegenüberzutreten. Mit klopfendem Herzen näherte ich mich dem Appartementkomplex F und wollte gerade das Klingelschild mit der Nummer 103 herunterdrücken, als ein junger Mann im Trenchcoat nach draußen ging und mir die Tür aufhielt. Er lächelte mich an und ich trat in einen dunklen Gang, in dem es nach abgestandenem Fett und Putzmittel roch. Ein Schild am Treppenabsatz zeigte mir, dass die Appartements 100 bis 110 im Erdgeschoss lagen. Da meine Absätze auf dem Linoleumboden laut hallten, schlich ich auf Zehenspitzen weiter. Zimmer 100, 101, 102, noch drei Schritte, zwei, einen, und ich stand vor einer abgeblätterten grauen Metalltür. Beherzt hob ich die Hand und klopfte an. Ich presste mein Ohr an die Tür. Doch kein Laut war zu hören. Ich klopfte erneut. Dieses Mal nachdrücklicher. Ich hatte Erfolg.

„One moment“, nuschelte es hinter der Tür. Ich hörte scharrende Geräusche. Mein Herz rutschte von meinem Bauch über meine Knie bis in meinen großen Zeh. Die Tür wurde geöffnet und ich stand einem dürren, blassen Typen in Boxershorts gegenüber.

„Sorry", stotterte ich. „Wohnt ein David Gallagher hier?"

Der Typ starrte mich einige Augenblicke an, bevor sich seine Miene erhellte.

„Ich bin David Gallagher."

„Was?" Mir klappte die Kinnlade herunter.

„Kleiner Scherz." Er grinste. „Peter Everett." Er hielt mir seine Hand hin und ich ergriff sie zögernd. „Möchtest du reinkommen?"

Peter machte eine einladende Handbewegung. Im Hintergrund konnte ich durch einen schmalen Gang hindurch den Fußteil eines zerwühlten Bettes erkennen. In diesem winzigen Appartement war definitiv nur Platz für ein Zimmer.

„Nein, danke." Ich schüttelte den Kopf. Immer noch geschockt von seiner Aussage, dass er David Gallagher sei. „Ich möchte nur wissen, wo ich ihn finden kann. Er hat mir diese Adresse gegeben."

„Ist es vielleicht der Musiker, der vor mir hier gehaust hat?"

Ich nickte. „Weißt du, wo er jetzt wohnt?"

„Keine Ahnung."

Ich ließ enttäuscht die Schultern hängen.

„Aber vielleicht weiß Kieran etwas." Ohne sich ein T-Shirt überzuziehen, trat er auf den Gang und hämmerte gegen das Appartement gegenüber.

„Hey, Kieran! Aufstehen! Du wirst gebraucht."

Ein kleiner, zerknautschter Mittzwanziger erschien. Auch er trug nichts als Boxershorts und hatte definitiv bis vor einigen Augenblicken noch im Bett gelegen.

„Was gibt's?" Er blinzelte uns verschlafen an, schien solche Störungen aber gewöhnt.

„Die Frau hier sucht den Typen, der vor mir in der 103 gewohnt hat. Gallagher. Weißt du, wo er jetzt ist?"

Frau! Oh Gott, hörte sich das alt an. Aber als was sollte er mich sonst bezeichnen? Als Mädchen? Oder Tussi?

„David. Mit dem bin ich hin und wieder etwas trinken gegangen." Kieran rieb sich mit einer Hand den Nacken. „Kommt rein. Ohne Kaffee kann ich nicht denken."

Peter und ich folgten ihm in sein Appartement, das im Vergleich zu seiner derangierten Erscheinung überraschend ordentlich war. Er bot mir einen Platz an einem winzigen Tisch an und machte sich an einer Senseo-Maschine auf dem Fensterbrett zu schaffen. „Möchtet ihr auch einen?"

„Gerne."

Auch Peter nickte.

Nachdem Kieran sein Gehirn mit Koffein versorgte hatte, wirkte er etwas fitter und war dazu bereit, sich mit mir über David zu unterhalten.

„Er ist Ende Juni mit dem Studium fertig geworden und wollte den Sommer über bei Freunden an der Küste verbringen, um dort zu surfen. Dingle? Sligo? Ich weiß es nicht mehr." Kieran rieb sich erneut den Nacken. Anscheinend war dies eine Geste, die ihm beim Nachdenken half, denn auf einmal erhellte sich seine Miene. „Er hat mir einen Brief geschrieben."

Er kramte einen Schuhkarton aus seinem Schrank hervor. Schon nach wenigen Sekunden hielt Kieran triumphierend ein Foto in die Höhe.

Unter einem Häuschen, das oberhalb einer Steilklippe thronte, stand „Viele Grüße vom Ende der Welt. David".

Zwölf

Auch nach zwei weiteren Tassen Kaffee wollte es Kieran einfach nicht einfallen, wo genau dieses Ende der Welt sein könnte. Er tippte auf den Osten, Peter auf den Norden. Aber sicher war sich keiner der beiden.

„Hast du vielleicht den Umschlag noch irgendwo?", frage ich hoffnungsvoll. „Dann könnten wir auf dem Poststempel nachschauen, von wo David den Brief abgeschickt hat."

Kieran schüttelte den Kopf. „Aber du kannst das Foto mitnehmen", bot er an, als er meine Enttäuschung bemerkte. „Und gib mir deine Handynummer. Vielleicht fällt mir noch etwas ein."

„Ich ruf dich auf jeden Fall an. Vielleicht stellst du irgendwann fest, dass ich der bessere Gallagher wäre." Peter grinste und um seine Augen bildete sich ein Kranz von Lachfältchen.

Er war süß. Unter anderen Umständen und wenn ich zehn Jahre jünger wäre, hätte er mir glatt gefallen können.

Deprimiert stöckelte ich zum Hotel zurück. An der Ecke zum Eyre Square traf ich auf Milla, die Paul in seinem Kinderwagen vor sich herschob. Beide strahlten.

„Hattet ihr einen schönen Morgen?", fragte ich.

„Ja. Wir haben erst einmal ausgiebig gefrühstückt. Bennett hat sogar Erdbeeren auf den Tisch gestellt. Und als die Sonne rauskam, sind wir ein wenig herumgebummelt. Wo warst du überall?"

„Ich bin nur ein bisschen herumgelaufen."

Milla blickte auf meine durchweichten Stiefel, verkniff sich aber einen weiteren Kommentar.

„Paul und ich waren auch am Hafen. Er war begeistert von den vielen Schiffen. Wusstest du, dass selbst um diese Jahreszeit Fähren zu den Aran Islands übersetzen?"

Ich schüttelte den Kopf.

„Bennett hat mir gestern Abend davon erzählt. Es muss dort beeindruckende Steilküsten geben. Hast du Lust in den nächsten Tagen dorthin zu fahren?"

„Vielleicht", antwortete ich vage. Jetzt, wo es unwahrscheinlich war, dass ich David finden würde, erschien mir die Aussicht, länger in diesem verregneten Land zu bleiben, wenig verlockend.

„Also ich möchte auf jeden Fall hin. Bennett hat mir angeboten, mich zu begleiten, falls du keine Lust hast. Auch Heinrich Böll war da. Er schreibt ..."

Ich hörte nicht mehr zu. Ihre gute Laune nervte mich.

„Schau nur! In diesem Reisebüro gibt es Tickets zu den Aran Islands." Milla quiekte entzückt auf und riss mich damit aus meinen Gedanken. „Kommst du mit oder soll ich Bennett fragen?"

„Nein, ich komme mit", sagte ich lustlos. Ich wusste zwar nicht, was ich auf diesen Inseln sollte, Geschäfte gab es dort bestimmt keine, aber die Aussicht einen ganzen Tag mit Paul allein in Galway herumzuhängen, war eher suboptimal.

Hinter dem Schreibtisch im Reisebüro saß eine junge Frau, die mich wegen ihrer langen kastanienbraunen Locken ein wenig an Nina erinnerte.

„Was kann ich für Sie tun?", erkundigte sie sich.

„Wir möchten zwei Tickets für die Aran Islands kaufen", antwortete Milla.

„Auf welche Insel wollen Sie denn?"

„Welche würden Sie mir denn empfehlen?"

Gelangweilt schlenderte ich an den Auslagen mit den Reisekatalogen vorbei. Balearen, Kanaren, Thailand. Ich hätte auf meine Mutter hören und nach Ägypten fliegen sollen. Da Paul unruhig wurde, schob ich seinen Kinderwagen vor eine Stellwand mit Prospekten und drückte ihm einen der Zettel in die Hand. Ein Natursteinhäuschen war darauf abgebildet. Es stand auf einer Anhöhe am Meer. „Achill Island. Herzlich willkommen am Ende der Welt" prangte in großen weißen Buchstaben auf dem blauen Hintergrund. Aufgeregt nahm ich Paul den Zettel ab. Seinen Protest beachtete ich nicht.

„Wo liegt Achill Island?", unterbrach ich die Verkäuferin, die gerade dabei war, meine Mutter über die unterschiedlichen Vorzüge der drei Aran Islands aufzuklären, und wedelte mit dem Prospekt vor ihrer Nase herum.

Sie ließ ihren Blick ein wenig verwirrt zwischen mir und Milla hin und her schweifen und wusste nicht, wem von uns beiden sie jetzt ihre Aufmerksamkeit schenken sollte. „Achill Island liegt etwa 100 Kilometer von hier in der Nähe von Westport."

„Gibt es eine Fähre?"

„Die Insel ist durch eine Drehbrücke mit dem Festland verbunden. Sie können Sie bequem mit dem Auto erreichen."

„Stimmt es, dass Achill Island auch als das Ende der Welt bezeichnet wird?"

„Nicht ganz Achill Island. Aber die Keem Bay, ein Strand am westlichsten Zipfel der Insel. Im Sommer ist er bei Surfern sehr beliebt."

Ich jubelte innerlich auf. Keem Bay. Surfen. David hatte den Sommer auf Achill Island verbracht. Meine Reise war also doch nicht umsonst gewesen.

Die Verkäuferin drehte sich zu meiner Mutter um. „Möchten Sie die Tickets für die Fähre sofort kaufen?"

Milla schüttelte den Kopf. „Wir kommen heute Nachmittag oder morgen früh wieder."

*

„Können wir unseren Ausflug zu den Aran-Inseln noch ein paar Tage verschieben?", fragte ich Milla, kaum dass wir das Reisebüro verlassen hatten.

Sie musterte mich ein wenig konsterniert. „Warum das denn?"

„Ich möchte mir vorher noch Achill Island ansehen. Ein ehemaliger Kommilitone von mir wohnt dort."

„Von dem hast du gar nichts erzählt. Sieht er gut aus?" Sie hob die Augenbrauen nach oben.

„Nein", sagte ich verärgert. „Und darum geht es auch nicht. Ich habe auch schon eine ganze Weile nicht mehr an ihn gedacht. Erst vorhin, als ich den Prospekt gesehen habe. Ich werde ihn gleich anrufen und fragen, ob ich ihn besuchen kann. Und wenn ich zurück bin, fahren wir auf die Aran Islands und überlegen uns in Ruhe, welche Städte und Sehenswürdigkeiten wir uns noch anschauen wollen. Kannst du auf Paul aufpassen, solange ich weg bin?"

Millas Gesicht verfinsterte sich.

„Warum nimmst du ihn nicht mit?"

„Die Fahrt im Bus ist doch viel zu anstrengend für ihn. Und der Besuch bei meinem Studienkollegen ... Er würde sich nur langweilen."

„Wie lange bist du denn weg?"

„Einen Tag, vielleicht zwei. Aber länger nicht."

Milla atmete scharf ein. „Zwei Tage. Du weißt, dass ich gerne Zeit mit Paul verbringe. Aber gleich zwei Tage."

„Vielleicht bleibe ich auch nur einen", unterbrach ich sie.

„Trotzdem, ich weiß nicht, ob ich mir das zutraue. Du bist überhaupt nicht greifbar, wenn etwas mit ihm ist." Milla sah mich unentschlossen an.

„Was soll denn mit ihm sein? Außerdem hast du vier Töchter großgezogen."

„Das ist aber schon über fünfzehn Jahre her." Sie betrachtete eingehend ihre Fingernägel. Doch auf einmal erhellte sich ihre Miene. „Heinrich Böll hat lange Zeit auf Achill Island gelebt."

Jetzt war ich an der Reihe, nach Luft zu schnappen. „Weißt du was! Ich nehme Paul doch mit und du fährst mit Bennett auf die Aran Islands", versuchte ich das Unglück noch abzuwenden. Doch zu spät!

„Nein, nein", sagte Milla. „Die Aran Islands können warten." Sie hakte sich unternehmungslustig bei mir unter. „Komm, wir gehen noch einmal zum Reisebüro zurück und lassen uns von der netten Frau ein Wellness-Hotel an der Küste empfehlen.

❄

Auf unserer Fahrt nach Westport verschlechterte sich das Wetter zunehmend. Hatte es am Morgen und Mittag nur leicht genieselt, so peitschte bald ein wütender Wind erbsengroße Regentropfen gegen die Fenster und ließ den Bus auf ungeschützten Geraden beunruhigend von rechts nach links schwanken. Draußen war es stockdunkel, nur hin und wieder gaben die Wolkenfetzen den Blick auf einen fast kreisförmigen Mond frei. Milla hatte die Augen geschlossen. Ihre Hände lagen mit den Handrücken auf ihren Knien. Daumen und Zeigefinger hielt sie fest zusammengepresst. Wahrscheinlich flehte sie gerade sämtliche Schutzengel, die sie kannte, um Beistand an. Auch mir war angesichts der immer heftiger werdenden Böen und des Fahrers, der sein Gefährt mit unbeirrt hoher Geschwindigkeit durch die nassen Straßen lenkte, ein wenig mulmig zumute. Paul stand ungeachtet unserer Endzeitstimmung auf meinem

Schoß, patschte mit beiden Händen gegen die klamme Scheibe und zog mit seinen Fingern die herunterrinnenden Regenstraßen nach.

Am Bahnhof von Westport mussten wir in ein Taxi umsteigen. Meine Mutter zog ihren Schirm aus der Tasche, um sich vor dem Regen zu schützen. Doch kaum hatte sie den Bus verlassen und ihn aufgespannt, wurde er auch schon von einem Windstoß nach außen gedreht. Eine Speiche brach und schaukelte wild hin und her. Ich packte Paul unter meine Jacke, zerrte mit der freien Hand meinen Koffer aus dem Gepäckraum des Busses heraus und rannte zu dem erstbesten Taxi, das vor dem Bahnhofsgebäude auf Fahrgäste wartete. Der Regen peitschte mir frontal ins Gesicht. Ich schob Paul in das Auto, keuchte dem Fahrer ein „Atlantic Coast Hotel“ entgegen und wollte mich gerade schon erleichtert in das Sitzpolster sinken lassen, als mir einfiel, dass ich den Kinderwagen im Bus vergessen hatte. Ich sprintete noch einmal los. Als ich wieder im Taxi saß, war ich klatschnass, ich hatte Haare im Mund und meine Wimperntusche lief als schwarzes Rinnsal meine Wangen hinunter. Milla, die neben dem Fahrer Platz genommen hatte, sah nicht viel besser aus. Sie hatte noch ein paar Male versucht, ihren widerspenstigen Schirm in Form zu bringen, ihn aber, als es ihr nicht gelang, wütend in eine Hecke geworfen.

„Na ja“, meinte sie und schüttelte sich wie eine nasse Katze, was ihr einen unfreundlichen Blick unseres Fahrers einbrachte. „It could be worse, sagt der Ire.“

„Meinst du?“ Ich sah sie skeptisch an.

Milla zuckte mit den Achseln. „Nein. Aber unser Bus hätte auch umkippen oder wir hätten von einem Baum erschlagen werden können. So gesehen haben wir sogar Glück gehabt.“

✳

Mit seinen verwitterten dunkelgrauen Natursteinen erinnerte das Atlantic Coast Hotel auf den ersten Blick eher an ein Gefängnis als an ein Vier-Sterne-Hotel. Ein Fensterladen hatte sich durch das Unwetter gelöst und schlug krachend gegen die Hauswand, ein Papierkorb war aus seiner Verankerung gerissen worden und trieb mit seinem durchweichten Inhalt ziellos durch die Straße.

Der Taxifahrer hielt genau vor dem Eingang in einer Pfütze. Ich gab ihm ein fürstliches Trinkgeld, um sicherzustellen, dass er unsere Koffer und den Kinderwagen ausladen würde, und preschte, gefolgt von Milla, durch die Glastür hindurch ins Innere des Hotels. Fast wäre ich mit einem weißen Tannenbaum zusammengeprallt, der sich in der Mitte des Foyers befand, so eilig hatte ich es, Regen, Wind und Kälte zu entfliehen. Außerdem hatte Paul auf den letzten Metern zu jammern begonnen und es war nur eine Frage der Zeit, bis dieses Jammern zu einem ausgewachsenen Protestgeheul anschwellen würde. Wärme schlug uns entgegen und Paul verstummte augenblicklich. Die gepflegt aussehende, mollige Frau an der Rezeption verzichtete darauf, uns nach der Qualität unserer Anreise zu fragen und überreichte uns direkt den Zimmerschlüssel.

Nachdem Paul und ich fünfzehn Minuten unter der heißen Dusche gestanden hatten und in sauberen und trockenen Kleidern steckten, ging es mir besser. Auch Millas Räucherstäbchenattacken zur Vertreibung böser Energien und die Kristalle unter unserem Bett zur Neutralisierung eventueller Wasseradern konnten mich dieses Mal nicht schockieren. Mit Paul lag ich auf dem Bett und wir schauten uns „Oh wie schön ist Panama“ an.

„Da!“, sagte Paul entzückt, wenn er den kleinen Bären sah und zeigte mit seinem dicken Zeigefinger auf die Figur. „Brumm!“

Er liebte dieses Buch. Ich selbst fand jedoch das Ende nach wie vor unbefriedigend. Da erlebten der Bär und der Tiger ein Abenteuer nach dem anderen, nur um am Ende genau dort anzukommen, von wo sie aufgebrochen waren und versanken erneut im Alltagstrott. War das so erstrebenswert?

„Hast du Hunger?", fragte ich Milla, die auf dem Bett lag und in der Hotelinformation blätterte. „In der Hotelbar kann man Snacks zu sich nehmen."

„Einen Snack, nein, danke." Sie schüttelte den Kopf. „Nach dieser Fahrt brauche ich mehr als ein Sandwich oder einen Salat. Wir beide gehen heute Abend ins Blue Wave." Sie hielt mir einen Flyer des preisgekrönten Hotelrestaurants entgegen, der auf ihrem Nachttisch gelegen hatte. „Sie bieten diese Woche ein Spezialmenü für zwei Personen an. Drei Gänge inklusive Wasser und einem Glas Wein für 65 Euro."

„Aber es ist schon fast acht. So spät willst du dir noch den Magen vollstopfen?" Der Gedanke an ein dreigängiges Menü war zwar verlockend, doch ich war mir sicher, dass ich weder den kohlehydrathaltigen Beilagen noch dem zucker- und fetthaltigen Dessert widerstehen konnte, wenn alles erst einmal vor mir stand. Dabei hatte ich gestern Abend erst gesündigt und zwei Scheiben Vollkornbrot gegessen.

„Keine Widerrede. Das gönnen wir uns." Milla schwang sich hoch und griff nach ihrer Tasche.

Mit einem wohligen Seufzer stellte ich das Babyphon auf den Tisch, ließ mich in den samtbezogenen Stuhl sinken und genoss den beeindruckenden Blick auf die Bucht und den dahinterliegenden Berg Croagh Patrick. Kerzen beleuchteten den Raum, in einer Ecke flackerte ein Feuer und aus den Boxen ertönte gedämpfte Pianomusik. Mein Widerstand gegenüber einem opulenten Menü war schnell dahingeschmolzen. Doch der Kellner reichte uns die Speisekarte. Irritiert betrachtete ich sie. Auch Milla runzelte die Stirn.

„Die werden uns doch nicht übers Ohr hauen wollen", flüsterte sie. „Für 65 Euro bekommen wir kaum zwei Hauptspeisen, wenn wir à la carte essen."

Sie rief den Ober zu sich.

„Sie können sich Ihr Menü aus der Karte zusammenstellen“, erklärte er freundlich.

„Ich kann aus all diesen Speisen auswählen?“ Milla zog ungläubig die Augenbrauen zusammen.

Der Ober nickte.

„Und das Menü kostet nur fünfundsechzig Euro für uns beide.“

Er nickte erneut und Milla bekam glänzende Augen.

„Hast du die Preise gesehen? Bereits die billigste Vorspeise, das Parfait of St. Tola Goat Cheese, kostet fünfzehn Euro“, juchzte sie.

„Sei bitte nicht so laut.“ Ihre Pfennigfuchserei war mir peinlich.

Doch sie ließ sich nicht beirren. „Und der Kelly´s of Newport Roast Black Pudding sogar zwanzig.“

„Weißt du überhaupt, was dieser Black Pudding ist?“

„Nein. Aber er schmeckt mit Sicherheit. In solchen Restaurants schmeckt alles. Als Hauptspeise nehme ich das Fish Special of the Evening für 30 Euro. Wenn ich noch als Dessert den Honey and Orange Baked Apple für sieben Euro bestelle, ist allein mein Essen teurer als unser gesamtes Menü. Das heißt, wenn du dir das Gleiche bestellst wie ich, haben wir die Kosten für den Mietwagen fast reingeholt.“

Ich musste grinsen. Das würde ich nicht tun. Und auch Milla würde ihre Auswahl garantiert überdenken, wenn ihr Englisch ein wenig besser wäre.

Milla war zwar ein wenig enttäuscht, als sie ihren Black Pudding vor sich stehen sah, hatte sie sich doch etwas Spektakuläreres erhofft als gebackene Blutwurst, doch tatsächlich schmeckte diese noch nicht einmal schlecht. Ich selbst hatte mich zu ihrer großen

Enttäuschung für die etwas billigeren Pan-Seared Clew Bay Scallops entschieden und als Hauptspeise die Lemon and Thyme Marinated Chicken Breast gewählt. Obwohl ich auf das Dessert zugunsten eines Espressos verzichtete, war ich nach dem Essen so satt, dass ich sicher war, die nächsten zwei Tage nichts zu mir nehmen zu können. Die Portionen waren riesig gewesen. Auch Milla rieb sich den Bauch.

„Selbst wenn es mit zusätzlichen Kosten verbunden ist, muss ich mir noch einen Grappa oder etwas Ähnliches bestellen. Sonst kann ich nicht aufstehen."

Unbehaglich rutschte ich auf meinem Stuhl hin und her. Jetzt, da Paul nicht bei uns war und wir gegessen hatten, wusste ich nicht, was ich mit ihr reden sollte. Als das Schweigen zwischen uns gar zu drückend wurde, kramte ich in meiner Tasche nach meinem Handy. Mehrere Werbemails, aber keine Nachricht von Sam. Nicht zu fassen!

„Immer noch nichts von Sam gehört?", erkundigte sich Milla.

Ich schüttelte bemüht ungerührt den Kopf. „Hat Papa sich bei dir gemeldet?"

„Ja, bereits drei Mal."

Ich schaute überrascht auf. Wir waren erst zwei Tage weg. So etwas sah ihm überhaupt nicht ähnlich.

„Wollte er wissen, wo er einen Topf findet oder braucht er die Nummer vom Pizzadienst?"

„Er sagt, er vermisst mich." Milla zuckt die Achseln. „Hier in Irland scheine ich mystische Magnetwellen zu entwickeln."

„Ihr versteht euch in letzter Zeit nicht besonders gut?" Ich stellte ihr die gleiche Frage wie meinem Vater auf Lillys Hochzeit. Doch während er kommentarlos darüber hinweggegangen war, nickte Milla.

„Seitdem er die Kanzlei verkauft hat, ist er schwierig. Ich dachte, wir würden nach seinem Ruhestand reisen, etwas von der Welt sehen, uns wieder näher kommen. Aber er zieht sein eigenes Ding durch, für meine Bedürfnisse interessiert er sich nicht."

„Vielleicht bist du zu streng mit ihm. Er hat jahrelang Tag und Nacht geschuftet und auf einmal sitzt er die ganze Zeit daheim rum. Es ist doch normal, dass er danach erstmal in ein Loch fällt und Zeit für seine Hobbys haben möchte."

„Und dass er mit mir tagelang nicht redet, ist das auch normal? Und wenn ich ihn darauf anspreche, was mit ihm los ist, schnauzt er mich an. Ich komme überhaupt nicht mehr an ihn heran. Und dann dieser Ohrring und die dämlichen Karohosen, mit denen er den ganzen Tag herumrennt. Haben Sie noch Sex oder spielen Sie schon Golf? Früher habe ich diese Frage nie so recht verstanden, jetzt weiß ich, was damit gemeint ist."

Ich verzog das Gesicht. „Too much information." Provozierend fügte ich hinzu: „Gibt es überhaupt noch etwas, was du an ihm magst?"

„Ja, Oldtimer-Cabrio. Im Sommer hat er es mir ein paar Male ausgeliehen und ich bin damit mit Inge nach München gefahren und zum Starnberger See. Wir hatten Sonnenbrillen auf und Kopftücher und ..."

Meinte sie das etwa ernst? „Sonst noch etwas? Etwas, das ein bisschen weniger materialistisch ist?"

Milla schüttelte den Kopf.

„Wirklich nicht?"

„Nein."

„Und warum bist du noch mit ihm zusammen?"

Sie sah mich müde an. „Diese Frage habe ich mir in den letzten Monaten schon des Öfteren gestellt."

„Aber du wirst ihn doch nicht verlassen, oder?"

Milla drehte den Stiel ihres Rotweinglases zwischen den Fingern hin und her. „Am meisten treiben mich seine ständig wechselnden

Hobbys zur Weißglut. Erst kauft er sich eine komplette Schwimmausrüstung. Von der Brille bis zum Schwimmbrett. Dann das Rennrad. Jetzt seit drei Monaten das Golfspielen. Fehlt nur noch, dass er in Stretchhose, Gummistiefeln und einer Reitkappe vor mir steht. Nebenbei schreibt er an seiner Biografie – als ob die jemand lesen wolle –, er hat sich Bongotrommeln gekauft und letzte Woche kam er auf die Idee, dass ein großer Künstler in ihm steckt. Er hat alles im Haus golden angesprüht und zu Objekten verarbeitet. Sogar eines meiner Küchensiebe und ein paar Gartenzwerge."

„Aber es ist doch schön, dass er so vielfältige Interessen hat. Wäre es dir lieber, wenn er nur zu Hause herumsitzt und die Wand anglotzt?"

„Vielleicht." Sie starrte immer noch vor sich hin.

„Du hast mir übrigens noch keine Antwort auf meine Frage gegeben." Ich tippte ungeduldig mit dem Fuß auf den Boden und merkte, dass ich nervös auf einer Haarsträhne herumkaute. „Denkst du darüber nach, ihn zu verlassen?"

„Manchmal." Milla hielt ihren Blick stur auf die dunkelrote Flüssigkeit gerichtet.

„Was heißt manchmal? Ja oder nein? Denkst du darüber nach, Papa zu verlassen?" Ich nahm ihr wütend das Glas aus der Hand und zwang sie, mir in die Augen zu schauen.

„Ja, ich denke darüber nach", stieß Milla mit einem langen Seufzer aus.

„Ich fasse es nicht." Am liebsten hätte ich ihr den Rotwein ins Gesicht gekippt. „Du denkst darüber nach? Weil er angefangen hat, Golf zu spielen und deine Gartenzwerge golden ansprüht. Aber was ist mit Helga, Lilly, Mia und mir, wenn du ihn verlässt. Wir haben keine Familie mehr. Bald ist Weihnachten. Wie sollen wir feiern, wenn ihr nicht mehr zusammen seid?"

Meine Mutter runzelte die Stirn. „Natürlich habt ihr noch eine Familie. Dein Vater und ich trennen uns, keiner von uns stirbt. Und wegen Weihnachten. Fee, du bist erwachsen. Du wirst es überleben, wenn wir dieses Jahr an Heiligabend nicht alle zusammen in trauter Eintracht um den Weihnachtsbaum sitzen und ‚Süßer die Glocken nie klingen' singen."

„Das hört sich so an, als würdest du überhaupt nicht mehr darüber nachdenken, sondern so, als hättest du dich schon entschieden", jammerte ich.

„Noch ist überhaupt nichts entschieden."

„Und wie ist die Tendenz? Eher für oder eher gegen ein weiteres Fortbestehen eurer Ehe?" Ich merkte, dass ich mich kindisch benahm, aber ich konnte nicht anders. Das Ganze war ein einziger Albtraum. Die Panikattacken, die Trennung von Sam, der Ärger auf der Arbeit. Nun auch noch das! Meine Familie, das Einzige, das mir in dieser beschissenen Zeit zumindest ansatzweise Halt gegeben hatte, schien nun auch noch entzweizubrechen. Nicht, dass meine Mutter und mein Vater sich in den letzten Jahren besonders gut verstanden hätten, sie benahmen sich schon eine ganze Zeit lang eher wie Peggy und Al Bundy aus „Eine schrecklich nette Familie" als wie Jonathan und Jennifer Hart, dem stets verliebten Paar aus der 80er-Jahre-Serie „Hart aber herzlich". Aber mit zwei Eltern, die unter einem Dach wohnten und sich ständig stritten, konnte ich leben. Mit zwei Eltern, die verschiedene Wohnorte einnahmen und dadurch ihren zerrütteten Zustand amtlich machten, dagegen nicht.

„Es ist im Moment alles einfach sehr, sehr schwierig", sagte Milla ungeduldig. Sie schien keine Lust mehr zu haben, länger auf diesem Thema herumzureiten.

„Schwierig? Schwierig sagst du?" Ich merkte, dass meine Stimme ins Hysterische abzurutschen drohte. „Aber du kannst doch nicht einfach alles hinschmeißen, nur weil es zurzeit ein bisschen schwierig ist."

„Warum nicht?" Milla sah mich aus schmalen Augen an. „Du hast es doch auch getan, oder etwa nicht?"

Dreizehn

„Wo willst du hin?“, fragte ich Milla, die mit einem Cityrucksack über der Schulter in der Lobby saß.

„Ich komme mit nach Achill Island. Hatten wir das gestern nicht so ausgemacht?“

„Ich hätte nicht gedacht, dass du bei diesem Wetter freiwillig nach draußen gehst. Wolltest du keinen Wellnesstag einlegen?“

Zwar regnete es nicht mehr, aber durch die Glasfenster des Hotels konnte man sehen, wie sich die Bäume auf der anderen Straßenseite heftig unter der Wucht des Sturmes zur Seite bogen.

„Ins Schwimmbad und in die Sauna kann ich auch gehen, wenn wir zurückkommen. Und einen Massagetermin habe ich erst morgen früh bekommen. Die Frau an der Rezeption hat uns bereits ein Taxi gerufen. Vom Bahnhof aus können wir mit dem Bus weiterfahren. Wolltest du Paul nicht auf unseren Ausflug mitnehmen?“

„Nein“, sagte ich unbehaglich. „Er hat gestern schon so lange Zeit im Bus gesessen. Die Kinderbetreuer hier im Hotel sind sehr nett und es waren noch fünf andere Kinder in seinem Alter da. Dort hat er bestimmt mehr Spaß, als wenn ich ihn mit nach Achill Island schleppe.“

Paul, der Fremdbetreuung durch meine Arbeit gewöhnt war und andere Kinder liebte, schien tatsächlich nichts dagegen gehabt zu haben, in dem großzügigen, hellen Raum abgegeben zu werden, denn er war sofort auf eine Kiste mit Bauklötzen zugekrabbelt und hatte mich keines Blickes mehr gewürdigt. Ich fühlte mich trotzdem nicht wohl dabei, ihn den ganzen Tag in der Obhut von fremden Leuten zu lassen. Aber ich wollte David nicht gleich bei meinem ersten Besuch mit meinem Sohn konfrontieren.

Die letzten Wochen hatte ich den kleinen Mann fast jede Minute um mich gehabt. Und obwohl ich es bis vor kurzem noch kaum für möglich gehalten hatte, verbrachte ich gerne Zeit mit ihm. Auch wenn er mir manchmal den letzten Nerv raubte. Mir graute es bei dem Gedanken, ihn ab Mitte Januar unter der Woche kaum noch zu sehen.

Ein Taxi hielt vor der Tür und hupte.

„Gehen wir raus", meinte ich gottergeben. Vielleicht ergab sich unterwegs noch eine Möglichkeit, Milla abzuhängen.

Je weiter wir nach Achill Island vordrangen, desto mehr verblich die vorher noch so üppig wirkende Landschaft zu einer kargen Wüste aus Geröll und verdorrtem Gras. Das blendende Grün der Wiesen wurde schmutziger, Rhododendren wichen zerklüfteten Felsbrocken. Die Anzahl der Schafe überstieg die der weiß gekalkten Cottages um ein Vielfaches.

„Mayo – God help us!", murmelte Milla, als wir die breite Drehbrücke überquerten, die Achill Island mit dem Festland verband.

„Was sagst du?"

„Die Gegend, durch die wir gerade fahren, gehörte früher zu den ärmsten in Irland. Vier Einwohner mussten auswandern, damit der Fünfte überleben konnte. Wenn jemand aus einem reicheren Bezirk den Namen Mayo erwähnte, hauchte er stets ein ‚God help us!' hinterher. So steht es zumindest in Bölls Irischem Tagebuch."

„Möchtest du in Doogort aussteigen und dir das Cottage, in dem Böll gelebt hat, anschauen? Ich fahre weiter zu meinem Studienkollegen." Ich sah Milla hoffnungsvoll an.

„Möchtest du das Häuschen denn nicht sehen?" Sie blickte irritiert von ihrer Lektüre hoch.

„Nein, ich würde lieber direkt zur Keem Bay fahren."

„Aber ich schaue mir doch nicht drei Stunden ein Cottage an."

„Du könntest dort klingeln und dich von den Besitzern herumführen lassen. Ich habe gehört, dass die Nachkommen von Böll es Schriftstellern und anderen Künstlern zur Verfügung stellen. Es wäre bestimmt spannend, mit ihnen zu plaudern."

„Bestimmt wäre es das." Milla kramte ihren Reiseführer aus dem Rucksack. „Aber hast du auch das hier gesehen?" Sie tippte auf ein Foto, auf dem eine Plakette abgebildet war. Darauf stand:

Dies ist ein privater Ort der Ruhe, bitte respektieren Sie die Ruhe der Gäste und Künstler, die hier für einige Wochen leben und an ihren Werken arbeiten.

„Aber ganz in der Nähe liegt ein verlassenes Dorf." Ich zog ihr den Reiseführer aus der Hand. „Hier: ‚Im verlassenen Dorf von Slievemore können Sie sich in längst vergangene Zeiten auf Achill Island zurückversetzen lassen.' Interessiert dich so etwas nicht?"

„Doch. Aber warum können wir nicht zusammen nach Doogort und zu dem verlassenen Dorf fahren und anschließend zu deinem Studienkollegen?"

„Aber was willst du denn an der Keem Bay? Dort gibt es nichts zu sehen und David kennst du auch nicht."

„Mein Gott!", sagte Milla wütend. „Willst du mich loswerden? Ich dachte eigentlich, dass wir uns in Irland ein paar schöne Tage machen, aber langsam glaube ich, dass du nur einen kostenlosen Babysitter für Paul gebraucht hast."

„Nein, nein. Ich befürchte nur, dass du dich langweilen wirst. Aber gut, wenn du unbedingt mitkommen möchtest, dann machen wir es so, wie du es gesagt hast. Erst Doogort und das verlassene Dorf, dann zur Keem Bay."

Doogort war ein Dörfchen mit vielen weißen Cottages, das am Fuß des Berges Mount Slievemore lag und einen schönen Sandstrand hatte. Eine Schar Möwen stieg auf, als wir aus dem Bus ausstiegen, und ihr heiseres, trostloses Schreien begleitete uns auf dem Weg durch den Ort.

„Können Sie uns sagen, wo wir das Haus des Schriftstellers Heinrich Böll finden?", fragte ich eine etwa vierzigjährige Frau, die vor ihrer Haustür stand und Laub zusammenfegte.

„Es ist ein wenig außerhalb, in der Nähe der Kirche." Sie zeigte vage in eine Richtung und widmete sich dann mit voller Konzentration ihrer Arbeit.

Ein älterer Mann, der gerade in sein Auto steigen wollte, murmelte etwas von „die Hauptstraße wieder zurück und an der Palme gleich rechts ", als wir nach zehnminütiger Suche weder das Gotteshaus noch das Cottage fanden. Selbst ein kleiner Junge, der mit einem Stock einen Ball vor sich hertrieb, zeigte wortlos in eine Seitenstraße und rannte dann fort.

„Vielleicht sollten wir eines von diesen Hühnern hier fragen?", meinte Milla ärgerlich, als wir in einen Hof einbogen und dabei einen Hahn und dessen Frauenschar aufschreckten, die laut protestierend davonliefen. „Hier geht es auch nicht weiter. Es kann doch nicht so schwer sein, dieses Cottage zu finden. Der eine sagt, die Hauptstraße rauf, der andere die Hauptstraße runter. Die Leute hier wollen uns wohl für dumm verkaufen." Sie stampfte mit dem Fuß auf. „Aber ich bin nicht so weit gefahren, um kurz vor dem Ziel aufzugeben. Ich werde hier klingeln und mir den Weg aufzeichnen lassen." Sie zog ihren Notizblock und einen Stift aus dem Rucksack.

Doch der ältere Bauer, der ihr die Tür öffnete, sah sie verständnislos an, als sie nach dem Haus des deutschen Schriftstellers fragte. Er rief nach seiner Frau, doch auch die schüttelte nur ratlos den Kopf.

„Gut, ich gebe mich geschlagen", meinte Milla, als beide nach einigen Minuten immer noch vorgaben, noch nie von Heinrich Böll gehört zu haben. „Man will uns einfach nicht weiterhelfen. Lass uns zu diesem verlassenen Dorf gehen! Können Sie uns wenigstens verraten, wie wir dorthin gelangen, oder ist das auch ein Geheimnis?" Sie bedachte das Ehepaar mit einem zuckersüßen Lächeln.

Anscheinend nicht. Denn beide erklärten uns sofort den Weg zu der Ruinensiedlung.

„Von dort aus können Sie auch eine wunderschöne Rundwanderung machen", schlug die Frau vor. „Wenn Sie dem Pfad bis zu einem alten Quarzsteinbruch folgen, kommen Sie auf einer Schotterstraße nach Dooagh und von dort wieder nach Doogort zurück."

„Zu freundlich von Ihnen. Wir werden darüber nachdenken." Milla drehte sich mit grimmigem Gesicht um und ging.

Wir liefen den schmalen Sandstrand entlang auf den Mount Slivemore zu, an dessen Südhängen sich das verlassene Dorf befand. Es roch nach Salz und Tang, der Wind spielte in unseren Haaren und die Sonne schien auf uns herunter. Doch Millas Laune blieb bedeckt.

„Haben sich alle gegen uns verschworen?", wütete sie. „Es kann doch nicht sein, dass uns niemand sagen kann, wo dieses Cottage liegt. Und die beiden wissen nicht, wer Heinrich Böll ist? Dass ich nicht lache!"

„Vielleicht wollen die Künstler nicht, dass ständig Touristen bei ihnen vorbeigeschickt werden. Denk an die Plakette!"

„Pah!“ Milla schnaubte. „Ich werde schon noch herausfinden, wo sich dieses Cottage befindet, und dann komme ich zurück und klingele Sturm. Diese Künstler können mich mal. Mich so auflaufen zu lassen.“

„Vielleicht kannst du dabei einen deiner unzähligen Engel um Unterstützung bitten“, stichelte ich. „Wie heißt er doch gleich? Der, der verlorene Sachen zurückbringt? Antonius?“

„Das ist ein Heiliger und kein Engel.“ Ihre Mundwinkel bogen sich leicht nach oben.

Schon bald tauchten die ersten Ruinen vor uns auf. Hatte ich nur einige verfallene Steinwände erwartet, so wurde ich eines Besseren belehrt, denn ein komplettes Dorf erstreckte sich vor meinen Augen. Eins, zwei, drei, vier, … bei vierzig Cottages gab ich es auf, zu zählen. Es mussten an die hundert sein.

„Heinrich Böll hat dieses Dorf als das Skelett einer menschlichen Siedlung bezeichnet. Und es stimmt.“ Milla zog fröstelnd die Schultern hoch. „Bei Dunkelheit möchte ich nicht hier sein. Nicht einmal Schafe gibt es.“

Ich musste ihr recht geben. Etwas Trostloses ging von diesem Ort aus und ich stellte mir unwillkürlich vor, wie dieses Dorf vor zweihundert Jahren ausgesehen haben mochte, als die Häuser noch nicht verfallen waren und einen aus toten, leeren Fensterhöhlen anstarrten. Der Weg, den wir entlang marschierten, musste die Hauptstraße gewesen sein und der runde unbebaute Fleck in der Mitte wohl der Dorfplatz. Vielleicht hatte hier ein Pub gestanden, in den die Menschen nach der Arbeit gegangen waren, sich bei Bier, Wein oder was auch immer über den neuesten Dorfklatsch austauschten und ihre Probleme miteinander teilten. In der Ecke einer Ruine sah ich einen Schnuller liegen. Rot glänzte er zwischen den vertrockneten Grasbüscheln, die sich durch die harte Erde gekämpft hatten, und obwohl ich wusste, dass er noch nicht lange dort sein konnte, musste ich schlucken. In diesem Dorf hatten einst ganz normale Menschen gelebt. Sie hatten hier gearbeitet, geschlafen, gelacht, geweint und Kinder gezeugt. Irgendwann waren sie weggegangen. Hatten das Dorf dem Verfall preisgegeben und anscheinend wusste bis heute niemand so recht, warum.

Ich dachte an Sam, wie er nach der Geburt Pauls rotes, zerknautschtes Gesicht mit der Boxernase betrachtet, ihm über den verbeulten, haarlosen Kopf gestrichen und mir versichert hatte, noch nie ein schöneres Kind gesehen zu haben.

Was machte ich hier? Normalerweise fühlte man sich nach einer Trennung schlecht. Man betrank sich, blieb den ganzen Tag im Bett liegen, heulte Freunde und Verwandte voll, betrank sich abends noch einmal, ließ sich mit seltsamen Typen ein. Doch eines Morgens wachte man auf und stellte überrascht fest, dass es einem ein bisschen besser ging. Und dann noch ein bisschen besser. Und noch ein bisschen. Bis man sich schließlich fragte, was man an einem solchen Blödmann jemals gefunden hatte und sich neu verliebte. So war es jedenfalls bisher bei mir immer gewesen. Doch dieses Mal lief es nicht so. Im Gegenteil!

Vielleicht sollte ich Sam anrufen. Ihn darum bitten, noch einmal ganz von vorne anzufangen. Vielleicht! Aber die Erinnerung an zwei leere Weingläser und Zigarettenstummel, an denen roter Lippenstift klebte, hielt mich davon ab.

„Lass uns gehen!“, meinte Milla und riss mich damit aus meiner Melancholie.

Von der Sonne, die mich heute Morgen noch so vielversprechend begrüßt hatte, war nur noch ein schmaler Streifen zu sehen, und auch der wurde kurz darauf von den Wolken verschluckt. Wir hatten uns dazu entschlossen, den Vorschlag der Bäuerin anzunehmen und bis nach Dooagh zu wandern, da es auf direktem Weg zur Keem Bay lag. Von dort aus wollten wir mit dem Taxi weiterfahren.

Der kleine Fischerort Dooagh hatte seine besten Tage schon hinter sich und schien sich in einer Art Winterschlaf zu befinden. An unzähligen Cottages waren die Fensterläden geschlossen und an vielen Fassaden blätterte der weiße Putz ab. Der Wind war in den letzten Minuten deutlich schärfer geworden.

„Hu, ganz schön frisch", meinte Milla und rieb sich die Hände. Sie kramte in ihrer Jackentasche herum und stieß kurz darauf einen leisen Fluch aus.

„Was ist?", fragte ich.

„Ich habe meine Handschuhe im Bus liegen lassen."

„Gleich sind wir im Warmen. Ich klingele an der nächstbesten Haustür und frage nach der Nummer eines Taxidienstes."

Erst am dritten Haus wurde mir geöffnet. Eine ältere Frau in einer Kittelschürze stand in der Tür. In der Hand hielt sie eine Zigarette.

„Ein Taxi." Sie sah mich an, als hätte ich eine Flugmango von ihr verlangt. „Um diese Jahreszeit fahren hier draußen keine Taxis. Es lohnt sich nicht. Kaum Touristen."

„Aber es muss doch auf dieser Insel einen Taxidienst geben."

„Ja, in Achill Sound." Sie nahm einen tiefen Zug von ihrer Zigarette.

Achill Sound! Es würde mindestens eine halbe Stunde dauern, bis das Taxi hier wäre.

„Fährt ein Bus bis an die Keem Bay?", fragte ich, obwohl ich im Internet keine Verbindung gefunden hatte.

„Im Winter?" Sie lachte heiser. „Nein. Das Hotel ist geschlossen und surfen will um diese Jahreszeit auch niemand."

„Und wie können wir dorthin kommen?"

„Es gibt zwei Möglichkeiten." Sie blies mir einen Rauchkringel ins Gesicht. „Entweder Sie gehen zu Fuß oder …"

„Ja." Ich horchte erwartungsvoll auf, da die erste Möglichkeit definitiv nicht in Betracht kam.

„Oder Sie trampen." Sie entblößte ihre gelben Zähne.

„Trampen?" Ich hörte meine Mutter hinter mir keuchen. „Ganz sicher nicht."

„Ach nein!", stöhnte Milla auf, als ein kleines gelbes Auto an uns vorbeifuhr. Sie stampfte bibbernd von einem Fuß auf den anderen. „Ich habe dir gesagt, dass es eine Schnapsidee ist, sich hierhin zu stellen."

„Jetzt warte doch erst einmal ab. Irgendjemand wird uns schon mitnehmen. Die Frau hat gemeint, dass Trampen in Irland eine durchaus gebräuchliche Fortbewegungsart ist. Selbst Schulkinder trampen."

„Es ist trotzdem demütigend." Milla starrte missmutig auf den Boden. „Wir sollten in einen Pub gehen, uns an Guinness betrinken und warten, bis der nächste Bus kommt und uns zurück nach Westport fährt."

„Mach das doch!", schlug ich hoffnungsvoll vor. „Ich komme dich um kurz vor drei abholen."

„Nein, nein. Ich bleibe. Du bist mit mir nach Dooagh gefahren, ich komme mit dir zu diesem Strand", brummelte sie.

Ich verdrehte die Augen. Ein roter Fiat ließ uns links liegen.

„Vielleicht sollten wir die Kapuzen abnehmen, wenn das nächste Auto kommt, und ein wenig mit unseren Reizen spielen. Wahrscheinlich sehen wir so eingemummt wenig vertrauenerweckend aus", schlug ich vor.

„Damit mir neben meinen Fingern auch die Ohren abfrieren? Nur über meine Leiche." Milla hauchte sich in ihre rotgefrorenen Hände. „Warum musste ich auch meine Handschuhe im Bus liegen lassen?"

Ein wenig mutlos blickte ich auf den Weg, der noch vor uns lag. Sechs Kilometer, 200 Höhenmeter und 534 Schafe später würden wir erst am Ziel sein. Und der Wind arbeitete gegen uns.

„Lass uns ein Stück gehen. Dadurch wird uns wenigstens warm." Ich zog an ihrem Ärmel.

„Warte einen Moment!" Milla blieb stehen und machte sich an ihren Winterstiefeln zu schaffen.

„Was ist?", fragte ich ungeduldig. „Willst du barfuß weitergehen?

„Nein. Ich habe ein Paar Socken über meine Strumpfhose gezogen. Die funktioniere ich zu Handschuhen um. Ich halte diese Kälte nicht mehr aus."

„Wenn du meinst!" Belustigt betrachtete ich Milla, als sie kurz darauf mit leuchtend roten Wollsocken über den Händen neben mir stand.

Ein schwarzer Audi kam herangeflitzt. Entschlossen riss ich meine Kapuze vom Kopf und schüttelte meine blonden Locken. Doch der Wagen passierte uns mit ungebremster Geschwindigkeit.

Milla zog herablassend ihre Mundwinkel nach oben.

„Du bist unfair", zischte ich sie an. „In dem Auto hat eine vierköpfige Familie gesessen."

Ich vermummte mich wieder.

In diesem Moment hörte ich von hinten Geknatter. Ein Traktor tuckerte auf uns zu.

„Untersteh dich", warnte Milla. Doch ein erneuter Blick auf die hügelige Strecke, die noch vor uns lag, sagte mir, dass der Zweck jedes Mittel heiligte. Mit der rechten Hand zog ich mir die Kapuze noch einmal vom Kopf, den linken Daumen reckte ich in die Höhe. Der Traktor kam zum Stehen.

„Wo wollt ihr hin?" Ein in die Jahre gekommener George-Clooney-Verschnitt grinste auf uns herunter und ließ dabei eine blitzende Zahnreihe sehen. Meine Mutter lächelte zurück und versuchte, hinter ihrem Rücken ihre Wollsocken von den Händen zu ziehen.

„Zur Keem Bay. Können Sie uns ein Stück mitnehmen?"

„Steigt ein!" Er winkte. „Ich muss dort nach den Schafen sehen."

Behände wie eine Berggämse kletterte Milla nach oben und ließ sich rechts von ihm nieder. Ich musste mir den Platz mit einem sabbernden Schäferhund teilen. Er hatte Mundgeruch und ich versuchte, so viel Abstand wie möglich zwischen uns zu bringen. Obwohl sich der Traktor nur mit knapp 30 km/h fortbewegte, zog es ganz schön auf dem ruckelnden Gefährt und ich war froh unter meiner Barbour-Jacke noch einen Fleecepullover und ein Langarmshirt zu tragen. Milla dagegen schien sich von innen aufzuwärmen. Ihr Frösteln, Bibbern und Händereiben war wie weggeblasen, die dicken Wollsocken hatte sie unauffällig in der Tasche ihrer Jacke verstaut und sie plauderte fröhlich mit dem Bauern, der sich uns als Ernest vorstellte. Der verblichene goldene Ehering an seiner linken Hand tat ihrer Begeisterung keinen Abbruch.

Auch Ernest schien von unserer Gesellschaft beflügelt, denn er trat aufs Gas und legte seinen Traktor rasant in die Kurven der schmalen Straße, die sich den Croaghaun Mountain hinaufschlängelte. Ich vermied jeglichen Blick nach rechts, wo sich mir schwindelerregende Ausblicke auftaten, klammerte mich so fest in das Schaffell auf meinem Sitz, dass meine Fingerknöchel weiß hervortraten, und hoffte inständig, dass uns kein anderes Fahrzeug entgegenkäme. Entsprechend froh war ich, als wir nach wenigen Minuten auf der Kuppe des Berges ankamen und sich der Blick auf eine hufeisenförmige, von schroffen Steilklippen umsäumte Bucht auftat, an deren Strand ein unscheinbares Häuschen stand, das ich unschwer als das Cottage auf Davids Postkarte erkannte. Ich unterdrückte den Impuls, den Schäferhund neben mir zu umarmen, und konnte es kaum erwarten, auszusteigen.

Nachdem der Traktor auf einem matschigen Wiesenweg endlich zum Stehen gekommen war, entschied sich Milla, sich in der Schafkultur weiterzubilden, und folgte Ernest den steilen Trampelpfad hinauf zu seiner Herde. Der Hund hüpfte fröhlich vorweg.

„Warum haben die irischen Schafe alle diese Farbkleckse auf dem Fell?“, hörte ich Milla noch plappern, doch Ernests Antwort verschluckte der Wind.

Langsam ging ich auf das kleine Cottage zu, das sich nur wenige Meter über dem Strand auf einem Grasplateau befand. Bei jedem Schritt sanken meine Gummistiefel tief in den Boden ein und wurden von diesem nur widerwillig und mit einem schmatzenden Geräusch freigegeben. Hoffentlich würde ich hier eine Spur von David finden. Im Gegensatz zu dem langgezogenen Hotel, das sich rechts von mir in den Hang krallte, schien das Cottage zumindest bewohnt zu sein. Rauch stieg aus dem Schornstein und die Fensterläden waren geöffnet. Vor der Tür stand ein alter VW-Bus, auf dessen vorderen Scheinwerfern schläfrige Augen aufgeklebt waren. Mit klammen Fingern zerrte ich mein Kosmetiktäschchen aus dem Rucksack und versuchte, die Rötung meiner Wangen ein wenig zu kaschieren. Bei meiner vom Winde verwehten Frisur war sowieso Hopfen und Malz verloren. Ich drückte den Klingelknopf.

Vierzehn

„Ja." Eine junge Frau mit einem schmalen Gesicht und einem hohen straff zurückgebundenen Pferdeschwanz öffnete mir. Sie trug einen engen Pullover, schwarze Hosen, eine türkisfarbene Binde um den Bauch und war unverkennbar schwanger.

Ich räusperte mich. „Ich suche David Gallagher. Wohnt er hier?" „David?" Sie blickte mich verdutzt an. „Nein. Wie kommen Sie darauf?"

„Ein ehemaliger Zimmernachbar aus dem Studentenwohnheim hat mir diese Adresse gegeben."

„Er war im Sommer ein paar Monate hier, um seine Masterarbeit fertig zu schreiben. Aber seit Oktober hat er das Studium abgeschlossen."

„Wissen Sie, wo er sich im Moment aufhält?"

Die junge Frau lachte. „Natürlich. Ich habe letztes Wochenende erst mit ihm telefoniert. Er wohnt bei seiner Mutter. Sie besitzt in der Nähe von Loughrea ein Gestüt."

Ich atmete scharf aus. Endlich! Ich hatte ihn gefunden.

„Haben Sie die genaue Adresse?"

„Ich kann sie Ihnen gerne geben. Ist David ein Freund von Ihnen?"

„Vor einiger Zeit habe ich einen Beitrag über ihn als Straßenmusiker gedreht. Ich bin Redakteurin beim Fernsehen. Eigentlich Moderedakteurin. Aber hin und wieder drehe ich auch andere

Themen", fügte ich erklärend hinzu. „Meine Mutter und ich machen gerade eine Rundreise durch Irland und ich dachte, es wäre nett, ihn wiederzusehen." Ich spürte, wie ich rot wurde.

Doch die junge Frau schien es nicht zu bemerken.

„Sie sind Moderedakteurin! Das ist ja wunderbar." Sie lächelte entzückt. „Ich habe Design am College of Fashion in London studiert und arbeite gerade an meiner Abschlusskollektion. Möchten Sie hereinkommen? Wir könnten uns ein wenig unterhalten."

Ich drehte mich um und blickte vorbei an dem leer stehenden Hotel den Berg hinauf. Von Milla war nichts zu sehen.

„Gern."

„Ich bin Karen."

„Felicitas." Wir drückten uns die Hände.

„Felicitas! Was für ein schöner Name!"

Ich lächelte sie an und trat ein.

Das kleine Haus bog sich und ächzte unter dem Gewicht des Sturms, doch in der Küche verbreitete ein Schwedenofen mollige Wärme. Karen war reizend. Sie plauderte in einem fort, während sie den Tee aufbrühte und einen tiefgekühlten Apfelstrudel in den Ofen schob. Und schon bald wusste ich, dass sie seit einem Jahr mit Davids bestem Freund Andy verheiratet war, der in Westport ein Elektrogeschäft besaß und erst spät abends heimkam.

„Eigentlich wohnen wir dort. Aber ich stehe ein wenig unter Zeitdruck." Sie tätschelte ihren Bauch. „Deshalb habe ich mich, bis ich mit meiner Kollektion fertig bin, im Sommerhaus seiner Eltern eingemietet. Es ist einsam den ganzen Tag über allein. Aber hier werde ich wenigstens nicht abgelenkt. Möchtest du meine Abschlusskollektion sehen? Das Motto ist Painted Winter."

Ich folgte Karen die enge Holztreppe nach oben in das ausgebaute Dachgeschoss. Zwei Schaufensterpuppen standen vor einem schrägen Fenster. Die eine Puppe trug eine pinkfarbene Hose aus Satin, ein grünes schmal geschnittenes Oberteil mit Wasserfallausschnitt und brombeerfarbene Armwärmer, die andere einen orangefarbenen Rock, ein dunkelblaues Shirt und einen riesigen Wollschal. Auf einem länglichen Holztisch lag bunt gestreifter Stoff ausgerollt. An der Wand dahinter klebte die Skizze eines Ballonrocks, kombiniert mit einer Fellweste. Und an einem Kleiderständer in einer Ecke des Raumes hingen weitere farbenfrohe Stücke. Karens Entwürfe gefielen mir. Ich mochte die Kombination aus schlichten Formen und knalligen Farben ebenso wie den Mix verschiedener Materialien.

„Du hast Talent", sagte ich bewundernd, als wir wieder unten in der Küche saßen. „Aber als Modedesignerin wirst du kaum in Westport arbeiten können, oder?"

„Nein." Karen lachte. „Aber wo die Liebe hinfällt ... Und ab Mitte April werde ich sowieso eine Zeit lang nicht dazu kommen. Vielleicht schneidere ich ein paar Babysachen. Und wenn der Kleine größer ist, kann ich mir immer noch darüber Gedanken machen, wie es mit mir beruflich weitergeht."

Ich beneidete sie um diese entspannte Einstellung. „War dein Kind nicht geplant?"

Sie schüttelte den Kopf. „Das Produkt einer Magen-Darm-Krankheit. Der Zeitpunkt hätte ungünstiger nicht sein können. Andy hatte sich erst ein halbes Jahr zuvor selbstständig gemacht und ich stehe kurz vor dem Abschluss. Aber wir freuen uns trotzdem total auf den Kleinen. Hast du auch Kinder?"

„Nein", log ich.

Ich blickte in ihre glänzenden Augen und auf ihre Hände, die zärtlich auf ihrem Babybauch lagen, und spürte dasselbe Gefühl aufsteigen, das mich bei schwangeren Frauen so häufig überkam: Neid darauf, dass Karen ebenso wie Helga die Chance bekam, es besser zu machen als ich ...

„So etwas kommt vor", hatte mich meine Frauenärztin getröstet. „Kondome sind nur zu knapp 99,5 % sicher."

„Dann bin ich also eine halbe von hundert Frauen, die trotz gewissenhafter Verhütung schwanger wird", schniefte ich.

„Sehen Sie es positiv! Sie sind gesund. Sie sind in einer festen Beziehung. Sie haben einen Beruf. Viele Frauen in ihrem Alter versuchen verzweifelt, schwanger zu werden, aber es klappt nicht."

„Aber ich wollte nie ein Kind. Ich möchte meine Figur, meine Karriere, mein Leben behalten. Ich habe nicht so lange studiert und so schwer geschuftet, damit ich zu Hause sitze und Babyscheiße wegmache." Meine Stimme war schrill geworden.

„Ich kann verstehen, dass Sie geschockt sind", sagte sie ruhig. „Schlafen Sie erst einmal ein paar Nächte darüber. Sprechen Sie mit Ihrem Freund. Wenn Sie sich dann immer noch nicht mit dem Gedanken an ein Kind anfreunden können, reden wir weiter."

Abtreibung, Adoption. Ich wusste, worauf sie hinauswollte. Doch beides kam nicht infrage. Ich würde nicht neun Monate einen immer schwerer werdenden Embryo mit mir herumschleppen, mir meine Figur ruinieren und Rollmöpse mit Nutella essen, damit am Ende fremde Leute mit meinem Kind durch die Gegend rannten. Und Abtreibung ... Nein, abgesehen davon, dass ich eine solche Aktion vor Sam, meiner Familie und meinen Freunden verschweigen müsste, wollte ich nicht als Insel durchs Leben wandeln, könnte ich auch mir selbst nicht mehr in die Augen blicken. Noch war es zwar nicht mehr als ein winziger Zellklumpen und auf dem Ultraschall nur als heller Fleck zu erkennen, aber dieser Fleck hatte gepocht. Der Zellklumpen hatte ein Herz.

Ich beschloss, das Beste aus meiner Situation zu machen. Wenn schon schwanger, dann sollte ich die hübscheste, schlankeste und am besten vorbereitete Schwangere sein, die die Welt je gesehen hatte. Hingebungsvoll massierte ich nach jeder Dusche Öl in Brust, Bauch, Po und Oberschenkel ein, um hässlichen Schwangerschaftsstreifen vorzubeugen, ich ging zweimal in der Woche *schwimmen, ich suchte mir bereits im fünften Monat eine Hebamme, und ich lernte das Mamibuch von Katja Kessler auswendig. Das schöne Model, das in den neun Monaten vor der Geburt und im ersten Jahr danach mit der Kamera begleitet worden war, tat sein Übriges, um mir vor Augen zu führen, dass mit ein bisschen Disziplin und Selbstbeherrschung die ganze Kindersache nur halb so schlimm sei.*

Sam war anfangs über unseren ungeplanten Familienzuwachs nicht begeistert, stand er doch nach dem Rauswurf bei seinen Eltern quasi mittellos da. Aber er gewöhnte sich schnell an den Gedanken, Vater zu werden. Vor allem als im sechsten Monat ein winziger Penis auf dem Ultraschallgerät sichtbar wurde, kannte seine Freude keine Grenzen und er ersteigerte Minitrikots, Babyfußbälle und Chucks in Größe 18 bei Ebay.

Abgesehen von der anfänglichen Übelkeit und davon, dass ich 22 Kilo zunahm und im Laufe der Monate zu einer blonden Kopie von Beth Dito wurde, verlief meine Schwangerschaft problemlos. Ja, ich freute mich sogar auf den kleinen Wurm und die damit verbundenen Herausforderungen. Eine Zeit lang nicht arbeiten gehen! Dieser Gedanke war verlockend.

Meine Probleme fingen erst einige Minuten vor der Geburt an. Nass geschwitzt und mit angeklebten Haaren lag ich auf einem Bett mit Plastiklaken, Sam hielt mir eine nierenförmige Schale vor den Mund, in die ich kurz zuvor vor Schmerzen gekotzt hatte, die Hebamme schrie: „Pressen! Ich kann schon den Kopf sehen!“, und ich dachte: „Nein! Bitte bleib drin. Ich schaff' das alles nicht.“

Ein Schwall kalter Luft folgte Milla, als sie Karens kleine Küche betrat. Sie sah die schwangere Frau ein wenig verwundert an. „Hattest du nicht von einem StudienkolleGEN geredet?“

„Ja. Aber David wohnt hier nicht mehr. Er ist zu seinen Eltern gezogen. Wo liegt dieses Loughrea?“, wandte ich mich an Karen.

„50 Kilometer östlich von Galway in den Slieve Aughty Mountains. Es ist eine schöne Gegend und bei Touristen wegen der zentralen Lage sehr beliebt."

„Aber aus Galway kommen wir doch gerade." Milla wirkte wenig begeistert. „Die ganze Fahrt war also vollkommen umsonst?"

„Nein, warum denn umsonst? Man hat schließlich nicht jeden Tag die Gelegenheit, einen Bauern kennenzulernen, der wie George Clooney aussieht und einen in die Geheimnisse der Schafzucht einweist", meinte ich übermütig. Seitdem ich wusste, wo ich David mit Sicherheit finden würde, war ich bestens gelaunt.

„Wie George Clooney?" Milla zog skeptisch die Nase kraus. „Na ja, am Anfang schien er sehr nett, aber als wir in seinem Schuppen angekommen waren, hatte ich den Eindruck, dass er mir dort nicht nur sein teures Spezialfutter zeigen wollte. Ich habe unseren Ausflug abgebrochen. Schade! Er hatte schöne Zähne. Aber zumindest weiß ich jetzt, warum alle irischen Schafe mit Farbe angesprüht werden."

„Erzähl!" In meiner derzeitigen Stimmung war ich sogar dazu bereit, mich für bunt angemalte Shawns zu interessieren.

„Benachbarte Schafzüchter kennzeichnen so die Tiere, die zu ihrer Herde gehören. Ernests Schafe sind zum Beispiel blau, die seiner Nachbarn grün und pink. Einen zweiten Farbklecks sprühen die Züchter drauf, um kranke, geimpfte oder bereits gedeckte Tiere zu markieren. Ich wollte ihn noch fragen, wie er sich sicher sein kann, dass seine Schafe sich nicht mit den blauen Schafen eines anderen Züchters zusammentun. Aber dann ist es mir im Schuppen zu eng geworden."

„Sehr weise von Ihnen." Karen schmunzelte. „Ernest Dunne ist ein ausgesprochener Schürzenjäger und er hat einen guten Geschmack. Obwohl er verheiratet ist, gibt es kaum eine hübsche Frau in Keel und Umgebung, bei der er sein Glück noch nicht versucht hat. Und einige von ihnen waren mehr als bereit, sich sein Spezialfutter aus der Nähe anzusehen. Schlecht aussehen tut er ja nicht."

Ich merkte, wie Milla mit sich rang. Auf der einen Seite freute sie sich über den Gedanken, dass sie von Ernest als attraktive Frau angesehen worden war, auf der anderen Seite ärgerte sie sich wohl, nur eine von vielen zu sein.

„Karen ist übrigens so nett, uns mit ihrem VW-Bus nach Doagh zu bringen“, warf ich ein, um sie auf andere Gedanken zu bringen.

„Das würden Sie tun?“ Meine Mutter blickte sie entzückt an.

„Klar.“ Karen zuckte mit den Achseln. „Ich muss hier sowieso mal raus und vielleicht bekomme ich auf der Fahrt eine Inspiration. Aber ich fahre Sie besser gleich nach Keel. Doagh ist so klein, dass der Bus nicht immer bis dort raus fährt.“

„Aber es steht auf dem Fahrplan, dass der Bus um fünfzehn Uhr vier abfährt.“ Ich sah sie verwundert an.

Doch Karen schien an diesem kreativen Umgang der Busfahrer mit der Fahrtroute nichts Außergewöhnliches zu finden.

„Es steigt sowieso fast nie jemand dort ein“, meinte sie nur.

Draußen fiel scheppernd eine Mülltonne oder etwas Ähnliches um und durch das Fenster sahen wir, dass der Himmel sich merklich verfinstert hatte, die Wellen donnernd gegen die Felsen getrieben wurden.

„Aber der Sturm. Ist das nicht gefährlich?“, fragte Milla.

Karen lachte. „Ich habe hier draußen schon Schlimmeres erlebt. Nein, nein, ich fahre Sie. Lassen Sie mich nur kurz einen Anruf erledigen.“

Währenddessen kämpften Milla und ich uns durch die Windböen hindurch zum Strand hinunter, um das beeindruckende Schauspiel aus der Nähe anzusehen. Vor uns türmten sich wütenden Wassermassen auf und klatschten gegen die Felsbrocken. Die Wellen hatten breite Furchen in den Sand gegraben und der Wind trieb die Wolken in dichten Geschwadern aufs Festland.

„Ist das nicht fantastisch?“, brüllte ich Milla entgegen, doch sie sah mich nur verständnislos an.

Ich stemmte mich nach vorn, um noch ein wenig näher ans Meer zu gelangen. Doch der Wind wehrte sich. Er bäumte sich auf, fegte meine Kapuze vom Kopf und ließ meine Augen tränen. Millimeter für Millimeter arbeitete ich mich vorwärts und blieb erst stehen, als meine Füße vom Meer umspült wurden. Ich breitete die Arme aus und ließ mich nach hinten fallen. Der Wind fing mich auf und bewegte mich sanft auf und ab. Gischt durchnässte meine Jeans, spritzte hinauf bis zu meinem Haar und tausend kleine Stecknadeln prickelten auf meinem Gesicht. Es war, als würde ich fliegen. Ich beobachtete die Wolken über mir, sah Schiffe, Landschaften und einen Drachen und mit jeder Formation, die an mir vorbeizog, spürte ich, wie ich ein bisschen leichter wurde. Meine Probleme nach Pauls Geburt, die Panikattacken, der berufliche Zwangsurlaub, die Trennung von Sam und meine Familie, die auseinanderzubrechen drohte. All das trieb der Wind davon und löste es an der Horizontlinie auf.

Ich schloss die Augen.

Fünfzehn

„Kennen Sie das Cottage von Heinrich Böll?“

Die Realität hatte mich schneller eingeholt, als mir lieb war. Ich saß auf der Rückbank von Karens altem VW-Bus, den sie uns als Kalle vorgestellt hatte, und wurde auf dem engen Serpentinenweg, der sich den Berg hinauf und hinab schlängelte, unsanft von rechts nach links geschleudert.

„Natürlich. Es liegt nur ein paar Kilometer von hier entfernt, in Doogort.“

„Ich weiß. Meine Tochter und ich waren heute Morgen dort und haben versucht, es zu finden. Aber die Wegbeschreibung der Einheimischen war äußerst konfus.“

Karen lachte. „Es gibt wohl eine Übereinkunft, dass die Schriftsteller, die dort an ihren Projekten arbeiten, regelmäßig kostenlose Lesungen geben, wenn die Einheimischen ihnen dafür im Gegenzug die Touristen vom Hals halten. Hier draußen wird nicht allzu viel geboten und kaum jemand auf Achill will sich die Chance auf ein bisschen Kultur kaputtmachen lassen. Ich war selbst erst vor ein paar Wochen auf einer solchen Veranstaltung.“

„Siehst du! Ich hatte recht.“ Ich bedachte Milla mit einem überlegenen Blick.

Doch sie ging nicht darauf ein.

„Sie wissen also, in welcher Straße sich das Cottage befindet?“, bohrte sie nach.

„Natürlich." Karen nickte. „Wenn es nicht schon so spät wäre, würde ich Sie vorbeifahren. Soll ich Ihnen den Weg dorthin aufzeichnen? Vielleicht kommen Sie wieder?"

Milla nickte triumphierend. „So leicht lasse ich mich von den Iren nicht austricksen", sagte ihr Blick.

❋

Als wir gegen fünf Uhr wieder im Hotel ankamen, wurden wir von einem quengeligen Paul empfangen. Obwohl er durch die Tele-Zwerge Fremdbetreuung gewöhnt war, merkte man ihm seine Erleichterung deutlich an. Er versteckte den Kopf in meiner Halsbeuge und krallte sich mit beiden Händen in meiner Fleecejacke fest. Selbst beim Abendessen, das wir in dem angrenzenden Fischrestaurant einnahmen, weigerte er sich, sich in seinen Kinderstuhl zu setzen.

Milla zückte ihr Notizbuch. „Lass uns zusammenrechnen, wie viel wir heute gespart haben."

„Führst du immer noch deine Privatfehde gegen den irischen Staat?"

„Natürlich." Milla nickte hoheitsvoll. „Was glaubst du, hätte die Fahrt mit dem Taxi von Doogort zur Keem Bay und von dort nach Doagh gekostet?"

„Fünfundzwanzig Euro", behauptete ich, ohne groß darüber nachzudenken.

„Und das Mittagessen haben wir durch Karens Apfelstrudel auch gespart. Dreißig Euro wären es doch mindestens gewesen."

„Mindestens", sagte ich ernsthaft.

„Gut." Sie notierte die Summen in ihrem Buch. „Die Kosten für die Busfahrt von 52,60 Euro haben wir bereits herausgeholt und sogar ein bisschen Gewinn gemacht."

„Morgen bekommst du bestimmt noch mehr Gelegenheit, Geld einzusparen. In Loughrea sind die Hotels viel billiger als hier."

Milla zog beide Augenbrauen hoch. „Wir fahren nach Loughrea?"

„Ja. Ich habe an der Rezeption bereits Bescheid gesagt, dass wir auschecken."

„Ach. Es wäre nett gewesen, wenn du unsere weitere Reiseroute mit mir abgesprochen hättest."

„Das tue ich doch gerade. Wir fahren nach Loughrea. Die Stadt ist bei Touristen wegen ihrer zentralen Lage sehr beliebt. Von dort aus können wir weitere Ausflüge unternehmen."

„Und was ist, wenn ich morgen noch einmal nach Doogort fahren möchte? Schließlich habe ich jetzt die genaue Adresse des Böll-Cottages." Milla tippte mit ihren Fingernägeln ungeduldig auf dem Tisch herum.

Ich verzog das Gesicht. „Du würdest den ganzen weiten Weg noch einmal fahren, nur wegen dieses Häuschens?"

„Nein. Aber es hätte sein können. Außerdem habe ich morgen Vormittag noch einen Termin bei der Massage."

„Aber um halb neun fährt der Bus nach Galway ab."

„Dann wirst du auf den nächsten Bus warten oder ohne mich fahren müssen." Sie blickte mich provozierend an. „Dieser David muss ja ein wirklich toller Kerl sein, wenn du dazu bereit bist, ihm durch halb Irland zu folgen."

*

Der Bus stand bereits da, als Milla, Paul und ich am nächsten Mittag um kurz nach halb zwölf die Mill Street in Westport erreichten. Eine zierliche Frau mit dunklen Locken stieg gerade aus. Sie trug einen kleinen Jungen auf dem Arm. Als sich unsere Blicke begegneten, lächelten sie mir zu. Der Busfahrer hatte die Beine gemütlich verschränkt und las in einer Zeitung.

„Zweimal Galway, bitte!" Ich hielt ihm einen Fünzig-Euro-Schein vor die Nase.

„Der Bus ist kaputt." Der Fahrer schaute noch nicht einmal auf.

„Was?" Ich konnte nicht glauben, was ich gerade hörte. „Der Bus ist kaputt? Wann wird er repariert?"

Nur widerwillig löste er sich von seiner Lektüre. „Morgen. Der Mechaniker hat heute schon früher freigemacht."

„Aber es gibt doch einen Ersatzbus."

„Nein. Das ist der einzige Bus, der zwischen Westport und Galway hin und her fährt." Sein Blick war bereits nach unten gewandert.

Ich überlegte, ob ich ihm die Zeitung aus der Hand reißen und um die Ohren schlagen sollte. „Und was sollen wir jetzt bitte machen?", fragte ich schrill.

„Sie können es über Clifden versuchen, aber der Bus dorthin fährt erst heute Abend um sechs."

„Haben Sie noch einen anderen Vorschlag?"

„Ja. Ein Taxi nehmen oder ..." Er hob aufreizend langsam seine Augenlider einen halben Zentimeter hoch.

„Oder was?", wollte ich wissen, obwohl ich die Antwort bereits kannte.

„Oder Sie trampen." Sein Daumen schnellte nach oben.

❋

„Bist du von Sinnen?" Milla stand mit Paul auf dem Arm vor dem Bus und wartete darauf, dass der Fahrer die Abladefläche öffnete, damit wir die zwei Koffer und den Kinderwagen einladen konnten. „Ich trampe doch nicht mit all unserem Gelump und einem knapp elf Monate alten Kind hundert Kilometer durch Irland."

„Es sind nur 80 Kilometer. In Galway fahren Busse. Und Trampen ist hier in Irland keine ungewöhnliche Fortbewegungsart. In Irland ..."

„Ja, ja, ich weiß. In Irland trampen sogar Schulkinder“, unterbrach Milla mich mürrisch. „Aber das ist mir egal. Ich werde die 80 Kilometer nach Galway nicht trampen, sondern mir ein Taxi nehmen. Koste es, was es wolle.“

„Ich habe bereits nachgefragt. Die vier Taxen, die es gibt, sind alle unterwegs. Auch das, mit dem wir hierher gefahren sind. Ich hatte mich schon gewundert, warum sich der Mann im Anzug so hektisch darauf gestürzt hat.“

„Dann bleiben wir eben noch einen Tag länger.“ Milla setzte sich auf ihren Koffer, um deutlich zu machen, dass sie sich keinen Meter von Westport entfernen würde.

„Unser Zimmer ist mit Sicherheit schon wieder belegt.“

Milla sah mich mitleidig an. „Und selbst wenn, dann nehme ich eins der zwanzig, die noch frei sind, oder ich suche mir ein anderes Hotel. Du glaubst doch nicht ernsthaft, dass in Westport außerhalb der Saison alle Unterkünfte ausgebucht sind?“

Wohl kaum! Ich biss mir auf die Lippen. „Aber ich möchte nicht mehr länger bleiben.“ Wenn es drauf ankam, konnte ich ebenso stur sein wie sie. „Lass es uns doch wenigstens versuchen. Bestimmt nimmt uns jemand mit. Gestern hat es doch auch geklappt.“

„Ja.“ Ich merkte, wie Milla ungeduldig wurde. „Gestern waren wir auch ein Baby, ein Kinderwagen und zwei Koffer weniger. Wer, bitte schön, soll uns mitnehmen?“

„In Karens VW-Bus hätte alles hineingepasst“, beharrte ich eigensinnig.

„Ich werde hier bleiben.“ Milla verschränkte die Arme vor ihrem Körper.

„Und ich werde trampen.“ Wütend starrten wir uns einige Sekunden an, bevor ich den Buggy auseinanderklappte, ihr Paul aus dem Arm nahm und ihn hineinsetzte. Mit einer Hand schob ich den Wagen vor mir her, mit der anderen zerrte ich den Koffer nach und stapfte entschlossen die Straße hinunter. Himmel! Ganz schön schwer! Aber vor Milla würde ich mir nicht die Blöße geben und umdrehen.

„Hallo! Hallooo! Warten Sie bitte!“ Die hübsche junge Frau, die mir im Bus entgegengekommen war, rannte mir hinterher.

Ich blieb stehen und drehte mich um.

„Sie wollten doch auch mit dem Bus nach Galway?“ Ich nickte.

„Ich bin auf dem Weg nach Cloghbrack, zu meinen Eltern. Als der Fahrer mir gesagt hat, dass der Bus heute ausfällt, habe ich meinen Mann angerufen. Er wird mich fahren. Kann ich Sie ein Stück mitnehmen? Wir Mütter müssen doch zusammenhalten.“ Sie lachte und zog dabei die sommersprossige Nase kraus.

„Wo genau liegt denn Cloghbrack?“, fragte ich schwach.

„Etwa auf halbem Weg zwischen hier und Galway. Am Rand des Connemara Nationalparks. Mein Mann wird Sie nach Clifden bringen. Von dort fährt regelmäßig ein Bus nach Galway.“

Ich blickte zu meiner Mutter hinauf. Sie saß immer noch auf ihrem Koffer und beobachtete uns mit düsterer Miene.

„Und Sie würden uns wirklich mitnehmen? Paul, mich, meinen Koffer, den Kinderwagen und ... meine Mutter.“ Ich zeigte zur Bushaltestelle.

„Natürlich. Wir haben einen Van. Dort würde noch viel mehr hineinpassen.“

Sie nahm mir mein Gepäck ab. Ich schob Paul über die Straße auf das Auto zu. Die junge Frau, die sich mir als Maureen vorgestellt hatte, öffnete die Heckklappe und half mir mit ihrem Mann Simon beim Einladen. Er hatte ebenfalls dunkle Haare und erinnerte mich mit seinem kantigen Gesicht an Brad Arnolds von 3 Doors Down.

„Ein hübsches Paar“, dachte ich ein wenig neidisch.

Ich drehte mich zu Milla um und winkte ihr zu.

„Möchtest du immer noch hierbleiben? Oder fährst du mit uns mit in Richtung Galway?“

*

In den Van passte tatsächlich mehr hinein, als sein Äußeres vermuten ließ. Nicht nur, dass in der Abladefläche zwei weitere Sitze versteckt waren, unter dem verbleibenden Kofferraum gab es auch ein zusätzliches Staufach, in das Simon meinen Kinderwagen hineinwuchtete. Einen kurzen Moment dachte ich darüber nach, den Mini gegen ein solches Gefährt einzutauschen, doch dann stellte ich mir vor, wie ich an einem strahlend schönen Sommertag mit dem Van durch die Münchner Innenstadt fuhr. Kein Dach, das ich hochklappen konnte, keine neidischen Blicke, die mich verfolgten, und auf der hinteren Scheibe ein Aufkleber mit der Aufschrift „Paul an Bord“. Nein! Ich war definitiv kein Typ für eine Familienkutsche. Lieber quälte ich mich weiterhin mit den Sprudelkästen ab und quetschte sie auf die Rückbank.

Paul und ich setzten uns zu dem kleinen Kind, das Maureen auf dem Arm getragen hatte, Milla nahm zusammen mit ihrem Koffer im hinteren Bereich des Autos Platz und wir fuhren los.

„Das ist Robbie“, stellte uns Maureen ihren Sohn vor, der friedlich in seiner Autoschale saß und mit einem Stoffbuch spielte.

Ich warf einen Blick hinein und Robbie lächelte mir zu. Obwohl er schon mindestens anderthalb Jahre alt war, besaß er noch keinen einzigen Schneidezahn. Dafür waren die unteren Backenzähne bereits durchgebrochen. Er hatte ein rundes Gesicht, einen flachen Hinterkopf und leicht schräg stehende Augen. Robbie hatte das Downsyndrom.

„Hallo“, begrüßte ich ihn unsicher und streichelte seine Hand.

Er strampelte mit seinen Armen und Beinen.

„Er ist so fröhlich. Unser kleiner Prinz Charming“, sagte Maureen lächelnd. „Und vor allem mit blonden Frauen versteht er sich gut." Sie griff nach hinten und kitzelte ihren Sohn am Fuß. „Nicht wahr. Du bist jetzt schon ein Herzensbrecher."

Robbie gurgelte entzückt und strampelte noch heftiger. Ich zog Paul an mich. Er drehte den Kopf zu mir hoch und sah mich aus seinen runden, blauen Augen an.

„Da!" Er streckte mir seine Stoffkuh entgegen. Ich wackelte ein wenig mit ihr hin und her, bevor Paul sie mir mit beiden Händen abnahm und begeistert in ihre Nase biss. Ich ließ meine Blicke zwischen den Kindern hin und her schweifen und auf einmal fiel mir Dirk ein. Ich hatte schon ewig nicht mehr an ihn gedacht.

Dirk war ein Junge aus meinem Tanzkurs, in den ich mit 15 verliebt war. Er ging auf ein anderes Gymnasium als ich, war freundlich, intelligent und mehrere Mädchen schwärmten für ihn. Ich schien ihm zu gefallen und an einem Nachmittag nahm er mich mit zu sich nach Hause. Seine Mutter lag mit seinem älteren Bruder auf dem Boden im Wohnzimmer und spielte mit Legosteinen. Er hatte den gleichen gedrungenen Körper, das gleiche breite Gesicht und die gleichen schräg stehenden Augen wie Robbie.

Nach diesem Besuch wich ich Dirk so gut wie möglich aus. Ich wollte nicht mit ihm und seinem behinderten Bruder zusammen gesehen werden. Stattdessen ging ich kurz darauf mit Tom, der immer die neuesten und coolsten Schuhe und Kleider trug und stolzer Besitzer eines roten Mopeds war. Jahre später, ich hatte Dirk längst aus den Augen verloren, erzählte mir Helga, dass sie in der Zeitung die Todesanzeige seines Bruders gesehen hatte. Er war mit Mitte zwanzig gestorben, an einem Herzfehler, was wohl bei Menschen mit Downsyndrom recht häufig vorkam. Auch das Risiko, an Leukämie zu erkranken, lag bei dieser Behinderung ungleich höher, hatte ich einmal in einer Zeitschrift gelesen. All das musste Maureen auch wissen. Und sie musste sich darüber im Klaren sein, dass ihr Kind in der Öffentlichkeit angestarrt wurde, dass es für immer ihre Hilfe benötigte und nicht mit zwanzig von zu Hause ausziehen würde, sodass sie und Simon wieder reisen und tun und lassen konnten, was sie wollten. Trotzdem strahlte sie eine solche Lebensfreude aus und sah ihr Kind so voller Liebe und Stolz an, dass das Gefühl von Schuld, das ich vor Monaten resolut aus meinem Leben ausgegrenzt hatte, bei mir anklopfte und erneut um Einlass bat.

❋

„Habt ihr schon viel von Irland gesehen?“, erkundigte sich Maureen. Wir fuhren durch eine weite, karge Heide- und Moorlandschaft und neben den üblichen Schafen durchkreuzten immer öfter struppige weiß-graue Ponys unser Blickfeld. Ich schüttelte den Kopf.

„Nein, bisher waren wir nur in Galway und einen Tag auf Achill Island.“

„Auf Achill hat lange Zeit ein Landsmann von Ihnen gelebt“, warf Simon ein. „Heinrich Böll. Das Cottage, das er sich gekauft hat, gibt es heute noch.“

Milla seufzte.

„Wie lange bleibt ihr hier?“, fragte Maureen.

„Vielleicht noch eine Woche oder zehn Tage. Wir haben uns noch auf keinen Rückflug festgelegt“, antwortete ich.

„Ihr müsst euch unbedingt den Burren anschauen. Seine Mondlandschaft ist einzigartig. Und die Cliffs of Moher. Das sind die höchsten Steilklippen in ganz Europa. Im Süden müsst ihr durch den Ring of Kerry fahren. Auch Sligo im Norden ist wunderschön.“ Sie wandte sich an ihren Mann. „Wir haben doch noch genug Zeit, um kurz an der Kylemore Abbey anzuhalten. Das ist eine alte Abtei, die ganz verwunschen an einem See liegt. Die muss man einfach gesehen haben.“

„Aber macht Ihnen das denn nicht zu viel Mühe?“, protestierte Milla. „Sie wollen doch sicher so bald wie möglich bei Ihren Eltern sein.“

Simon lächelte. „Meine Frau hat während ihres Studiums als Reiseführerin gearbeitet. Sie tun ihr also einen Gefallen, wenn Sie sich von ihr herumführen lassen. Und wir haben wirklich noch ein wenig Zeit."

Eine halbe Stunde später kommandierte Maureen plötzlich: „So, jetzt bitte die Augen schließen."

„Warum?" Meine Mutter blickte die junge Frau an, als hätte sie den Verstand verloren.

„Weil wir uns gleich der Hauptzufahrt zur Kylemore Abbey nähern. Aber ein Parkplatz mit Kassenhäuschen und eine Touristinformation verderben den ganzen ersten Eindruck. Ein wenig weiter gibt es eine Stelle, von der man einen unverbauten Blick auf die alte Abtei hat."

Gehorsam schlossen Milla und ich die Augen und nach ein paar Minuten parkte Simon den Van seitlich an der Straße. Durch die Verästelungen der kahlen Zweige hindurch konnte man das Glitzern von Wasser sehen. Wir kletterten einen kleinen Abhang hinunter bis zu einer Bucht. Mir verschlug es den Atem. Maureen hatte nicht zu viel versprochen. Groß und majestätisch lag die Benediktinerabtei vor uns. Sie thronte am Fuß eines schwarzen Sees inmitten eines weitläufigen Waldgebietes. Nebelschwaden zerflossen über dem Gewässer und verliehen dem weißen Gebäude mit den verblichenen Mauern, den vielen Türmchen und den spitzen Zinnen etwas Gespenstiges, Überirdisches.

„Wow!", meinte meine Mutter schließlich, nachdem wir einige Minuten schweigend verharrt hatten.

Maureen und Simon sahen sich zufrieden an. „Es gefällt Ihnen?"

„Gefallen ist gar kein Ausdruck. So etwas habe ich noch nie gesehen." Milla lächelte. „Hier ist alles so energetisch und auch ein bisschen magisch. Es würde mich nicht wundern, wenn sich gleich die Erde öffnet und ein Zwerg mit Spaten erscheint."

„Oder ein Engel an uns vorbeischwebt", fügte ich sarkastisch hinzu.

Etwa einen Kilometer weiter bat Maureen ihren Mann, in eine Seitenstraße abzubiegen. Sie wollte uns einen alten Friedhof zeigen.

„Danach halte ich aber nicht mehr an", verkündete Simon. „Sonst fährt der Bus in Clifden ohne die beiden los."

Er sah seine Frau liebevoll an und wir stiegen aus. Wieder einmal fiel mir diese unglaubliche Stille auf, die in Irland herrschte. In München war es niemals still, nicht einmal auf den Friedhöfen. Das Lärmen der Menschen, das Quietschen von Bremsen und das Surren der Trambahnen, das von der nahen Straße herüberdrang, legte sich wie eine dicke Smogschicht über die Gräber und erschwerte den Glauben daran, dass die Toten an einem solchen Ort ewige Ruhe finden konnten. Auf diesem Friedhof dagegen nahm ich Geräusche wahr, die sonst vom Lärmteppich der Großstadt verschluckt wurden: das Knistern der Blätter unter meinen Füßen, Maureens und Millas Atem und das Rauschen der Äste im Wind. Ich versuchte, die Inschriften auf den Steinkreuzen zu entziffern. Doch sie waren so verwittert und mit Moos überzogen, dass es mir nicht gelang. Lediglich ein halbkreisförmiger Stein im hinteren Bereich des Friedhofs war überraschend gepflegt. Er stand unter einem großen Baum und der Boden um ihn herum war von Flechten und Unkraut befreit. An seiner linken Seite lehnte ein Grablicht, in dem eine kleine Flamme vor sich hin flackerte. Ein Säugling lag hier begraben. Geburts- und Todesdatum waren gleich. Er war vor mehr als sechzig Jahren gestorben und dennoch schien es jemanden zu geben, der sich noch an ihn erinnerte.

Ich blickte auf das kleine Grabmal, dachte an Paul, dachte an Robbie und längst verschüttet geglaubte Worte kämpften sich nach oben ...

„Ich kann es nicht verstehen." Die Stimme meiner Mutter dröhnte in die Stille. „Du bist gesund, dein Kind ist gesund, du hast einen

netten Freund und eine schöne Wohnung. Dir geht es doch bestens. Was erwartest du denn vom Leben?"

Ich saß neben Milla im Auto und starrte mit leeren Augen auf die Straße vor mir, meine Lippen blieben verschlossen. Ich wollte nichts sagen und ich konnte auch nicht. Denn mir ging es nicht bestens. Und ich war nicht gesund.

Um mich wach zu rütteln, erzählte sie mir von einer ihrer Patientinnen, die ihren Sohn ebenfalls Paul genannt hatte. Irgendwann im Laufe der Schwangerschaft hatte diese Frau erfahren, dass ihr Kind so schwer behindert war, dass es niemals überleben konnte. Vielleicht würde es bei der Geburt sterben, im günstigsten Fall eine Woche danach. Für eine Abtreibung war es noch nicht zu spät. Aber die Frau entschied sich dafür, ihr Kind zu behalten.

„Auch wenn es nur fünf Minuten auf der Welt ist, es ist sein Recht, diese fünf Minuten zu leben", hatte sie Milla erklärt.

Ihr Paul war 40 Minuten nach der Geburt in ihren Armen eingeschlafen, drei Tage, bevor ich mit Wehen ins Krankenhaus eingeliefert wurde.

Nachdem Milla geendet hatte, sah sie mich an. Ein stummer Vorwurf lag in ihren Augen. Ich überlegte, ob ich irgendeine Reaktion zeigen, vielleicht sogar eine Träne herausquetschen konnte, doch in mir war alles vertrocknet und leer. Und so saß ich da, starrte auf den Zeiger meiner Armbanduhr, der in meinem früheren Leben rasant seine Runden gedreht hatte, die Arme fest um meinen Oberkörper geschlungen und fragte mich, wie ich die nächsten Tage, Stunden, Minuten überstehen sollte.

Am gestrigen Tag und heute waren so viele Erinnerungen auf mich eingeprallt, dass mir der Kopf schmerzte und ich froh war, als wir kurz darauf den kleinen Bahnhof von Clifden passierten und in den Bus steigen konnten. Er würde garantiert abfahren, hatte der Fahrer mir versichert, als ich unsere Fahrkarten kaufte. Zum Abschied schüttelte ich Simon die Hand und drückte Maureen und Robbie fest an mich. Ich wünschte ihnen alles Gute und nahm mir vor, das Internet nach einem Lebenszeichen von Dirk zu durchforsten.

Auch in Galway erreichten wir problemlos den Anschlussbus. Um kurz vor vier sah ich in der Ferne den spitzen Kirchturm von Loughrea vor uns auftauchen.

„Endlich!“ Milla atmete auf und rieb sich ihren Nacken. „Von dieser ganzen Sitzerei tut mir der Rücken weh. Können wir zu Fuß zu unserem Hotel laufen oder brauchen wir ein Taxi?“

Ich räusperte mich. „Wir müssen noch auf einen Anschlussbus warten.“

„Auf einen Anschlussbus.“ Sie zog eine Augenbraue nach oben. „Ich hatte nicht den Eindruck, dass Loughrea so groß ist.“

„Wir übernachten auch nicht hier.“

Ihre andere Augenbraue schnellte ebenfalls in die Höhe. „Wo übernachten wir dann?“

„Ich habe uns eine Bed-and-Breakfast-Pension in Kylebrack gebucht. Das liegt zehn Kilometer von hier.“

Milla sah wenig begeistert aus. „Eine Bed-and-Breakfast-Pension”, wiederholte sie gedehnt.

„Sie ist viel billiger als die Unterkünfte in Loughrea. Du wolltest doch unbedingt sparen“, fügte ich hinzu.

„Aber doch nicht am Hotel. Was gibt es denn alles in Kylebrack zu sehen?“ Sie kramte in ihrer Tasche nach dem Reiseführer. „Im Register kann ich es gar nicht finden. Ist der Ort groß?“

„Auf googlemaps hat er zumindest groß ausgesehen.“ Ich schaute unbehaglich nach unten. „Lass uns zur Haltestelle gehen!“

Schwungvoll kam der Bus in einer riesigen Pfütze zum Stehen und ein Schwall Wasser ergoss sich über unsere Füße. Paul schimpfte empört aus seinem Kinderwagen heraus, denn auch er hatte ein paar Spritzer abbekommen. Der Busfahrer, ein älterer Mann mit Schiebermütze, öffnete die Tür und grinste uns an, wobei er weit auseinanderstehende Zähne sehen ließ. Wir stiegen ein und er setzte sein Gefährt in holprige Bewegung. Vorbei an niedrigen Reihenhäuschen, in leuchtenden Gelb-, Rot- und Blautönen gestrichen, passierten wir eine Kirche, aus der gerade die Besucher einer Messe strömten, und einen graublauen See, dessen Wasser so weit über die Ufer getreten war, dass es nicht nur den umgrenzenden Spazierweg überschwemmte, sondern an einigen Stellen bis fast auf die Straße reichte.

Etwa zehn Kilometer außerhalb von Loughrea kam der Bus an einer Wegkreuzung plötzlich zum Stehen. Der Fahrer öffnete die Türen und sah uns abwartend an. Als Milla und ich nicht reagierten, sagte er: „Kylebrack. Sie müssen hier aussteigen!"

„Aber hier ist nichts." Ich blickte mich um. Wiesen, Hecken, Steine, Schafe, in der Ferne ein kleines Wäldchen. Das einzige Zeichen der Zivilisation war ein Telefonmast, der etwas links von uns neben einer Steinmauer stand.

„Sie müssen ein Stück die Straße entlanglaufen." Er zeigte an den Telefonleitungen entlang. „Dann sehen Sie schon die ersten Häuser."

„Aber warum bringen Sie uns nicht bis zu den ersten Häusern?"

„Weil ich weiter nach Portumna fahre. Kylebrack liegt nicht auf meiner Route", antwortete der Fahrer knapp.

„Aber auf dem Fahrplan stand, dass sie in Kylebrack anhalten."

„Die Haltestelle heißt Kylebrack."

„Sie sagten, wir müssen ein Stück die Straße entlang laufen. Wie lang ist denn dieses Stück?", hakte Milla nach.

„In fünf Minuten sind Sie da." Der Fahrer legte den Finger auf den Türöffner, um uns zu demonstrieren, dass das Gespräch beendet war. Milla und ich zerrten Koffer und Kinderwagen aus dem Bus. Paul begann, leise zu weinen. Er rieb sich die Augen und lutschte an seinem Daumen. Ich kippte das Rückenteil seines Wagens ein wenig nach hinten und drückte ihm seine Stoffkuh in die Hand.

„Dieses Kylebrack scheint ja ein wahnsinnig großer Ort zu sein. Und so zentral gelegen." Meine Mutter sah sich provozierend um.

„Du den Kinderwagen. Ich die beiden Koffer." Ich war zu müde, um mich mit ihr auseinanderzusetzen. Zu allem Überfluss nieselte es inzwischen und die winzigen Tröpfchen legten sich wie ein nasser Schleier über Kleidung, Haut und Haare.

„Es ist schon wieder so kalt", schimpfte Milla. „Hattest du nicht gesagt, dass der Winter in Irland viel milder ist als in Deutschland?"

„Ja, wegen dem Golfstrom", sagte ich tonlos.

Milla warf mir einen vernichtenden Blick zu. Sie zog sich die dicken Socken, die sie noch vom Vortag in ihrer Tasche trug, über die Hände. „Hier sieht mich sowieso keiner."

*

„Wir könnten trampen", meinte Milla, nachdem wir einige Zeit gegangen waren und abgesehen von zwei an der Straße gelegenen Steincottages keine größere Häusergruppe passiert hatten. „Ach nein. Geht nicht. Hier fahren ja leider keine Autos." Sie lachte höhnisch auf. „Fünf Minuten. Dass ich nicht lache. Eine Viertelstunde sind wir unterwegs."

Ich zuckte mit den Schultern. Obwohl ich Hunger hatte und meine Beine wehtaten, war ich froh über diesen ungeplanten Aufschub. Klar, ich war David durch halb Irland gefolgt. Aber jetzt, wo ich wusste, dass ich ihm bald gegenüberstehen würde, bekam ich kalte Füße. Im wahrsten Sinne des Wortes. Haha! Ich verdrehte die Augen.

„Wir sind sicher bald da“, versuchte ich Milla aufzumuntern. „Bestimmt kommt Kylebrack gleich nach dieser Kurve.“

„Mit Sicherheit“, sagte Milla mit zusammengebissenen Zähnen. Hinter uns näherte sich Hufgeklapper. Wir drehten uns um. Der große, plüschige Kopf eines Esels erschien. Ein älterer Mann in Regencape und Gummistiefeln saß auf dem Kutschbock. Als er uns sah, zog er an den Zügeln und das klapprige Gefährt hielt an. „Wohin wollt ihr?“, fragte er und lächelte uns freundlich an. Sein wettergegerbtes Gesicht war von unzähligen Fältchen durchzogen.

„Nach Kylebrack.“ Milla schaffte es nicht, den gleichen Enthusiasmus zu entwickeln wie bei Ernest und seinem Traktor einen Tag zuvor.

„Kylebrack. Bis dahin ist es noch ein ganzes Stück. Soll ich euch mitnehmen?“

„Aber für uns ist gar kein Platz!“ Die Abladefläche des Karrens war mit Brennholz beladen und der Kutschbock mit dem Mann alleine bereits ausgefüllt.

„Eine von euch passt neben mich.“ Er klopfte auf die hölzerne Bank. „Und die andere“, er grinste, „muss auf dem Esel reiten.“

Milla und ich sahen uns verunsichert an. Meinte er das ernst?

„Zur Not würde ich es machen“, flüsterte Milla. „Mir ist alles recht, solange ich nur möglichst bald ins Warme komme.“

„Nur ein Scherz.“ Der Mann lachte. „Ihr setzt euch auf den Kutschbock. Ich gehe nebenher.“ Er hievte unsere Koffer und den Kinderwagen auf die Holzscheite. „Wohin wollt ihr in Kylebrack?“

„Zur Hill Bar. Dort übernachten wir heute“, antwortete ich.

„Du hast uns in einem Pub einquartiert?“, zischte Milla.

„Es ist eine Pension. Wahrscheinlich war es früher ein Pub. Und sie hat im Internet gute Bewertungen bekommen.“

„Hast du dir auch angeschaut, von wem sie bewertet wurde?“ Milla schnaubte.

Die Fahrt mit dem Eselskarren schonte zwar unsere Füße, doch nicht unsere Nasen, Ohren und Hände. Unerbittlich fraß sich die Kälte durch meine Kleidung und schon bald hatte ich das Gefühl, auf dem zugigen Gefährt zum Eiszapfen zu erstarren. Ich öffnete den Reißverschluss meiner Jacke und wollte Paul darunter stecken, um sowohl ihn als auch mich zu wärmen. Doch er protestierte wild und wand sich aus meinem Griff heraus. Nach einigen Versuchen gab ich es auf.

„Dann musst du eben frieren, du kleines Ekel."

Ich setzte ihn wieder auf meinen Schoß. Doch Paul schien in seinem Skianzug ausreichend vor Regen und Kälte geschützt zu sein. Fasziniert starrte er auf den Esel vor uns.

„Ei?" Er hob die Augenbrauen und zeigte auf das verführerisch plüschige Fell des Tieres.

„Wenn wir da sind, darfst du ihn streicheln." Ich drückte ihm einen Kuss auf die Wange.

Milla starrte mit eingefrorenen Gesichtszügen vor sich hin. Dem Bauern dagegen schien die Kälte ebenso wenig auszumachen wie meinem Sohn. Auf seinen krummen Beinen marschierte er vor uns her und pfiff ein Liedchen. Kurz nach der Hügelkuppe blieb er an einem hässlichen gelben Gebäude ohne jeden Charme stehen.

„Wir sind da."

Über der Eingangstür wackelte ein Schild im Wind. Kein Zweifel! Wir waren an der Hill Bar angekommen.

Sechzehn

„Ah, ihr seid die beiden Ladys, die heute bei mir übernachten“, begrüßte uns ein verlebt aussehender Kerl mit halblangen grauen Haaren. „Hattet ihr eine gute Anreise?“

Er schob uns in einen dunklen Flur, von dem aus eine schmale Holztreppe in den obersten Stock führte. Es roch nach Staub, Spinnweben und irgendetwas Angebratenem.

„Ganz wundervoll.“ Milla verzog das Gesicht.

Ich starrte ihn irritiert an. Der Typ sah eins zu eins aus wie Keith Richards, der Gitarrist der Rolling Stones.

„Frühstück gibt es morgens im Pub.“

Wir betraten einen düsteren Raum durch eine Seitentür. Der köstliche Bratenduft wurde stärker. Im vorderen Bereich befand sich eine langen Theke, an die eine Küche angrenzte, im hinteren Bereich konnte ich eine kleine Bühne erkennen. In unsystematischen Abständen hingen einzelne Weihnachtskugeln von der Decke. Wahrscheinlich waren sie genau dort aufgehängt worden, wo sich zufällig ein Haken befand. Eine Girlande mit Plastikeiszapfen und ein künstlicher Weihnachtsbaum unterstützten den verzweifelten Versuch, dem ansonsten kargen Raum etwas vom Geist der Weihnacht einzuhauchen.

„Habt ihr Hunger?“, fragte der Mann. „Ich habe mir gerade etwas zu essen gemacht. Aber es ist zu viel für mich allein.“

Milla strich hinter seinem Rücken verstohlen mit dem Zeigefinger über die Theke. Er blieb sauber.

„Ja." Sie lächelte schwach. „Etwas zu essen wäre fantastisch. Und ein warmes Bad."

„Eine Badewanne haben meine Zimmer leider nicht. Aber Sie könnten zu mir rüberkommen, Lady." Er verzog seine Lippen spöttisch und zeigte durch die schmalen Fenster hindurch auf einen Hof, wo sich ein hässlicher quadratischer Holzanbau befand.

„Nein, danke", meinte Milla steif. „Eine Dusche reicht völlig. In der Not tut es auch ein Waschbecken. Warmes Wasser werden Sie doch haben, oder?", fügte sie spitz hinzu.

„Eine Dusche befindet sich auf dem Gang." Der Mann führte uns nach oben.

Im Gegensatz zu dem düsteren Eingangsbereich erwies sich unser Zimmer als hell und freundlich. Milla war hellauf begeistert, als sie eine altmodische Schminkkommode mit dreiteiligem Spiegel sah, die sich in einer Ecke des Raumes befand. Ein verschnörkelter Stuhl mit verblichenem Samtbezug stand davor.

„Solche Schminktische gibt es heutzutage überhaupt nicht mehr", meinte sie entzückt.

Gleich, nachdem sie das Zimmer von bösen Energien befreit und ihre Steine unter das Bett gelegt hatte, verteilte sie ihre Kosmetikutensilien auf der spiegelnden braunen Oberfläche. „Trotzdem hätte ich ein Hotel bevorzugt, das etwas mehr im Zentrum von Kylebrack liegt."

Ich lehnte mit Paul am Fenster und blickte in die untergehende Sonne, die wie ein ausgefranster Ball über den Baumwipfeln hing. Milla hatte recht. Hier war überhaupt nichts los. Zwei Kühe standen träge auf einer Wiese vor dem Haus, eine Katze lauerte im Schatten eines Schuppens auf eine Maus und an der Horizontlinie konnte man die Dächer einer Häusergruppe sehen. Ansonsten Landschaft, so weit das Auge reichte.

„Aber im Internet hat der Pub wirklich gute Bewertungen bekommen", wiederholte ich.

Milla seufzte. „Gehen wir nach unten! Dieser langhaarige Typ sieht zwar nicht besonders vertrauenerweckend aus, aber ich sterbe vor Hunger."

Ich nickte. „Zur Not esse ich sogar Ratte."

„Lammrücken in Tomaten-Oliven-Kruste mit Röstkartoffeln und Okraschotengemüse."

Wir saßen an einem Tisch im Pub und der graugelockte Stones-Verschnitt stellte schwungvoll zwei Teller vor uns ab. Mir lief das Wasser im Mund zusammen. Auf mein Gewicht achten konnte ich nach unserem Urlaub wieder.

Keith Richards, der Ian Kuyt hieß, erzählte uns beim Essen, dass er nach dem Krebstod seiner Frau seine Arztpraxis in Amsterdam verkauft hatte und nach Irland ausgewandert war.

„Ich wusste, dass ich noch einmal ganz von vorn anfangen musste, wenn es weitergehen sollte", meinte er und meine Mutter bedachte ihn mit einem deutlich milderen Blick als bei unserer Ankunft. Ich war jedoch ein wenig enttäuscht. Denn ich hatte kurz zuvor nach Bildern von Keith Richards gegoogelt. Zwar war ich nicht so naiv gewesen zu glauben, dass sich der Stones-Gitarrist von der Presse unbemerkt auf die grüne Insel abgesetzt hatte, um in the middle of nowhere einen Pub zu eröffnen, aber die schmächtige Figur, die tiefliegenden Augen, die Boxernase, alles stimmte bis ins kleinste Detail. Bei unserer Ankunft hatte er sogar einen Hut getragen.

„Ich würde morgen gerne ein paar Einkäufe erledigen", verkündete Milla, als Ian uns das Dessert, Zitronentarte mit Vanillemürbeteig, präsentierte. „Können Sie mir sagen, wie ich von hier ins Zentrum komme?"

„Das Zentrum?" Er lachte dröhnend. „Welches Zentrum?"

„Na, das Zentrum von Kylebrack."

„Wenn Sie ein Stück die Straße hinuntergehen, kommen Sie an eine Kreuzung. Dort stehen eine Tankstelle und ein Shop."

„Mehr nicht?" Milla wirkte geschockt. „Keine Fußgängerzone, keine Restaurants?"

„Das alles finden Sie in Loughrea. Wenn Sie möchten, fahre ich Sie morgen früh hin."

„Gibt es überhaupt irgendetwas in Kylebrack?"

„Ja." Ian grinste. „Eine Tankstelle, einen Shop und diesen Pub."

Milla presste die Lippen zusammen.

Nach dem Essen fiel ich todmüde ins Bett. Zuvor hatte ich Ian aber noch unbemerkt zur Seite genommen.

„Ich würde morgen früh gerne reiten gehen. Gibt es in der Nähe einen Reitstall?"

„Ja, die Slieve Aughty Riding Ranch. Sie liegt vielleicht einen Kilometer entfernt von hier. Gina wird schon das passende Pferd für dich finden." Er zwinkerte mir zu. „Und sie hat einen gutaussehenden Sohn."

„Warum nimmst du Paul nicht mit zu diesem David?" Milla hatte sich gerade bereit gemacht, um mit Ian nach Loughrea zu fahren, als ich sie fragte, ob sie auf Paul aufpassen könnte.

„Es wäre das letzte Mal", flehte ich. „Paul würde sich bei meinem Besuch bei David nur langweilen."

Auf gar keinen Fall konnte ich Paul mitnehmen!

„Dieser David wohnt also nicht weit von hier, ja?" Milla schnaubte. „Dann weiß ich ja, wem ich es zu verdanken habe, dass ich in diesem Schafkaff festsitze, in dem es sage und schreibe zwei Häuser gibt."

„Es gibt noch mehr Häuser, sagt Ian. Sie sind nur ein wenig verteilt."

„Nur ein wenig verteilt. Wundervoll!" Sie verdrehte die Augen.

„Du nimmst ihn also?"

„Aber nur, wenn du nach deinem Wiedersehen mit diesem David endlich wieder normal wirst."

„Danke." Ich fiel ihr um den Hals. „Zum Essen bin ich zurück. Das will ich mir nicht entgehen lassen." Geschmortes Kaninchen mit Cranberrysauce stand auf Ians Mittagskarte.

Milla lächelte. „Dieser Holländer mag aussehen, wie er will, aber kochen kann er."

❄

Beklommen machte ich mich nach dem Frühstück auf zur Slieve Aughty Riding Ranch. Eine Meile die Straßen runter, vorbei an Shop und Tankstelle und kurz hinter dem weißen Haus links, hatte mir Ian erklärt. Danach immer geradeaus.

„Meine Lederstiefel werde ich im Koffer lassen können", dachte ich missmutig, als ich hinter besagtem weißen Haus auf einen matschigen Feldweg abbog. Ich blickte an mir hinunter. Dunkelblaue Wachsjacke, Röhrenjeans und pinkfarbene Gummistiefel. Verglichen mit den Stiefeletten und dem dünnen Kleid, das ich bei meinem Besuch in dem Studentenwohnheim getragen hatte, war die Qualität meines Auftretens deutlich gesunken. Aber in Wahrheit war es nicht mein rustikales Auftreten, das mir auf dem Magen lag. Ich hatte Angst. Furchtbare Angst. Und diese Angst nahm mit jedem Schritt zu. Mehrere Male blieb ich stehen und haderte mit meiner Entscheidung.

„Du musst das alles nicht tun", sagte ich zu mir. „Du kannst umdrehen und genauso weiterleben wie bisher."

Doch ich wollte nicht umdrehen, und ich wollte nicht so weiterleben wie in den letzten Monaten. Ich wollte Gewissheit und ich wollte, dass sich etwas änderte. Warum zum Teufel fiel mir dieser Weg dann so verdammt schwer?

An den Pferden konnte ich erkennen, dass ich mich der Ranch näherte. Zwei dicke Ponys und ein hochgewachsener Brauner mit einer weißen Blesse grasten auf einer Wiese, die durch eine Steinmauer von der Straße abgetrennt war. Als sie das schmatzende Geräusch meiner Schritte auf dem nassen Boden hörten, hoben sie die Köpfe. Ich trat an die Weide heran, rupfte ein Büschel Gras aus und versuchte, sie damit anzulocken, doch sie sahen mich nur gelangweilt an und bewegten sich keinen Millimeter.

Nach einer weiteren Biegung konnte ich das Dach eines flachen Gebäudes sehen. Ich ignorierte die Panik, die sich immer mehr in mir ausbreitete, und kämpfte mich vorwärts. Als ich kurz darauf mein Ziel erreichte, schnappte ich enttäuscht nach Luft. Auf den Bildern im Internet hatte die Slieve Aughty Riding Ranch wie ein großzügiges, modernes Gestüt ausgesehen, doch im wolkenverhangenen Licht des Morgens wirkte sie eher wie ein Bauernhof. Ich konnte mir David beim besten Willen nicht in einer solchen Umgebung vorstellen.

Ich ging an den Boxen vorbei, um nach einem menschlichen Wesen Ausschau zu halten. Dabei achtete ich darauf, den Pferdeköpfen, die mich über eine schmale Eisenkette hinweg neugierig ansahen, nicht zu nahe zu kommen und zuckte bei dem kleinsten Geräusch zusammen. Wenn David hinter irgendeiner Ecke hervorgesprungen käme, das würde ich nicht überstehen. Ich brauchte Zeit, um mich auf unsere Begegnung vorzubereiten. Obwohl, Zeit … Ich lachte auf. Davon hatte ich wirklich genug gehabt. Und außer einer rotgetigerten Katze, die mir um die Beine strich, und einem schwarzen Pony, das frei herumlief, war niemand zu sehen.

Als ich mich schon abwenden und meine Suche bei den Wohnhäusern fortsetzen wollte, hielt ein silberner Wagen mit Pferdeanhänger schwungvoll vor den Stallungen. Ein Mann und ein etwa zwölfjähriges Mädchen stiegen aus und führten ein schlankes rotes Pony aus dem Transporter.

Ich trat zögernd heran. „Gehören Sie zum Hof?“, fragte ich die beiden.

Der Mann schüttelte den Kopf. „Nein. Meine Tochter trainiert hier auf dem Cross-Country-Feld. Kann ich Ihnen helfen?"

„Ich suche den Sohn der Besitzer. Kennen Sie ihn?"

„Ah. David." Der Mann kramte in seiner Jackentasche nach einer Tüte Bonbons und steckte sich eins davon in den Mund. Er schaute zu dem Mädchen hinüber, das gerade dabei war, sein Pony aufzusatteln. „Er ist noch zu weit vorn. Schieb den Sattel ein wenig weiter nach hinten!", rief er seiner Tochter zu. Dann wandte er sich wieder an mich und hielt mir die Bonbontüte unter die Nase. „Möchten Sie auch eins?"

Ich schüttelte ungeduldig den Kopf.

„Wissen Sie, wo ich David finden kann?"

Der Mann wies mit dem Kinn vage nach rechts. „Schauen Sie im Büro nach oder klingeln Sie im Wohnhaus! Und schicken Sie mir seine Mutter heraus, wenn Sie ihr begegnen."

In das Büro konnte man durch ein großes Glasfenster hineinsehen. Auf einem Schreibtisch stapelten sich Papiere, die Wände waren über und über mit Pferdebildern behängt. Doch der Raum war leer. Auch auf mein Klopfen erschien niemand. An einem Gärtchen mit Grillstelle vorbei erreichte ich das mehrstöckige Gebäude, das der Mann als Wohnhaus bezeichnet hatte. Durch eine geöffnete Tür hindurch konnte ich eine riesige Küche sehen, die vor Metall und Chrom nur so blinkte. Eine Frau stand summend am Herd und rührte in einem Kochtopf. Sie war ziemlich groß und hatte ein buntes Tuch um ihre braungelockten Haare gebunden. Auf mein Klopfen fuhr sie herum.

„Oh mein Gott!" Sie fasste sich mit der rechten Hand auf ihr Herz. „Haben Sie mich erschreckt!"

„Entschuldigen Sie!", murmelte ich verlegen.

„Sie haben es ja nicht absichtlich gemacht. Ich war so in Gedanken versunken, dass ich um mich herum überhaupt nichts mitbekommen habe." Die Frau trat auf mich zu. „Wie kann ich Ihnen helfen?"

„Ich bin auf der Suche nach David." Ich räusperte mich. „Sind Sie seine Mutter?"

„Ja. Ich bin Regina. Gina." Sie reichte mir die Hand.

„Fee." Sie hatte raue Hände und einen festen Händedruck.

„Mein Sohn ist bei den Pferden auf der hinteren Weide. Wissen Sie, wie Sie dort hinkommen?"

Ich schüttelte den Kopf.

„Kommen Sie mit!" Sie band ihre Schürze ab.

Mir fiel etwas ein. „Draußen wartet ein Mann auf Sie."

„Tina. Oh nein. An die habe ich überhaupt nicht mehr gedacht." Ihre Augen weiteten sich und sie schmiss die Schürze achtlos auf die Arbeitsplatte. „Gerry. Ich komme gleich", rief sie dem Mann entgegen, der seiner Tochter half, auf ihr Pony zu steigen, das aufgeregt um ihn herumtänzelte. „Ich ziehe mir nur schnell etwas anderes an. Ihr könnt schon auf den Springplatz gehen." Sie sah mich an. „Begleiten Sie die beiden. Wenn Sie hinter den Cottages rechts abbiegen, müssten Sie David sehen."

Die Sonne schob gerade die Wolken ein Stück beiseite, als ich mit Gerry und seiner Tochter, die sichtlich Mühe hatte, des aufgeregten roten Pferdes Herr zu werden, einen schmalen Weg entlang ging. Doch zu meiner momentanen Stimmung hätten eher Sturm und Gewitter gepasst.

„Sind Sie zum Reiten hier?", fragte mich Gerry.

Ich schüttelte den Kopf. „Ich möchte David einen Besuch abstatten."

„Gutaussehender Bursche, der junge Gallagher. Hatte schon immer einen ziemlichen Schlag bei den Frauen."

Ich blickte verlegen nach unten.

„Dort hinten ist er." Gerry zeigte auf einen schlanken, hochgewachsenen Mann, der mit dem Schubkarren über eine abschüssige Wiese lief. Gott! Ich blieb abrupt stehen. Tatsächlich. David! Ich hatte ihn gefunden.

Ohne weiter auf Gerry zu achten, schleppte ich mich auf ihn zu. Meine Beine zitterten und mein Herz raste. Doch mein Kopf fühlte sich merkwürdig leer an, so wie früher, wenn eine wichtige Prüfung anstand. Doch während mir in der Schule oder an der Uni alles, was ich gelernt hatte, wieder einfiel, sobald ich einen Stift in der Hand hielt und die Aufgaben vor mir lagen, weigerte sich mein Gehirn in diesem Moment, mitzuarbeiten. Dabei war ich die Worte, die ich zu David sagen wollte, in Gedanken auf dieser Reise mindestens hundert Mal durchgegangen. Aber sie fielen mir einfach nicht mehr ein. Ich öffnete das Tor zur Weide, obwohl klar war, dass David sowieso in meine Richtung gehen würde. Doch ich befürchtete, nicht mehr weiterzugehen, umzudrehen, wenn ich erst einmal anhielt. Krampfhaft hielt ich meinen Blick auf den Boden gerichtet. Erst als David kaum mehr als fünf Meter von mir entfernt war, schaute ich auf.

Da war er also. Der Mann, an den ich all die Monate gedacht hatte. Wie in München hatte er seine schwarzen Haare zu einem kurzen Zopf zusammengefasst. Er trug Gummistiefel, einen alten Armeeparka und – oh mein Gott! – Reithosen. Das unerotischste Kleidungsstück, das ich mir nach einem Borat-Body vorstellen konnte.

„Hallo", sagte ich mit belegter Stimme und wartete auf eine Reaktion.

„Kann ich Ihnen helfen?" David blickte mich an.

„Ja. Äh. Nein." Das durfte doch nicht wahr sein. Konnte er sich nicht an mich erinnern oder wollte er nicht?

„Wenn Sie sich für einen Ausritt angemeldet haben, warten Sie bitte am Stall. Ich komme gleich."

„Nein. Ich habe mich zu keinem Ausritt angemeldet." In meinem Gehirn kramte ich verzweifelt nach einer weiteren Erklärung. Hatte Karen ihm nichts von meinem Besuch erzählt? Das konnte doch unmöglich sein. David war schließlich der beste Freund ihres Mannes. Wenn vor meiner Tür eine wildfremde Frau gestanden und nach Sams bestem Freund Suri gefragt hätte, ich würde ihn sofort anrufen.

„Und was kann ich dann für Sie tun?“ David musterte mich immer noch irritiert.

Ich beschloss die Flucht nach vorn. „Ich wollte nur auf einen Sprung bei dir vorbeikommen. Wir haben uns vor anderthalb Jahren auf deiner Tour durch Deutschland kennen gelernt. Ich habe einen Beitrag über dich gedreht.“

„Und wir haben den krassesten Sex meines Lebens miteinander gehabt. Aber bei dir scheint er ja keinen besonders großen Eindruck hinterlassen zu haben“, fügte ich in Gedanken zynisch hinzu.

„Felicitas. Erinnerst du dich an mich?“ Ich streckte ihm meine Hand entgegen.

David drückte sie kurz. Ich konnte förmlich sehen, wie es in seinem Gehirn ratterte und knirschte.

„Die schöne Münchnerin?“, fragte er schließlich nach einigen Augenblicken unsicher.

„Stimmt. Die bin ich.“ Ich lächelte gezwungen.

Die schöne Münchnerin. So hatte er mich tatsächlich genannt. Und ebenso wie jetzt hatte ich diesem Ausdruck wenig abgewinnen können.

„Was machst du hier?“, fragte David unbehaglich.

Bildete ich es mir ein oder war er unter seiner Bräune ein klein wenig blasser geworden?

„Ich reise mit meiner Mutter durch Irland und dachte, es wäre nett, dich mal wiederzusehen. Wir haben uns ja eine ganze Zeitlang nicht gesehen“, leierte ich den eingeübten Spruch hinunter, der mir zum Glück gerade wieder eingefallen war.

Gott, ich hasste diese Situation. Konnte sich vor meinen Füßen bitte ein Erdloch auftun, das mich verschluckte?

„Ja, äh. Schön.“ David starrte mich immer noch an, als wäre ich ein Geist. „Woher wusstest du, wo ...?“

„Du hattest mir doch deine Adresse gegeben." Ich versuchte, ihm in die Augen zu sehen.

„Aha."

„Ja." Ich strahlte ihn an. Klar, diese Lüge würde auffliegen. Aber es würde alles herauskommen. Und jetzt, in diesem entsetzlichen Moment, verschaffte sie mir ein wenig Aufschub.

Plötzlich huschte ein Lächeln über Davids Gesicht. Langsam schien er seine Fassung wiederzugewinnen. „Du hast dich überhaupt nicht verändert. Immer noch genauso hübsch wie damals."

Verlegen musterte ich meine Fingernägel. „Du dich auch nicht. Auch wenn du bei unserem letzten Treffen keine Schubkarre in der Hand hieltest." Herr im Himmel, was redete ich für einen Mist! Doch ich machte tapfer weiter. „Ich hätte dich anrufen sollen, aber ich hatte deine Nummer leider nicht. Und meine Mutter und ich wollten sowieso ein paar Tage in den Slieve Aughty Mountains bleiben."

„Habt ihr schon eine Unterkunft?", fragte David.

Ich nickte. „In der Hill Bar."

„Ihr wohnt in der Hill Bar? Ian vermietet Zimmer?"

„Ja. Sie sind wirklich schön. Ganz groß und hell und ... Spielst du noch Geige?"

„Hin und wieder."

„Aber wolltest du dich nicht für ein Stipendium auf der Juilliard in New York bewerben? Dein Geigenlehrer hat dir doch eine Empfehlung geschrieben. Deswegen bist du doch in deinen Semesterferien als Straßenmusiker durch Europa getingelt. Um Geld für den Flug zu verdienen."

David zuckte mit den Schultern. „Meine Mutter braucht mich auf dem Hof. Aber am nächsten Wochenende habe ich einen Auftritt in Galway. In Murphys Pub. Bist du noch da?"

„Ich weiß es nicht." Unbehaglich trat ich von einem Gummistiefel auf den anderen. „Aber wenn, komme ich gerne."

Ich war enttäuscht. In München war mir David immer so unabhängig vorgekommen. Wie ein Wanderfalke. Und nun stand er hier, in Gummistiefeln, und schob Pferdemist über eine Wiese. Doch er schien nichts von meinen skeptischen Gedanken zu bemerken.

„Arbeitest du noch beim Fernsehen?", fragte er freundlich.

„Ja, immer noch." Verzweifelt zermarterte ich mir den Kopf nach weiteren Gesprächsthemen.

Auch David schwieg und sah mich abwartend an, bevor er seine Schubkarre wieder anhob und ich ihm den Berg hinunterfolgte. Unten angekommen entleerte er sie schwungvoll neben einem hohen Misthaufen. Er drehte sich nach mir um.

„Ich würde gerne noch ein wenig mit dir plaudern. Aber in einer Viertelstunde kommen meine Schüler. Wir reiten aus."

„Wie schön! Ich liebe Pferde!" Ich versuchte, meiner Stimme einen enthusiastischen Klang zu geben. „Kann ich mitkommen?"

„Du möchtest mitreiten?", wiederholte David, hörte sich dabei aber nicht ganz so erfreut an, wie ich es mir erhofft hatte.

„Wenn es dir recht ist."

„Kannst du denn reiten?"

„Ein bisschen. Aber die letzten Jahre bin ich leider nicht mehr dazu gekommen." Ich verschwieg ihm, dass meine Reitversuche stets auf Volksfesten stattgefunden hatten und ich alles andere als begeistert von dieser Art der Fortbewegung gewesen war. Groß, Furcht einflößend und mit schlechten Zähnen! Schon als Teenager hatte ich nicht verstanden, warum meine Schwestern und Freundinnen ein solches Aufheben um diese Tiere gemacht hatten.

„Na gut. Komm mit! Wir besorgen ein Pferd für dich."

David führte mich den steinigen Feldweg entlang in Richtung des Waldes. Vor einer Wiese, auf der mehrere Pferde grasten, blieb er stehen und pfiff leise durch die Zähne. Ein großes schwarzes Tier löste sich von der Herde und kam zu uns herüber.

„Das ist Maja. Unsere Leitstute." Er tätschelte ihr die Stirn. Vorsichtig hielt ich ihr die Hand entgegen und das Pferd ließ sich von mir streicheln. Es roch seltsam, so wie alle Pferde. Aber wenigstens hatte dieses Exemplar freundliche Augen und eine schöne, seidige Mähne. Eventuell würde ich mich mit ihm anfreunden können.

Doch David drehte sich noch einmal um. „Ich werde Harry holen."

Maja sah ihm nach, blieb aber neben mir stehen. Ich tätschelte ihren Hals. Sie senkte ihren Kopf und schnupperte an mir. Ihr Maul war weich und ihr Atem blies warm über meine Hand. Hatte ich eben noch behauptet, dass Pferde seltsam rochen? Ja, das taten sie, aber ihr Geruch war nicht unangenehm. Ein wenig erdig und warm und irgendwie tröstlich. Ich lehnte mich gegen Maja, meine Nase versank in ihrem Fell und für einen kurzen Moment spürte ich, wie die Anspannung der letzten Tage von mir abfiel.

Dieses wohlige Gefühl legte sich jedoch schnell, als David mit Harry zurückkehrte. Harry war zwar nicht so groß wie Maja, aber dafür doppelt so breit, und ob er freundlich aussah oder nicht, konnte ich nicht erkennen. Denn von seinem Gesicht war nichts zu sehen, da es unter einer Unmenge von weiß-schwarzen Haaren verborgen war, dieselben Haare, die auch seine melkeimergroßen Füße verschwinden ließen.

Am Stall warteten bereits drei junge Frauen auf uns. Die rundlichen Zwillingsschwestern Luisa und Marisa und eine hochgewachsene Brünette namens Eva, die mühelos als Model für Reitmoden durchgegangen wäre. Alle drei musterten mich skeptisch, schienen aber nach meinen hilflosen Versuchen, den Dreck aus Harrys dichtem Fell zu bürsten und ihm anschließend ein silbernes Eisending zwischen die Zähne zu schieben, zu der Einsicht zu kommen, dass ich keine große Konkurrenz für sie darstellte. Nachdem die drei mühelos auf ihre Pferde geklettert waren, hievte David mich auf Harrys Rücken. Meine Güte, war das hoch! Ich beschloss, nicht nach unten zu schauen. Meine Muskeln spannten unangenehm an den Oberschenkelinnenseiten. Fast so, als würde ich im Spagat sitzen. Die anderen Pferde schritten los. Auch Harry setzte sich holprig in Bewegung. Mein Gott, das wackelte! Und der Sattel war unglaublich hart. Mit aller Macht krallte ich mich in Harrys Haaren fest, um nicht hinunterzurutschen. Verstohlen blickte ich auf David, der neben mir elegant in Majas Rhythmus mitschwang. Seine Hände ruhten auf seinen Oberschenkeln, die Zügel hingen ungenutzt über den Hals der Stute. Auf dem Pferderücken ähnelte er noch viel mehr als sonst einem Indianer, sein Zopf glänzte in der Sonne. Wenn nur diese Reithose nicht wäre. Aber was hatte ich erwartet? Ich hatte David nur einmal in meinem Leben gesehen. Genau genommen war er ein Fremder für mich. In den vergangenen anderthalb Jahren hatte ich ihn und unsere gemeinsame Nacht verklärt. Er war in meiner Erinnerung eine verwirrende Mischung aus Taylor Lautner, Bradley Cooper und Daniel Craig geworden. Nun trug er Reithosen und fuhr in einem Schubkarren Pferdemist durch die Gegend. Natürlich war ich enttäuscht. Obwohl ... Ein netter Anblick war er schon.

Nur unwillig machte ich mich von seinem Anblick los und konzentrierte mich auf Harry und den zunehmend schlammiger werdenden Pfad. Die Zwillinge und Eva folgten uns kichernd.

„Wohin reiten wir?“, fragte ich und versuchte, mein lautes Atemgeräusch zu unterdrücken. Diese ganze Reiterei strengte mich bereits nach wenigen Metern mehr an, als ich gedacht hatte. Dabei musste ich mich noch nicht einmal selbst bewegen.

„Das kann ich dir leider nicht verraten.“ David sah mich herausfordernd an.

„Müsstest du mich erschießen, wenn ich es herausfinden würde?“, fragte ich zaghaft, um einen lockeren Ton zwischen ihm und mir bemüht.

„Nein.“ David grinste. „Natürlich kannst du es wissen. Wir reiten in den Wald. Zu einem Ort, den wir den Romantic place nennen. Man kommt nur mit dem Pferd dorthin. Die meisten Touristen lieben ihn.“

Ich war etwas verstimmt, dass David mich in das Gros der Touristen einreihte, doch ich kam nicht dazu, mich zu fragen, welchen Stellenwert er mir mit dieser Äußerung einräumte. Denn auf einmal lenkte er Maja zwischen zwei Bäumen hindurch in den Wald hinein. Harry folgte ihnen und mir schlugen Zweige ins Gesicht. Danach fiel der Weg steil ab. Über zum Teil kniehohe Baumstämme und Steine hinweg kletterten die Pferde den glitschigen Abhang hinunter. Matsch spritzte und ich verlor einen Steigbügel. Mehrere Male kam Harrys ins Rutschen und der Abgrund rückte drohend näher. Ich schloss die Augen. Meine Hände waren so verkrampft, dass ich sie kaum noch bewegen konnte und mit aller Macht klammerte ich mich mit meinen Oberschenkeln an seinen Sattel.

„Das ist das allerletzte Mal, dass ich mir so etwas antue", dachte ich. „Nie wieder werde ich auf ein Pferd steigen. Nie wieder! Es war eine Scheißidee, nach Irland zu fahren. Es war eine Scheißidee, David zu suchen. Ich will nach Hause!" Ich musste mich zusammenreißen, um nicht laut zu schluchzen.

Auf einmal bremste Harry abrupt ab. Mein Gesicht wurde in seine Mähne geschleudert. Ich zählte innerlich bis fünf, wischte mir den Dreck aus den Augen und öffnete sie wieder. David war abgestiegen, hielt Maja und Harry am Zügel. Die drei Mädchen ließen ihre Pferde ein paar Meter entfernt von uns grasen.

Wir befanden uns auf einer kreisrunden Lichtung im Wald, umgeben von meterhohen verkrüppelten Bäumen, die nur in den Wipfeln noch vereinzelt Blattwerk hatten. Kein Windhauch regte sich. Außer dem gelegentlichen Prusten unserer Pferde war kein Geräusch zu hören. Die ganze Szenerie wirkte gespenstisch und wie eingefroren. Nur über einem etwa einen Meter hohen Hügel flirrte die Luft.

„Was ist das?", fragte ich und zeigte auf die grasbewachsene Erhebung.

„Ein Elfenhügel", antwortete David. „Hast du schon einmal davon gehört?"

Ich schüttelte den Kopf.

„Darin wohnt das kleine Volk, so nennt man Elfen, Feen und Kobolde in Irland."

„Und daran glaubst du?" Ich verzog spöttisch die Mundwinkel nach oben.

„Natürlich. Wir Iren nehmen die Belange der Elfen ernst." Er wandte sich an seine Reitschülerinnen. „Nicht wahr?"

Die Mädchen nickten.

„In den 50ern wurde eine Startbahn des Flughafens Shannon anders verlegt als geplant, weil dafür ein Elfenhügel hätte zerstört werden müssen", erklärte Marisa. „Denn wer die Ruhe der Elfen stört, wird bis Ende des Jahres eine böse Überraschung erleben."

„Wenn man sich mit den Elfen aber gut stellt, wird man reich dafür belohnt", fügte ihre Schwester hinzu.

„Inwiefern?", fragte ich.

„Mit Reichtum, Gesundheit, Glück in der Liebe. All so etwas. Unsere Mutter stellt den Elfen jeden Abend ein Schälchen mit Milch vor die Tür."

„Die Katzen in der Nachbarschaft werden sich freuen", dachte ich, traute mich aber nicht, dies laut zu äußern.

„Und einer Legende nach können diejenigen, die ein reines Herz haben, das Tor zu Anderswelt öffnen und mit den Elfen reden, wenn sie all ihre Liebe an die Erde abgeben", sagte David.

„Hast du sie auch um Rat gefragt, bevor du deine Karriere als Geigenspieler an den Nagel gehängt hast und unter die Pferdeknechte gegangen bist?", fragte ich ihn zynisch.

Doch David blieb gelassen. „Versuch es selbst, wenn du mir nicht glaubst. Oder traust du dich nicht?", fügte er provozierend hinzu.

„Hilfst du mir runter?" Obwohl ich von der Reinheit meines Herzens nicht überzeugt war und von meiner Fähigkeit, all meine Liebe an die Erde abzugeben, schon gar nicht, erschien mir die

Vorstellung, festen Boden unter die Füße zu bekommen, verlockend. Und wie ein Feigling dastehen, wollte ich auch nicht. David hielt mir seinen Arm hin und wenig elegant plumpste ich hinunter. Breitbeinig schwankte ich auf den Hügel zu. Wenn er und die Mädchen unbedingt wollten, dass ich mich zum Narren machte, bitte. Ich kauerte mich neben ihn, legte meine Hand auf die feuchte Erde und versuchte, alles, was ich an Gefühl aufbringen konnte, durch sie hindurch in den Boden dringen zu lassen. Ich kam mir albern vor, meine Beine schmerzten und zwischen meinen Zähnen knirschte es, aber so leicht würde ich mich nicht geschlagen geben. Ich dachte an Paul, wie er mich das erste Mal angelächelt hatte, an Helga, Mia und Lilly, an meinen Vater, an Nina und auch beunruhigend lange an Sam. Und ich war gerade dabei, mir zu überlegen, welche meiner vielen Fragen am dringendsten nach einer Antwort verlangten, als all diese Gesichter in einer Spirale verschwammen, die mich tiefer und tiefer zog, um in einer gigantischen Lichtkaskade zu zerbersten …

„Fee!" Milla schaute von oben auf mich herunter. Sie trug Paul auf dem Arm und sah besorgt aus. „Was ist mit dir?" Sie kniete sich neben mich und rüttelte an meiner Schulter.

Ich schaute sie verwirrt an.

Wenig später hörte ich sie mit meiner Frauenärztin telefonieren. „Sie isst nichts, sie schläft nicht, sie reagiert überhaupt nicht auf ihr Kind. Sie sitzt einfach nur da und starrt vor sich hin. Zuerst dachte ich, sie wäre nur müde von der Geburt, aber jetzt …" Sie dämpfte ihre Stimme.

Ich hasste es, wenn hinter meinem Rücken über mich gesprochen wurde, und ich hasste es, schwach zu sein. Doch drei Nächte ohne Schlaf waren zu viel gewesen. Ich hatte gedacht, ich würde verrückt werden. In meinem Kopf drehte sich alles und je mehr ich versuchte, mich zu entspannen, desto stärker verkrampfte ich. Für einen kurzen Moment dachte ich darüber nach, mich vom

Balkon zu stürzen, um den tobenden Gedanken in meinem Gehirn zu entfliehen und um endlich die Ruhe zu bekommen, nach der mein Körper und mein Geist so sehr verlangten, doch letztendlich hielt mich meine Lethargie von diesem Schritt ab. Es kostete mich schier unglaubliche Überwindung, einen Fuß vor den anderen zu setzen, ja überhaupt nur meinen Arm zu bewegen. Ich war überfordert damit, meinem Sohn einen Body anzuziehen. Wie sollte ich in dieser Situation ernsthaft versuchen, auf eine Brüstung zu klettern und von dort hinunterzuspringen?

Letztendlich war ich nur in Ohnmacht gefallen. Direkt vor die Füße meiner Mutter. Und obwohl ich mich dafür schämte, war ich froh, dass es passiert war. Niemand aus meiner Familie, ja nicht einmal meine Hebamme und meine Frauenärztin hatten meine Ängste und Zweifel ernst genommen, doch nun konnten sie ihre Augen nicht länger davor verschließen. Mit mir stimmte etwas ganz und gar nicht.

Als ich neben meinem Vater im Sprechzimmer von Dr. Mertens saß und dieser von mittelschwerer postnataler Depression sprach, von Abstillen und von Antidepressiva, war ich überzeugt, am absoluten Tiefpunkt angekommen zu sein. Dr. Mertens schien zu glauben, dass ich krank war und dass man diese Krankheit mit Tabletten heilen konnte, ich aber wusste es besser. Ich war nicht krank. Ich hatte mich schuldig gemacht und die Hölle, durch die ich ging, war die Strafe dafür.

Siebzehn

Ich schreckte hoch. Mein Herz raste. Und für einen Moment befürchtete ich, dass die Angst mich mit sich riss. Ein Panikanfall! Allein dieser Gedanke löste ein so unglaubliches Gefühl des Entsetzens in mir aus, dass ich es kaum schaffte, mich auf den Beinen zu halten. Nicht schon wieder! Und nicht gerade hier. Nicht vor David und diesen kichernden Mädchen. Ich bemühte mich, gegen den Schraubstock in meiner Brust ruhig ein- und auszuatmen und richtete meine Aufmerksamkeit mit ganzer Kraft auf die Umgebung. Die verkrüppelten Bäume, die mit Moos bedeckten Steine, die tanzenden Sonnenpünktchen. Es funktionierte. Langsam lichtete sich der nebulöse Schleier vor meinen Augen. Ich entspannte mich und auch mein Herzschlag beruhigte sich nach und nach. David stand mit Maja, Harry und seinen Reitschülerinnen nur wenige Meter von mir weg und beobachtete mich. Keinem von ihnen schien etwas aufgefallen zu sein.

„Anscheinend bin ich nicht rein genug, um eine Antwort vom kleinen Volk zu bekommen", sagte ich mit zittriger Stimme.

Ich stand auf, torkelte auf Harry zu und versuchte, allein auf seinen Rücken zu klettern. Zu meiner großen Überraschung schaffte ich es auch. „Es ist nichts passiert. Es ist überhaupt nichts passiert", wiederholte ich immer wieder. „Es waren nur meine Nerven, die verrückt gespielt haben." Noch einmal würde ich mir nicht mein Leben kaputtmachen lassen.

Als wir wieder beim Stall angekommen waren und ich Harry Sattel und Zaumzeug abgenommen hatte, trat David an mich heran.

„Hast du heute Abend schon etwas vor? Eva, ich und ein paar Kumpels fahren nach Galway. Wenn du magst, kannst du mitkommen."

„Gib mir deine Nummer, ich ruf dich an!", sagte ich so cool wie möglich.

*

Als ich zur Hill Bar zurückkehrte, war ich fix und fertig. Das Wiedersehen mit David. Der Ausritt. Dieser Anflug von Panik, der mich am Elfenhügel erfasst hatte. Nass geschwitzt und mit schmerzenden Gliedern betrat ich den Pub. Meine Mutter und Ian saßen beim Essen und verspeisten das geschmorte Kaninchen. Paul thronte neben ihnen auf drei Kissen und ließ sich von Ian mit Süßkartoffelpüree füttern. Wie ein kleiner Vogel öffnete er den Mund, sobald der Plastiklöffel sich ihm näherte, und wenn der Nachschub nicht schnell genug herangeschafft wurde, gab er ärgerliche Laute von sich.

„Ham, ham!", forderte er und bedachte mich nur mit einem kurzen Lächeln. Dieser Verräter! Die Sachen, die ich ihm kochte, spuckte er mir meistens entgegen.

„Setz dich!" Milla schob mir einen Stuhl hin und holte einen Teller für mich aus der Küche. Pikiert musste ich feststellen, dass sie einen fast schamlos kurzen Lederrock und hohe Schuhe trug und mit dem Holländer scherzte und lachte, als würde sie ihn schon ewig kennen.

„Ian hat Paul und mich heute Morgen nach Loughrea gefahren. Wir waren auf dem Markt einkaufen und sind ein Stück am See entlangspaziert. Dort gibt es sogar Geschäfte", erzählte sie glücklich. „Und wie war dein Vormittag?"

„Gut", antwortete ich kurz. „Ich bin mit David ausgeritten."

„Ich dachte, du kannst Pferde nicht leiden." Milla riss verwundert die Augen auf.

„Natürlich kann ich sie leiden." Ich bedachte sie mit einem geringschätzigen Blick.

„Und wen bist du geritten? Den alten Harry?", fragte Ian.

„Du kennst ihn?"

„Natürlich. Ganz Kylebreak und Umgebung hat auf dem Kerl reiten gelernt. Auch mich wollte Gina schon einmal draufsetzen. Aber in meinem betagten Alter sollte man lieber kein Risiko eingehen und auf dem Boden bleiben."

„Ach Ian, in deinem betagten Alter. Sag doch nicht so etwas." Milla lachte affektiert. „Ein Mann in den besten Jahren."

„Aber ich bin auch nicht mehr vierzig. So wie du", entgegnete Ian und sah meine Mutter verschmitzt an.

Milla kicherte. „Vierzig. Sehe ich noch so jung aus?" Sie fuhr sich durch die Haare. Dann betrachtete sie ihn nachdenklich. „Spielst du eigentlich Golf?"

Ich wandte mich ab und stopfte mir den Rest meines Kaninchens in den Mund. Dieses Geturtel war unerträglich. Seit wir in Irland waren, benahm sich meine Mutter wie ein pubertierender Teenager. Erst Bennett, der Hotelbesitzer, dann der Schafbauer Ernest und jetzt dieser vergammelte Typ. Entnervt zog ich meinen Sohn, der sich heftig die Augen rieb, aus seinem Hochstuhl.

„Ich lege mich mit Paul hin."

„Aber es gibt noch Nachtisch", warf Ian ein.

„Keinen Hunger", murmelte ich unfreundlich.

In der Tür des Pubs stieß ich mit einem schlaksigen, sommersprossigen Kerl mit lackschwarzen Haaren zusammen. Er stellte sich mir als Cullen vor, Ians Partner. Milla schien er bereits zu kennen.

„Muss ich noch etwas besorgen?", fragte er.

„Ja", antwortete Ian. „Ruf Michael an und sag, er soll drei Fässer Guinness und zwei Fässer Cider vorbeibringen. Und noch fünf Flaschen Whisky. Heute Abend findet hier eine Karaoke-Veranstaltung statt", erklärte er mir.

„Karaoke!“ Ich verzog geringschätzig den Mund.

„Kannst du singen?“, fragte Ian.

Eine Zeitlang hatte ich es geglaubt und eifrig an den Proben des Schulchors teilgenommen. Doch irgendwann hatte mein ehemaliger Musiklehrer Herr Kirsch gemerkt, dass das tiefe Brummen, das ihn schon seit längerem irritierte, aus meinem Mund kam und er hatte mich zu den Jungs in die Bass-Ecke gestellt.

Ich beschloss, Ians Frage zu ignorieren. „Und die Iren machen bei so etwas mit?“

„Ansonsten ist hier draußen ja nicht viel los“, entgegnete Cullen. „Du wirst sehen. Heute Abend werden sämtliche Einwohner von Kylebrack im Pub erscheinen.“

Ironisch hob ich eine Augenbraue. „Alle zehn?“

Als ich nach zwei Stunden Schlaf mit Paul nach unten kam, stand meine Mutter in ihrem kurzen Rock auf einer Leiter und befestigte einen großen Papierstern in einem der Fenster. Ian hielt das klapprige Gestell fest und beobachtete interessiert die Aussicht, die sich ihm bot. Weihnachtsmusik dudelte aus der Anlage.

„Fertig!“ Milla stieg von der Leiter herunter und fuhr zusammen, als sie mich und Paul im Türrahmen stehen sah. „Mein Gott, hast du mich erschreckt.“

„Ich wollte nicht stören“, sagte ich spröde.

„Aber du störst doch nicht.“ Sie nahm mich am Arm und zog mich in die Mitte des Zimmers. „Na, was sagst du? Ich habe versucht, alles für heute Abend ein wenig aufzupeppen.“ Sie breitete stolz die Arme aus.

Ich drehte mich einmal um meine Achse. Tatsächlich! Der vorher noch so düster wirkende Raum sah ganz verändert aus. An die schmutzigen Fenster hatte Milla kurzerhand mit weißem

Schneespray weihnachtliche Motive gesprüht, die kahlen Wände mit mehreren rotbeschleiften Kränzen aus Stechpalmenzweigen verschönert. Weihnachtskugeln, die wahllos von der Decke gebaumelt hatten, hingen nun gemeinsam mit silbernen Sternen an dem künstlichen Weihnachtsbaum und eine mit einer Lichterkette umwickelte Tannengirlande zog sich einmal um den ganzen Raum. Eine Duftlampe verströmte leckeren Plätzchengeruch.

„Schön", gab ich widerwillig zu.

„Nicht wahr", meinte Milla entzückt. „Hab ich alles in einer Kiste auf dem Dachboden gefunden."

„Die Vorbesitzer müssen sie hier vergessen haben", erklärte Ian. „Ich wusste gar nicht, dass ich so etwas besitze."

Er ging zur Theke, tippte auf die Rübennase eines Schneemanns, sodass dieser „Jingle Bells" sang. Sein dicker Stoffkörper wippte im Takt der Musik. Milla lachte und sah dabei unglaublich jung und glücklich aus. Ian starrte sie mit unverhohlener Bewunderung an. Es gab mir einen schmerzhaften Stich, als ich an meinen Vater dachte, der zu Hause saß, mit dem Golfschläger auf harmlose kleine Bälle eindrosch, Gartenzwerge golden ansprühte und nicht wusste, dass seine Ehe kurz vor dem Aus stand. Für einen Moment überlegte ich, ob ich ihn aufklären sollte. Doch was konnte ich sagen? „Du Papa, nachdem deine Frau mit einem Hotelier und einem Schafbauern herumgeturtelt hat, sitzen wir nun mitten im Nirgendwo und deine Frau bandelt mit einem Pubbesitzer an, der aussieht wie Keith Richards!" Er würde denken, dass ich den Verstand verloren hatte.

„So, und jetzt brauche ich ein wenig Bewegung." Milla kam auf mich zugetänzelt und drückte mich an sich. „Hast du Lust auf einen Spaziergang?"

„Warum nicht?" Ich schüttelte ihren Arm ab und ging nach oben, um Paul und mich in mehrere Schichten Kleider zu hüllen. Auch Milla tauschte Minirock und Stöckelschuhe gegen Jeans und Winterstiefel und wir machten uns auf den Weg.

Nachdem wir anderthalb Stunden durch die Walachei marschiert waren und Milla alles, was sie sah, begeistert kommentiert hatte – „Ein so kleiner Ort wie Kylebrack hat eine eigene Tankstelle!“, „Oh, schau nur. In diesem Shop gibt es selbstgebackenes Brot!“, „Der Hund da vorne, ist er nicht süß!“ und „Im Sommer, wenn es blüht, muss es hier traumhaft sein!“ – beschloss ich, ihre gute Laune auszunutzen und unterbreitete ihr bei unserer Rückkehr mein Anliegen.

„Ich soll schon wieder auf Paul aufpassen?“ Meine Mutter sah mich ungläubig an. „Aber du hast mir doch heute Morgen versprochen, dass es das letzte Mal sei. Ich habe schließlich auch Urlaub.“

„Aber du bist doch sowieso da“, erklärte ich ihr geduldig. „Und du musst doch überhaupt nichts machen. Nur das Babyphon nehmen. Für den Fall, dass Paul wach wird.“

„Woher willst du wissen, dass ich da bin?“ Milla stemmte die Arme in die Seite.

„Wo sollst du denn sonst sein?“, fragte ich nachsichtig.

„Vielleicht hat mich Ian ja gefragt, ob ich mit ihm ausgehe. In ein Restaurant in Loughrea. Das einem Freund von ihm gehört.“

„Das hat er garantiert nicht. Schließlich findet heute Abend das gesellschaftliche Highlight der Saison in seinem Pub statt. Der legendäre Karaoke-Contest. Da wird er wohl kaum weg können“, entgegnete ich.

„Doch, aber erst um halb zehn, ab dann schmeißen Cullen und zwei Aushilfen den Laden“, triumphierte sie. „Du musst dir also einen anderen Babysitter suchen, wenn du mit diesem David um die Häuser ziehen möchtest. Ich bin verabredet.“

„Du nimmst mich auf den Arm.“

„Nein. Warum sollte ich?“

„Um eine Ausrede zu haben, nicht auf Paul aufpassen zu müssen.“

„Ich bitte dich.“ Sie sah mich herablassend an. „Als ob ich die bräuchte. Wer ist denn seine Mutter? Du oder ich?“

„Du willst mit diesem abgewrackten Typen ausgehen?"

„Ja", sagte Milla ungerührt. „Aber ..."

Mein Handy läutete. Ich zerrte es hervor. Mias Name stand auf dem Display.

„Ja."

„Fee, äh ... bist du es?" Mias Stimme klang ungewohnt sanft.

„Du rufst auf meinem Handy an. Mit wem hast du gerechnet?", fragte ich mürrisch.

„Mit Milla, äh ..., es hätte doch auch sein können, dass sie abhebt."

„Möchtest du sie sprechen? Sie steht neben mir."

„Nein. Wie geht es dir?"

„Was willst du?"

„Darf ich mich nicht erkundigen, wie es dir geht?", fragte Mia beleidigt.

„Doch, aber du erkundigst dich normalerweise niemals nach meinem Befinden. Es sei denn, ich habe Bauchschmerzen und es besteht die Hoffnung, dass sich daraus eine Blinddarmentzündung entwickelt."

„Mein Gott, bist du zynisch", sagte Mia.

Auch Milla schaute mich merkwürdig an. Ich verließ wortlos das Zimmer und lehnte mich draußen im Gang gegen ein Fensterbrett. „Es tut mir leid. Aber mir ist momentan nicht nach Small Talk und du meldest dich grundsätzlich nur bei mir, wenn du etwas von mir willst. Also, was ist es dieses Mal? Möchtest du dir mein Auto leihen? Die Autoschlüssel hängen bei unseren Eltern am Schlüsselbrett. Brauchst du Kondome? In der untersten Schreibtischschublade in Helgas und meinem alten Zimmer müssten noch welche liegen, gleich hinter dem Notizblock und dem Fass mit Tintenpatronen. Oder willst du ...?"

„Nein, schon gut", unterbrach sie mich. „Du hast schlechte Laune. Am besten rufe ich morgen noch einmal an!"

„Nein, sag es mir gleich. Dann habe ich es hinter mir. Ich bemühe mich auch, höflich zu bleiben."

„Na gut. Also, äh, ja …"

Ich verdrehte die Augen. Diese ganzen Ähs und Jas waren normalerweise nicht Mias Art.

„Also, ich sag es dir jetzt einfach", kam sie schließlich zum Punkt. „Ich habe Sam heute mit einer anderen Frau in der Stadt gesehen. So jetzt weißt du es."

Das saß. Ich brauchte einige Augenblicke, bis ich auf diese Eröffnung etwas erwidern konnte.

„Könnte es eine seiner Kolleginnen gewesen sein?", fragte ich zaghaft. Eine Schwester hatte Sam leider nicht.

„Na ja, das weiß ich natürlich nicht", meinte Mia zögernd. „Aber wenn es eine Kollegin von ihm war, dann wirkten die beiden sehr vertraut miteinander."

„Was heißt vertraut?" Mein Magen krampfte sich schmerzhaft zusammen.

„Er hat seinen Arm um sie gelegt und sie … Willst du wirklich die schonungslose Wahrheit wissen?"

Nein, wollte ich nicht. Aber der masochistische Teil meines Ichs drängte mich dazu, nachzubohren.

„Was hat sie getan? Hat sie ihn ausgezogen und sich auf dem Tisch eines Restaurants rittlings auf ihn gesetzt? Oder hast du sie erwischt, wie sie ihm einen geblasen hat? Sag's ruhig! Ich werde es überleben", meinte ich lässig.

„Nein, so schlimm war es nicht", entgegnete Mia. „Sie hat ihre Hand in die Tasche seiner Jeans gesteckt. Die an seinem Po, bevor du auf weitere schlimme Gedanken kommst."

Ich schnappte nach Luft. Eine Hand, die sich zärtlich in einer Gesäßtasche einhakte, erschien mir ungleich intimer als schmutziges Fellatio in einer dunklen Seitengasse.

„Wie hat die Frau denn ausgesehen?", erkundigte ich mich. Mein Herz schlug auf einmal wie verrückt.

„Klein, dick, mit einem riesigen Muttermal auf der Wange."

„Echt?" Damit hatte ich nicht gerechnet.

„Nein", sagte Mia. „Ziemlich groß, ziemlich dünn und ziemlich blond. Es tut mir leid. Die erste Version hätte mir auch besser gefallen", fügte sie bedauernd hinzu. „Soll ich Sam etwas antun? Ich könnte ihm zum Beispiel auf der Straße auflauern und ihn mit blauer Farbe besprühen oder einen Backstein nach ihm werfen. Oder das Foto, auf dem Sam nackt am Grill steht, ins Internet stellen."

„Das Foto ist schon ein paar Jahre alt und Sam war damals total betrunken. Und du hast ihm hoch und heilig versprochen, es zu löschen", gab ich zu bedenken. Warum nahm ich diesen Mistkerl eigentlich in Schutz?

„Ja, hab ich. Aber jetzt zeigt sich, warum es nie schadet, solch kompromittierendes Bildmaterial zu behalten."

Für einen schwachen Moment dachte ich darüber nach, Mias Vorschlag anzunehmen. Doch schweren Herzens entschied ich mich dagegen. Ich wollte nicht, dass sie mir zuliebe etwas Illegales tat. Obwohl natürlich das Nacktfoto ...

„Mia, hast du dir schon mal meine Sendung angeschaut?", fragte ich sie.

„Nein, du weißt genau, dass mich der Scheiß, den du beruflich machst, nicht interessiert." Jetzt klang sie viel mehr wie sie selbst als die stammelnde, mitfühlende Version von zuvor.

„Ich habe dir doch gesagt, dass du nett zu ihr sein sollst", hörte ich Lilly im Hintergrund keifen. „Gib mir das Handy!"

„Ich war nett, aber sie wollte ja unbedingt die schonungslose Wahrheit hören", entgegnete Mia mürrisch.

„Gib mir das Handy!" Die sonst so liebliche Stimme meiner jüngsten Schwester klang drohend. „Fee?"

„Ja", sagte ich schwach.

„Es tut mir leid, dass wir dir den Urlaub verdorben haben, aber wir dachten, du solltest es wissen, für den Fall, dass ..."

„... ich Sam anrufe und ihn anflehe, dass er zu mir zurückkommt?"

„Ja."

„... oder mich nachts in seine Schule einschleiche und Komm zu mir zurück! auf die Tafel schreibe?"

„Hast du etwa darüber nachgedacht?", fragte Lilly verwirrt.

Ich ging nicht auf sie ein.

„... oder dass ich mich nackt ans Sendlinger Tor fesseln lasse und eine Fahne schwenke, auf der steht: Ich kann ohne dich nicht leben!?"

„Meine Güte, was hast du nur für Gedanken?"

„Kleiner Scherz." Ich schämte mich für meinen ungewohnt pathetischen Ausbruch. „Lilly?"

„Ja."

„Hast du dir schon einmal den Scheiß, den ich beruflich mache, angeschaut?"

„Manchmal", antwortete Lilly unsicher.

„Auch während meines Mutterschutzes?"

Sie zögerte. „Hin und wieder", meinte sie kleinlaut.

„Könnte es sein, dass die Frau, die ihre Hand in der Gesäßtasche meines Freundes vergraben hat, die gleiche Frau ist, die während meines Mutterschutzes „Fees Welt" moderiert hat? Du weißt schon! Diese Röstbratwurst. Die mit den Extensions, den Gemälden auf den Fingernägeln und der viel zu braunen Haut."

„Ich befürchte schon", murmelte sie unglücklich.

Mein Herz, dieses nervige Ding in meinem Brustkorb, flatterte wie die Flügel eines Kolibris. Ich konnte es nicht fassen. Dieser Tag war die Hölle. Und Sam ein Arschloch. Er hatte es also tatsächlich getan.

„Kannst du mir Mia geben?“, fragte ich Lilly. „Vielleicht sollte ich doch über ihr Angebot nachdenken.“

„Ich glaube nicht, dass es eine gute Idee ist. Und Fee …“

„Ja.“

„Du weißt, dass ich immer für dich da bin. Du kannst mich immer anrufen. Egal zu welcher Tages- und Nachtzeit.“

Lilly reichte das Handy weiter.

Achtzehn

„Noch einen!“ Ich schob Cullen das leere Whiskyglas rüber.

„Bist du sicher?“, fragte er mich besorgt. „Das wäre dein fünfter.“

„Natürlich.“ Ich merkte, dass ich leicht zu lallen begann, doch es war mir egal.

„Ich muss mich für das große Karaoke-Event doch in Stimmung trinken. – Und auf meinen Freund anstoßen, an den ich die besten Jahre meines Lebens verschwendet habe“, fügte ich in Gedanken hinzu. Vielleicht hätte ich Mia die Sache mit den Nacktfotos doch nicht ausreden sollen.

„Prost!“ Ich hielt mein Glas in Richtung der fülligen Dame, die auf dem Barhocker neben mir saß und mich mit angeekelter Miene musterte. Sie kehrte mir demonstrativ den Rücken zu. „Dann eben nicht.“

„Bist du sicher, dass die Bude heute Abend noch voll wird?“, fragte ich Cullen. „Bis jetzt ist euer Besucheransturm nicht besonders überwältigend.“

Ich blickte mich um. Die dicke Tante neben mir, Ian, ein Bauer im Flanellhemd und, zwei Tische weiter, ein paar mickrige Jüngelchen, die Karten spielten. Eine äußerst magere Ausbeute.

„Es ist erst halb acht. Und ich denke, dass du jetzt nichts mehr trinken solltest.“ Cullen nahm die betont ruhige Stimme eines Erwachsenen an, der seinem aufmüpfigen Kind erklärte, dass es heute Abend nicht mehr fernsehen dürfe.

„Einer geht noch!“, meinte ich.

Cullen schüttelte den Kopf und ich überlegte, was der Kunde ist König auf Englisch hieß. Doch es wollte mir einfach nicht einfallen. *The Guest is King, the Client is King oder the Customer has always right?* Keine Ahnung! Ich merkte, dass ich mich daneben benahm, aber auch das war mir egal. Mir war alles egal.

„Na gut, ich mache eine Pause." Ich griff nach dem Babyphon und erhob mich so schwungvoll, dass der Barhocker nach hinten umfiel und hilflos von einer Seite zur anderen rollte.

„Entschuldigung." Ich kicherte albern und stellte den Stuhl wieder auf. Dabei wäre ich fast selbst umgekippt. Die füllige Dame neben mir stand ebenfalls auf und suchte sich einen anderen Platz. Ian, der ein paar Meter weiter an der Theke saß und sich mit dem Bauern im roten Flanellhemd unterhielt, musterte mich besorgt, sagte jedoch nichts. Schade! In meiner derzeitigen Stimmung wäre er mir gerade recht gekommen!

Schwankend nahm ich meine Jacke und ging nach draußen, um frische Luft zu schnappen. Ich spazierte ein Stück die Straße entlang, blickte über den Wald hinweg zur Slieve Aughty Riding Ranch und ärgerte mich darüber, dass ich nicht mit David, seinen Kumpels und der schönen Eva zusammen nach Galway fahren konnte. Stattdessen saß ich in dieser schäbigen Dorfkneipe fest und musste untalentierten Iren dabei zuhören, wie sie „Country Roads" oder „Summer of '69" ins Mikrofon grölten. Ob ich wollte oder nicht. Denn obwohl ich nicht vorhatte, an der Veranstaltung teilzunehmen, würde ich in meinem Zimmer wahrscheinlich alles davon mitbekommen und vor drei Uhr nachts kein Auge zumachen. Ach! Das war doch ätzend. Wütend trat ich eine leere Dose Guinness vor mir her.

Ich beschloss, meine Mutter zu suchen.

*

Durch den Türspalt unseres Zimmers konnte ich einen Blick auf das Reisebett werfen, in dem Paul mit weit geöffneten Armen auf dem Rücken lag und vor sich hinschnarchte. Hin und wieder huschte ein Lächeln über sein Gesicht. Kaum mehr als ein Zucken.

„Der kleine Engel“, dachte ich entzückt und wurde für einen Moment weich. Wenigstens er war mir geblieben!

Doch dann fiel mein Blick auf meine Mutter. Sie saß an dem Tisch mit dem Spiegel und kämmte sich. Dabei bewegte sie ihre Bürste mit langsamen, gleichmäßigen Bewegungen durch die Haare und summte leise ein Lied. Ihre Gesichtszüge wirkten entspannter als in den letzten Tagen. Kein Wunder! Wahrscheinlich war sie schon in Gedanken bei der heißen Nacht, die sie mit dem heruntergekommenen Stones-Verschnitt erwarten würde. Nur zusammen essen gehen! Klar! Das konnte sie jemand anderem erzählen. Schließlich war ich nicht mehr zwölf. Am liebsten wäre ich zu ihr gegangen und hätte ihr tüchtig die Meinung gesagt, doch etwas hielt mich davon ab und brachte mich dazu, sie weiter zu beobachten.

Nachdem Milla ihre Locken im Nacken zusammengefasst hatte, kramte sie in einem Koffer mit Burberry-Muster einen Make-up-Spender hervor. Sie gab einen Spritzer der hellbraunen Flüssigkeit auf ihren Handrücken, nahm einen Pinsel und begann, sie in ihre Haut einzuarbeiten.

Als kleines Mädchen hatte ich meine Mutter oft dabei beobachtet, wie sie sich zurechtmachte, und ihr Schminkkoffer erinnerte mich stets an den Requisitenkasten eines Zauberers, dessen Inhalt mir umso erstrebenswerter erschien, da es meinen Schwestern und mir streng verboten war, darin herumzukramen. Nur wenn sie besonders gut gelaunt war, durfte ich einen Blick in die geheimnisvollen Döschen und Tuben werfen und daran riechen.

Heute hatte dieser Koffer überhaupt nichts Verzaubertes mehr an sich. Und sein Inhalt diente nicht mehr dazu, meine Mutter in eine wunderschöne Prinzessin zu verwandeln, sondern vielmehr sie wie eine ältere Kopie von Sharon Stone aussehen zu lassen. Ich stieß die Tür auf und ging auf Milla zu. Im Spiegel konnte ich erkennen, wie sich mein Gesicht ihrem näherte. Jünger, noch glatter und runder, aber die Ähnlichkeit war unverkennbar. Ich wandte meinen Blick ab.

„Dein Verehrer sitzt unten im Pub und wartet auf dich. Was hast du so lange gemacht?“

Milla zuckte zusammen. Sie runzelte ärgerlich die Stirn.

„Kannst du nicht anklopfen? Ich habe heiß geduscht und darauf gewartet, dass sich meine Rückenmuskulatur wieder entkrampft. Diese irischen Betten sind die Hölle.“ Sie fuhr mit einer dicken Puderquaste über ihr Gesicht. „Du scheinst dich aber auch ohne mich gut amüsiert zu haben“, fügte sie spitz hinzu. „Wie viele Guinness hast du schon getrunken?“

„Und wie viele Schminkschichten möchtest du noch auflegen, um Keith Richards zu betören?“

Milla legte die Quaste hin und schaute mich über den Spiegel hinweg mitleidig an. „Ich möchte einen netten Abend verbringen. Mehr nicht.“

„Aber warum mit diesem alten Sack? Du kennst ihn überhaupt nicht. Vielleicht ist er ein Perverser, der kleinen Mädchen nachstellt oder heimlich in Frauenkleidern herumrennt.“

Mit unbewegter Miene tupfte sich Milla einen Tropfen Parfüm hinter das Ohr. Sie stand auf. „Ich gehe nach unten.“

Ich folgte ihr.

In der letzten Stunde hatte sich der Pub merklich gefüllt. Karaokeveranstaltungen schienen bei den Iren in der Tat sehr beliebt zu sein. Menschen aller Altersstufen tummelten sich in dem kleinen Raum und mehrere von ihnen studierten die Songlisten, die Cullen auf den Tischen verteilt hatte. Zwei Frauen mittleren Alters mit breiten Hüften und straff gewickelten Dauerwellen quälten sich mehr schlecht als recht durch Kenny Loggins „Welcome to Heartlight“, doch die Menge jubelte ihnen dennoch zu und grölte beim Refrain begeistert mit.

Milla steuerte sofort auf die Theke zu, an der Ian sich immer noch mit dem feisten Bauern unterhielt. Als er meine Mutter erblickte, hellte sich seine Miene merklich auf. Milla lächelte geschmeichelt und zupfte an sich herum. So zurechtgemacht, in hohen Schuhen, enger Jeans und Lederjacke, hatte sie tatsächlich eine leichte Ähnlichkeit mit Patti Hansen, der Freundin von Keith Richards. Es wäre komisch gewesen, hätte es mich nicht selbst betroffen.

Kurz bevor Milla Ian erreichte, hielt ich sie noch einmal am Arm fest. „Bleib stehen!“

Ohne sich nach mir umzudrehen, versuchte sie, sich aus meinem Griff zu entwinden, um weiterzugehen. Doch ich ließ nicht locker.

„In Galway dachte ich, dass dir der liebe Bennett ans Herz gewachsen ist, so wie du ihn angeschmachtet hast. Aber jetzt weiß ich, dass es dir ganz egal ist, mit wem du flirtest. Du möchtest nur deinen Marktwert testen. Ich wette, Papa wäre nicht begeistert, wenn er wüsste, was du in Irland treibst!“, schrie ich ihr von hinten ins Ohr, kaum um eine diskrete Lautstärke bemüht.

Milla drehte sich zu mir um und machte sich mit einem Ruck los. Ihr Gesicht war nur wenige Zentimeter von meinem entfernt und spiegelte so viele Emotionen wieder, dass ich fast Angst bekam.

„Es reicht. Nach allem, was du mitgemacht hast, habe ich mich wirklich darum bemüht, nachsichtig mit dir zu sein. Aber nun ist das Maß voll, Felicitas“, zischte sie, nur noch mühsam beherrscht. „Und jetzt hörst du mir zu!“ Sie presste mich auf einen der wenigen leeren Stühle im Raum und baute sich vor mir auf. „Weil du deinen Führerschein zu Hause vergessen hast, musste ich die letzten Tage 150 Kilometer trampen, stundenlang über Feldwege und Schafweiden laufen und zuletzt auch noch auf einem Eselskarren mitfahren. Mir sind die Hände und Füße fast abgefroren, mein Rücken bringt mich um, und während du diesem Iren hintergerannt bist, habe ich mich die ganze Zeit um deinen Sohn gekümmert." Sie kniff ihre Augen zusammen und kam mit ihrem Gesicht so nahe an mich heran, dass ich ihren Atem riechen konnte. „Mir reicht's!", wiederholte sie. „Und wenn du mir diesen Abend vermiest, gnade dir Gott!"

Ich stand auf und wollte davon stürzen. Zwar wusste ich nicht genau, wohin, Hauptsache weg, doch der Menschenpulk um mich herum hinderte mich daran und ich lief gegen eine Wand aus Brüsten, Armen und Händen, die enthusiastisch die beiden Kraushaarhausfrauen beklatschten, die ihren Song endlich beendet hatten. Cullen betrat die Bühne und es wurde leiser. Er fragte, welcher mutige Mensch sich als nächster traue, seine gesanglichen Qualitäten unter Beweis zu stellen.

„Hier!" Ohne zu überlegen, hob ich die Hand. Alle wandten ihre Köpfe zu mir. „Ich möchte singen."

Ohne auf den fassungslosen Blick meiner Mutter zu achten, stolperte ich nach vorne, und dieses Mal ließ der Menschenteppich mich anstandslos passieren. Er öffnete sich wie ein Reißverschluss, dessen Zähne wohlwollende Gesichter bildeten, und ich erreichte ohne Probleme – gut, vielleicht war ich einige Male gestolpert! – die Bühne.

„Hast du dir überlegt, was du singen möchtest?", fragte Cullen und musterte mich skeptisch.

„Nein. Aber ich finde schon was." Ich grapschte mir eine der Songlisten, die auf der Karaokemaschine lagen.

„Das hier soll es sein." Ich zeigte auf einen Liedtitel im unteren Bereich des Blattes. „Stand by your Man" von Tammy Wynette. Na, wenn das dem Anlass nicht angemessen war! Zwar kannte ich das Original nicht, aber die Version von Heike Makatsch aus dem Film „Männerpension".

Cullen tippte auf der Maschine herum, die ersten Töne erklangen und kurz darauf liefen rot gedruckte Worte auf dem schwarzen

Hintergrund durchs Bild. Ich räusperte mich kurz – nun war ich doch ein wenig aufgeregt – und fing an zu singen. Zunächst klang es noch recht dünn, doch dann wurde ich mutiger. Lediglich drei Mal verhaspelte ich mich und einmal geriet ich bei einem besonders wilden Tanzschritt ins Trudeln und den Refrain schmetterte ich mit voller Kraft ins Mikrofon. Das Publikum jubelte, so kam es mir jedenfalls vor, noch begeisterter als zuvor bei den Hausfrauen, und je mehr der Applaus anschwoll, desto lauter wurde ich. Zum Teufel mit Herrn Kirsch und seiner Bass-Ecke. Ich konnte sehr wohl singen und dieser Abend war der beste Beweis dafür. Am Ende des Liedes überlegte ich, ob ich noch eine Zugabe geben sollte, und griff schon nach der Songliste, um mir meinen nächsten Hit auszusuchen, als sich eine Hand in meinem Oberarm krallte.

„Aua! Was soll das?"

Milla stand vor mir.

„Du kommst jetzt mit!"

„Aber ich möchte eine Zugabe geben. Wie du siehst, habe ich Fans." Ich zeigte zum Publikum, von dem ich annahm, das es gespannt auf meine nächste Interpretation wartete, doch zu meiner großen Enttäuschung hatten sich die meisten abgewandt, unterhielten sich mit ihren Nachbarn oder kippten ihre Getränke runter.

„Nein, du kommst mit!", beharrte Milla. „Und morgen früh wirst du mir dafür dankbar sein."

„Na schön." Widerstrebend folgte ich ihr. „Aber ich war gut, findest du nicht?"

„Du bist betrunken. Und das hat man deutlich gemerkt."

„Du bist ja nur neidisch", entgegnete ich schnippisch und rammte einer Blondine, die mich entfernt an Monika erinnerte, meinen Ellenbogen in die Seite.

Milla seufzte. Sie zerrte mich durch die Hintertür und lehnte mich gegen eines der leeren Guinnessfässer, die sich an der Hausfassade aneinanderreihten.

„So. Und jetzt sagst du mir bitte, was mit dir los ist!"

„Gar nichts ist mit mir los", antwortete ich trotzig.

„Doch. Denn ansonsten würdest du dich nicht so aufführen. Was sollte deine Szene im Pub vorhin? Warum bist du auf die Bühne geklettert und hast dieses Lied gesungen? Ich habe dir gesagt, dass dein Vater und ich Probleme miteinander haben, als du mich danach gefragt hast. Aber was hast du erwartet? Hätte ich dich anlügen sollen?"

„Nein." Ich betrachtete eingehend meine Fingernägel.

„Soll ich bei ihm bleiben, obwohl ich nicht mehr glücklich mit ihm bin? Nur damit du dich weiterhin in der Vorstellung sonnen kannst, eine intakte Familie zu haben. Mein Gott, Fee! Du bist erwachsen. Helga, Lilly und Mia sind erwachsen. Ihr seid keine kleinen Kinder mehr. Wenn dein Vater und ich getrennte Wege gehen sollten, wird es nicht das Ende der Welt für euch bedeuten, oder?"

„Du hast dich also schon entschieden. Du wirst ihn verlassen", sagte ich resigniert.

„Nein, das habe ich nicht. Das Haus, du und deine Schwestern. Und die ganzen gemeinsamen Erinnerungen. Es ist alles nicht so einfach." Milla setzte sich auf ein Fass. Ich tat es ihr nach. Zusammen starrten wir in das dunkle, wispernde Nichts, das sich vor uns auftat. Es war unglaublich kalt. Ich blies mir in die klammen Finger und mein Atem bildete dabei weiße Rauchwölkchen

„Liebst du ihn noch?", fragte ich nach einigen Minuten.

„Ich liebe ihn dafür, wie er einmal war", erklärte Milla pragmatisch. „Liebst du Sam noch?"

„Ja", sagte ich und war selbst überrascht über meine Antwort.

„Aber warum bist du hier in Irland und rennst diesem David hinterher?"

„Sam hat eine andere."

„Wirklich? Das kann ich mir nicht vorstellen." Sie klang ernsthaft erschüttert.

„Als ich in der Wohnung war, um ein paar Sachen abzuholen, haben zwei Weingläser auf dem Balkon gestanden und im Aschenbecher lagen Zigarettenstummel mit rotem Lippenstift."

„Aber das muss nichts heißen."

„Nein. Aber Mia und Lilly haben ihn gestern mit einer Blondine in der Stadt gesehen. Deswegen hat Mia mich angerufen."

„Könnte es eine Kollegin gewesen sein?", fragte Milla vorsichtig.

„Ja." Ich lachte humorlos auf. „Aber leider nicht seine, sondern meine."

„Was heißt das?" Sie runzelte die Stirn.

„Er ist jetzt mit der aufgetakelten Tussi zusammen, die mich während meines Mutterschutzes vertreten hat", sagte ich. „Lilly hat sie erkannt. Sam hatte seinen Arm um sie gelegt und sie hatte ihre Hand in seine Gesäßtasche gesteckt." Ich ließ mich gegen die Hauswand sinken. „Ich habe alles falsch gemacht. Ich habe es auf der Arbeit verbockt, ich habe Sam vergrault. Und Paul bin ich keine gute Mutter."

„Aber das stimmt nicht. Natürlich bist du das."

„Nein, bin ich nicht. Nach der Geburt habe ich ihn nicht gewollt."

So deutlich hatte ich es noch nie ausgesprochen. Aber jetzt, am absoluten Tiefpunkt meines Lebens angekommen, war es Zeit, reinen Tisch zu machen.

Doch Milla wollte es nicht hören. „Du hast ihn gewollt", sagte sie sanft. „Du hattest nur eine schwere Geburt. Die Ausschabung, weil deine Plazenta sich nicht ablöste, der Blutverlust, die Brustentzündungen. Aber das hat dir der Arzt doch erklärt."

„Oh, so verständnisvoll!", erwiderte ich zynisch. „Während meiner Depression hat sich das alles aber ganz anders angehört. Du hast mir vorgeworfen, dass ich egoistisch bin, dass ich mich nur vor meinen Pflichten als Mutter drücken will. Dass mir nur ein einziger Mensch wichtig sei. Nämlich ich selbst."

„Aber ich war überfordert", erwiderte Milla unglücklich. „Und mir fiel es auch schwer, zu akzeptieren, dass du Depressionen hattest. Ich konnte mich nicht in dich hineinversetzen. Paul ist so ein süßer Kerl und du hast dich darüber beschwert, dass du keinen Schlaf bekommst. Du hast schon immer viel Schlaf gebraucht. Mein Gott! Woher sollte ich wissen, dass du krank warst? Ich dachte, du wärst nur erschöpft."

„Ach, und um mich aufzumuntern, hast du eingeräumt, dass du die Schuld an meinem mütterlichen Versagen trägst, weil du mich zu sehr bemuttert hast und ich dadurch nie gelernt habe, Verantwortung für andere zu übernehmen?"

„Das dachte ich", verteidigte sich Milla.

„Du hast mich zu sehr bemuttert! Dass ich nicht lache", höhnte ich. „Um Helga, Lilly und Mia hast du dich gekümmert. Sie hast du viel lieber gemocht als mich. Ich bin immer nur mitgelaufen."

„Denkst du das?", fragte sie erschrocken.

„Ja."

„Aber das stimmt nicht. Warum sollte ich dich weniger lieben als deine Schwestern?"

„Helga ist die Große, Vernünftige. Die, die gut in der Schule war und sich mit sechs Jahren schon die Tagesschau angesehen hat. Mia konnte bereits kurz nach ihrer Geburt Menschen mit fünf Fingern zeichnen und Lilly war klein, lieb und verschmust und hat dir ständig Blumensträuße gepflückt. Und ich ... ich war gar nichts."

„Das ist überhaupt nicht wahr", widersprach Milla. „Vielleicht stimmt es. Vielleicht habe ich dir weniger Aufmerksamkeit geschenkt als deinen Schwestern, aber doch nicht, weil ich dich weniger geliebt habe."

„Sondern?" Ich hob die Augenbrauen.

„Du warst so perfekt. Du hast in der Schule gute Noten geschrieben, die Jungs sind dir hinterhergelaufen, nach dem Abitur hast du dein Studium ohne Probleme geschafft, dieser tolle Job beim Fernsehen. Ich hatte den Eindruck, du kommst allein zurecht und brauchst mich nicht. Und wenn du jemanden gebraucht hast, bist du zu deinem Vater gegangen."

„Ja, weil er mir zugehört hat."

„Ich hätte dir auch zugehört. Aber in deinen Augen war ich ja die Böse, die dir verboten hat, mit dreizehn in die Disco zu gehen und dir nicht erlaubt hat, mit fünfzehn schon bei deinem Freund zu schlafen. Dein Vater war der tolle Kerl, der dich nachts um zwei noch von irgendwelchen Partys abgeholt hat und mit dir und Nina zum New-Kids-on-the-Block-Konzert gefahren ist. Selbst als du das erste Mal zum Frauenarzt musstest, wolltest du ihn dabei haben. Dass ich dir dein Essen gekocht, dein Zimmer geputzt und dafür gesorgt habe, dass du saubere Sachen im Schrank hast, das hat alles nicht gezählt. Du hast mich nie an dich herangelassen. Auch während deiner Depression konntest du nur deinen Vater in deiner Nähe ertragen."

„Nun ja", gab ich zu bedenken. „Er hat mir nicht das Gefühl gegeben, eine egoistische Versagerin zu sein."

„Es war nicht richtig, wie ich mich verhalten habe", sagte Milla matt. „Und es tut mir leid."

Schön für sie! Ich schnaubte. Aber dafür war es jetzt zu spät. Es wäre ihre Aufgabe gewesen, zu erkennen, dass mit mir etwas nicht stimmte. Schließlich war sie meine Mutter. Und ich hatte es ihr gesagt. Ihr, meiner Frauenärztin, der Hebamme, Sam, aber nur Nina hatte es gemerkt ...

„Was ist mir ihr los?", hatte sie meiner Mutter zugeflüstert, als ich ihr mit einem fleckigen Oberteil und ohne BH die Tür öffnete und ihre Umarmung nur kraftlos erwiderte.

„Ach, Fee ist nur müde", zwitscherte Milla.

Doch Nina runzelte die Stirn. Sie versuchte tapfer, sich mit mir zu unterhalten, mir mehr als nur ein monotones Ja oder Nein oder ein gequältes Lächeln zu entlocken, sie lobte Paul überschwänglich, drückte und herzte ihn, doch als ich nach einer Stunde immer noch nur den Sekundenzeiger der Wanduhr anstarrte, zog sie meine Mutter raus in die Küche. Und obwohl die beiden sich bemühten, leise zu sprechen, konnte ich jedes Wort verstehen.

„Das sieht nicht gut aus. Sie ist ja gar nicht mehr sie selbst, das muss dir doch auch auffallen“, herrschte Nina Milla an.

„Sie hat gerade ein Kind bekommen. Sie ist müde und sie bekommt zu wenig Schlaf“, widersprach meine Mutter. „Aber jetzt, wo du da bist, geht es ihr schon viel besser. Sie braucht eine Freundin zum Reden, mehr nicht.“

„Du willst es einfach nicht sehen, oder?“, sagte Nina und stürmte zurück ins Wohnzimmer.

Zum Abschied drückte sie mich an sich, sekundenlang.

„Ich bin immer für dich da. Das weißt du.“ Sie strich mir meine strähnigen Haare aus dem Gesicht und sah mich fest an. Ich nickte stumm.

Zwei Tage später fiel ich in Ohnmacht.

„Es tut mir aufrichtig leid“, wiederholte Milla noch einmal. „Aber für mich war diese Situation auch neu.“ Sie ließ den Kopf hängen und ich sah, dass Tränen in ihren Augen schimmerten.

Ach zum Teufel! Ich wurde weich. Woher hätte sie es denn auch wissen sollen? Für sie war es auch nicht leicht gewesen. Sie hatte sich wie verrückt gefreut. Endlich das erste Enkelkind. Und dann mutierte die Tochter auf einmal zum Zombie. Ich hatte ja selbst kein Verständnis für mein damaliges Verhalten, wie konnte ich es von jemand anderem erwarten?

„Du hast gedacht, dass ich dich nicht brauche, und ich dachte, dass Helga, Mia und Lilly dir viel wichtiger sind als ich. Vielleicht hätten wir dieses Gespräch schon viel früher führen sollen“, meinte ich zögernd.

„Vielleicht." Milla wandte mir müde das Gesicht zu.

„Ich wusste nicht, dass dir das alles so zu Herzen geht. Und auch damals schon gegangen ist. Aber weißt du, in der Pubertät war ich ein missratenes Gör und jetzt ..." Ich zuckte hilflos mit den Schultern. „Jetzt bin ich es immer noch. Aber ich verspreche dir, dass ich mich bessere. Dass ich dir Paul nicht mehr so oft aufs Auge drücke, dass ich ..."

„Aber das macht doch nichts." Milla lächelte. „Eigentlich verbringe ich gerne Zeit mit dem kleinen Kerl."

„Und ich werde weiterhin mit dir reden, auch wenn du dich von Papa trennen solltest."

„Das ist sehr nobel von dir." Sie verzog spöttisch den Mund.

„Und ich werde dich nicht mehr wegen deiner Engel ärgern. – Jedenfalls nicht, solange sich dein Verhalten in einem akzeptablen Rahmen befindet", fügte ich nach einigen Sekunden hinzu.

„Habe ich dir jemals gesagt, dass ich es dir verdanke, dass ich angefangen habe, mich mit Engeln zu beschäftigen?" Milla blickte mich versonnen an.

„Nein. Ich dachte, deine Kopfschmerzen seien daran schuld gewesen", sagte ich verblüfft. Inwiefern war es denn gerade ich gewesen, der sie spirituell inspiriert hatte?

„Als du klein warst, fünf oder sechs, hattest du häufig Angst im Dunkeln. Kannst du dich noch daran erinnern?"

„Nein." Aufgrund meiner beiden Nahtoderfahrungen hatte ich jetzt häufig Angst im Dunkeln, aber als ich klein war ...

„Du hast geschrien. Und wenn ich zu dir kam, hast du behauptet, dass ein weißer Mann in der Ecke deines Zimmers steht."

Der weiße Mann! Eine verschwommene Erinnerung von einer pulsierenden Lichtgestalt kroch in mir hoch. War ich es gewesen, die ihn gesehen hatte? Meine Güte, ich hatte gedacht, er wäre mir in irgendeinem Film begegnet.

„Ich bin zunächst nicht näher darauf eingegangen, ich dachte, es würde mit der Zeit vergehen, aber deine Angst ist so schlimm geworden, dass du dich geweigert hast, in deinem Zimmer zu schlafen. Irgendwann bin ich zu einer Homöopathin gegangen und habe ihr von dem weißen Mann erzählt. Ich wollte Globuli haben, Tropfen, irgendetwas, was dir deine Ängste nimmt, aber sie hat mir geraten, nicht einfach darüber hinwegzugehen, sondern deine Geschichte ernst zu nehmen. Sie meinte, dass Kinder, vor allem sehr sensible, aufgrund ihrer Unverdorbenheit einen ganz anderen Zugang zu spirituellen Wesen haben als Erwachsene. Zuerst konnte ich es auch nicht glauben, aber dann habe ich mir ein Buch gekauft, das von diesem Phänomen handelt, und dir erklärt, dass der weiße Mann dir nichts Böses will, sondern ein Schutzengel ist, der nachts über dich wacht. Von da an hattest du keine Angst mehr und irgendwann hast du ihn nicht mehr erwähnt. Ich habe auch nicht mehr daran gedacht."

„Bis zu dem Zeitpunkt, an dem Mia ausgezogen ist."

„Genau."

„Und du kannst diese Engel wirklich sehen?"

Milla lächelte weise. „Konntest du den weißen Mann sehen?"

„Ja, als Kind schon", gab ich zu. Und ich war entsetzt gewesen, dass die anderen es nicht konnten. Ich hatte Helga geweckt und ihn ihr gezeigt, aber sie hatte behauptet, es sei nur der Mond, der in unser Zimmer schien. Sie hatte die Rollläden ganz geschlossen, doch das pulsierende Licht war geblieben.

Nun gut, vielleicht gab es Engel. Irgendwie war die Vorstellung, dass ein höheres Wesen über uns wachte, ja auch schön. Doch stinkende Stäbchen, die dazu in der Lage waren, böse Energien zu vertreiben und Bierwagenfahrer, die mehrere hundert Kilometer entfernte Wasseradern aufgrund eines Bettumrisses auspendeln konnten – mit diesem Brimborium wollte ich mich nicht anfreunden. Und wo zum Teufel war dieser Engelstyp gewesen, als ich mit neun von einem Klettergerüst gefallen war und mir den Fuß gebrochen hatte oder während meiner Wochenbettdepression und der Panikattacken? Ich blickte auf meine Armbanduhr. „Es ist gleich neun. Lass uns hineingehen! Ian wundert sich bestimmt, wohin du verschwunden bist. Ihr wolltet doch essen gehen. Und ich muss nach Paul sehen."

„Es ist wahrscheinlich besser. Außerdem friere ich hier gleich fest." Meine Mutter sprang von ihrem Fass herunter und ging zur Tür. Doch sie drehte sich noch einmal nach mir um. „Fee?"

„Ja."

„Nur weil dein Vater und ich uns trennen, heißt das nicht, dass wir keine Familie mehr sind."

Hervorragend! Ich schloss die Augen. Sie hatte sich also schon entschieden.

Neunzehn

Als ich am nächsten Morgen aufwachte und aus dem Fenster schaute, traute ich meinen Augen kaum. Dicke Flocken tanzten durch die Luft und eine puderige weiße Schicht hatte sich über Wiesen, Bäume und Sträucher gelegt.

„So viel zum Thema Golfstrom", seufzte Milla. Sie hängte ihre Bluse in den Schrank und holte stattdessen einen dicken Fleecepullover daraus hervor.

„Ian hat mir erzählt, dass in Irland die Temperaturen nur selten unter acht Grad fallen. Dieser Winter ist untypisch kalt, meint er", verteidigte ich mich.

Und dieses Wetter musste unnormal sein, denn auf der Straße schlitterten die Autos wild durcheinander und unten auf der Kreuzung wurde ein großer BMW aus dem Graben gezogen. Kinder hatten die Schlitten ausgepackt, einer unserer Nachbarn rutschte mit Skiern an den Füßen mehr schlecht als recht über die zart beschneite Wiese und der Shop im Ort blieb den ganzen Tag über geschlossen. Dabei war die Schneeschicht kaum einen halben Zentimeter hoch!

Auch Ian und Cullen flippten total aus. Es schneite! Nicht nur zarte Flöckchen, die bereits geschmolzen waren, sobald sie auf dem Boden auftrafen – das gab es öfter –, sondern richtigen Schnee, der Irland zumindest ansatzweise in so etwas Ähnliches wie eine Winterlandschaft verzauberte.

„Siehst du das? Ist das wie in Deutschland? Fühlt sich das an wie zu Hause?", fragte mich Michael, der Getränkelieferant, der es trotz der widrigen Wetterbedingungen geschafft hatte, sich die vier Kilometer bis nach Kylebrack vorzukämpfen, um Ians Vorräte aufzufüllen. Und er war sehr stolz, als ich ihm versicherte, dass in Irland momentan fast alpine Verhältnisse herrschten.

Kurz darauf sah ich, wie er mit Ian darüber diskutierte, wann es das letzte Mal so heftig geschneit hatte, ob vor vier oder vor fünf Jahren. Nach einiger Zeit einigten sie sich, dass es schon sehr lange her war. Paul war über die weiße Pracht ebenso entzückt wie die Iren. Fasziniert beobachtete er die eisigen Gebilde auf ihrem Weg zur Erde und versuchte, sie zu fangen.

„Da!“, stellte er verwundert fest und hielt Milla seine Handfläche hin, in der seine Beute zu einer feuchten Pfütze zerschmolzen war.

Die beiden standen auf dem Parkplatz der Hill Bar und ließen sich die dicken Flocken um die Ohren schneien. Als er mich bemerkte, krähte er entzückt auf.

„Da, da!“, schrie er und stach mit seinem kurzen Zeigefinger wild um sich.

„Schnee, das ist Schnee“, sagte ich und ging in die Hocke, um mich auf seine Augenhöhe zu begeben. „Kannst du das sagen? Schnee.“

„Gaga“, antwortete Paul ernsthaft.

„So ähnlich“, meinte ich und musste grinsen.

Paul lächelte zurück und dann – ich konnte es kaum glauben – löste er sich von Millas Bein und kam auf wackeligen Beinen auf mich zu gelaufen. Erst einen Schritt, zwei, drei, beim sechsten warf er sich in meine Arme und biss in die Kapuze meiner Jacke. Seine Art, mich zu küssen. Mir traten die Tränen in die Augen und ich lobte ihn überschwänglich.

Als Paul sich das erste Mal vom Rücken auf den Bauch drehte, war ich in Berlin auf einer Modenschau gewesen. Als Paul anfing zu krabbeln, schnitt ich gerade einen Bericht über einen Haufen verzogener Teenies, die auf einer Jacht über das Mittelmeer segelten. Aber bei seinen ersten Schritten war ich dabei und auch den ersten Schnee durfte ich mit ihm gemeinsam erleben. Ich wollte nach dem Handy greifen, um Sam von der freudigen Nachricht zu berichten. Doch dann fiel mir ein, dass ich ihn ja hasste, er sich seit fünf Tagen nicht mehr bei mir gemeldet hatte und Mia und Lilly ihn dabei erwischt hatten, wie Monika ihre Hexenfinger in die Gesäßtasche seiner Jeans stecken durfte.

Gegen Mittag rief mich David an und fragte, ob ich auch heute mit ihm ausreiten wolle.

„Hat doch gestern gut geklappt", meinte er.

Ich runzelte zweifelnd die Stirn. Mein schmerzender Hintern und meine Oberschenkel, die sich einander immer noch nicht näher als bis auf drei Zentimeter annähern wollten, schrien nein, doch ich sagte zu. Vielleicht würde sich heute eine Gelegenheit finden, ungestört mit ihm zu reden.

Aber als ich die kiesgesäumte Einfahrt zur Slieve Aughty Riding Ranch hinausging, sah ich, dass sich vor dem Stallgebäude zehn kichernde Teenager versammelt hatten und Eva gerade dabei war, ein elegantes weißes Pferd mit grauen Flecken aus dem Stall zu führen. David stand neben Maja und putzte sie.

„Ist das nicht unglaublich, wie viel es gescheit hat?", rief er mir fröhlich entgegen.

„Ja, schade, dass ich meine Skier nicht mitgebracht habe", murmelte ich enttäuscht.

Die Chance, dass Eva und die lästige Teenagerschar einen anderen Weg als David und ich wählten, war verschwindend gering.

„Du kannst Harry aus dem Stall holen. Er steht in der vorletzten Box auf der linken Seite." David fuhr fort, mit einer groben Bürste den Dreck aus Majas schwarzem Fell zu beseitigen.

Als ich in den Stall kam, blickte mir Harry über die Tür seiner Box freundlich entgegen. Ich strich ihm den langen Pony aus den Augen und tätschelte seine Stirn.

„Na du. Kannst du heute versuchen, dich ein bisschen weniger holprig vorwärts zu bewegen?"

Ich griff nach dem schmutzigen Halfter, das über einem Haken hing, und öffnete das Tor. Harry trat einen Schritt zurück und begann, daran herumzuknabbern. David war gut. Hol Harry heraus! Ich hatte keine Ahnung, wie ich ihm dieses erdverkrustete Ding über den Kopf ziehen sollte. Schließlich legte ich den Strick, der von dem Halfter herunterbaumelte, um Harrys Hals und zog probeweise daran.

„Komm!", sagte ich und Harry folgte mir anstandslos nach draußen. Vielleicht würden wir doch noch Freunde werden!

David sah mich verwundert an. „Warum hast du ihm denn das Halfter nicht angezogen?"

„Er ist gleich mitgekommen, als er mich gesehen hat. Ich dachte, es sei nicht nötig", log ich, ohne mit der Wimper zu zucken.

„Wir binden ihn besser an." David nahm mir das Halfter aus der Hand. Von ihm ließ Harry es sich anstandslos über den Kopf ziehen.

Zehn Minuten später saß ich auf seinem Rücken. Auch wenn mir immer noch nicht ganz wohl war beim Blick nach unten, so fühlte ich mich doch sicherer als einen Tag zuvor. Ich überwand mich sogar, zumindest eine Hand aus der wolligen Mähne des Pferdes zu lösen und die Knie nicht ganz so krampfhaft am Sattel festzukrallen. So war es auf jeden Fall weitaus angenehmer. Ich schloss für einen Moment die Augen und versuchte, mich auf Harrys Rhythmus einzulassen. Vor, zurück, zur einen Seite, zur anderen Seite. Die Bewegung war gar nicht so holprig, wie ich gedacht hatte, sondern gleichförmig und fast ein wenig beruhigend. Ich entspannte mich. Was mir ebenfalls zugutekam, war, dass David gesagt hatte, wir würden wegen des glitschigen Untergrunds auf festen Wegen bleiben. Ich atmete auf, denn ich hatte befürchtet, er wolle auch heute wieder den Romantic Place als Ziel anstreben.

Die Pferdehufe hinterließen dunkle Flecken auf der weißen Decke, als wir uns auf den Weg zum Wald machten. Aber auch an anderen Stellen kam der braune Boden durch. Die Temperaturen waren zu mild, als dass der Schnee liegen bleiben könnte. Von den Stechginsterzweigen rechts und links des Weges tropften bereits Wassertropfen herunter.

„Ist Eva auf eurem Gestüt angestellt?", fragte ich David, der neben mir ritt.

„Nein, aber sie stellt unsere Pferde auf Turnieren vor. Zurzeit trainiert sie Colin."

Ich drehte mich nach dem hübschen Pferd um, dessen kurze Mähne beim Gehen auf und ab wippte, und verglich es seufzend mit dem haarigen Monstrum unter mir.

„Kennst du Eva schon länger?", startete ich einen neuen Versuch, etwas über Davids Beziehung zu der hübschen jungen Frau herauszufinden.

„Wir sind auf die gleiche Schule gegangen. Sie war aber einige Klassen unter mir." Er grinste. „Bist du noch mit deinem Freund zusammen?"

Mist! Er hatte mich durchschaut. „Wir haben uns vor kurzem getrennt."

„Macht es dir etwas aus?", fragte David mitfühlend und ich sah ihn überrascht an.

„Manchmal", antwortete ich. „Wir waren vier Jahre zusammen."

„Ziemlich lange."

„Ja. Ziemlich lange."

„Hast du deinem Freund von unserem Treffen erzählt?"

Ich lachte auf. Treffen! Das war eine harmlose Bezeichnung für unsere gemeinsame Nacht. „Nein. Hat deine Freundin davon erfahren?"

„Ich war damals Single."

„Und jetzt? Immer noch? Der einsame Cowboy, der mit seinem Pferd in den Sonnenuntergang reitet?"

David lächelte. „Immer noch."

„Dabei hast du die Qual der Wahl, oder?" Ich drehte mich um und schaute auf die Mädchenschar hinter uns. Lediglich ein kleinerer Junge, der auf einem weißen Pony mit schwarzen Punkten saß, nahm an dem Ausritt teil.

„Ich warte immer noch auf die Richtige", meinte David lässig. „Bist du am nächsten Samstag noch da? Ich habe einen Auftritt in der Hill Bar. Und es wäre schön, dich mal ohne Gummistiefel zu sehen."

Unsere Blicke trafen sich, mir fielen auf einen Schlag mindestens zehn schmutzige Dinge ein, die wir miteinander getan hatten, und ich musste meine ganze Körperspannung aufbieten, um nicht seitlich vom Pferd zu rutschen.

❋

Die folgenden Tage liefen nach einem immer gleichen Rhythmus ab. Morgens nach dem Frühstück brach ich mit Paul und meiner Mutter zu einem längeren Spaziergang auf. Wenn wir zurückkamen, wartete stets ein köstliches Mittagsessen auf uns, Paul und ich hielten ein kleines Schläfchen und nachmittags ritt ich mit David und seinen Reitschülern aus und erkundete die Slieve Aughty Mountains. Eine besonders glückliche Figur machte ich auf dem Pferderücken zwar immer noch nicht, aber ich gewöhnte mich langsam an das Ruckeln und Schaukeln auf Harrys Rücken. Und auch wenn ich mir jeden Morgen schwor, an diesem Tag zu verzichten, quälte ich mich trotzdem mit schmerzenden Gliedern zur Slieve Aughty Rinding Ranch. Nicht nur wegen David, dessen Reithose ich mittlerweile akzeptierte. Auch wenn ich es nicht gern zugab: Ich hatte mich auch ein bisschen in Harry verliebt.

Einmal nahm uns Ian in seinem Pick-up mit in den Süden der Insel, nach Dingle, wo er einen Freund besuchte. Meine Mutter und ich schlenderten währenddessen am Strand entlang, um nach dem Delfin Ausschau zu halten, der angeblich in den Gewässern rund um den kleinen Küstenort wohnte, aber natürlich sahen wir ihn nicht.

„Das Cottage von Heinrich Böll, der Delfin – nichts ist einem hier vergönnt", murrte Milla.

Auf der Rückfahrt hielt Ian ungeachtet der Temperaturen im Nationalpark Burren an, um ein Picknick zu machen, und breitete auf dem Tisch einer steinernen Sitzgruppe Ziegenkäse, Weißbrot und eine Thermoskanne mit drei Tassen aus. In eine dicke Decke gehüllt, mein Hintern durch ein Sitzkissen gewärmt, saß ich mit Paul auf dem Schoß neben meiner Mutter auf der Bank, ließ meinen Blick über die endlose Steinwüste gleiten, biss abwechselnd von dem Weißbrot und dem Käse ab und war trotz des kühlen Windes auf einmal ziemlich sicher, dass die Reise nach Irland eine richtig gute Idee gewesen war. Sogar an den alternden Hippie mir gegenüber hatte ich mich gewöhnt.

Als ich eines Morgens im Gewächshaus von Davids Mutter einen Kohlkopf fürs Mittagessen besorgen sollte, sah ich, dass an den Scheiben von Ians Pick-up Eisblumen wuchsen. Zarte Gebilde, zusammengesetzt aus Tausenden winziger Kristalle. Keiner glich dem anderen. Jeder perfekt in seiner Form. Warum war mir das vorher nie aufgefallen? Zu Hause gab es diese Dinger im Winter schließlich viel öfter als hier. Versonnen betrachtete ich die zerbrechlichen Kunstwerke minutenlang, bevor ich mich ins Auto setzte, das Gebläse anmachte und zuschaute, wie die filigrane Pracht innerhalb von wenigen Sekunden verschmolz.

Mir gefiel es in Irland. Und ich schaffte es erfolgreich, jeden Gedanken an zu Hause zu verdrängen. Und an Sam. Bis ich eines Tages auf das Display meines Handys schaute und mehrere unbeantwortete Anrufe sah.

Zwanzig

„Fee." Die Stimme meines Vaters klang müde und unglaublich alt.

Wann war mir das erste Mal aufgefallen, dass er nicht der strahlende Held meiner Kindheit war, sondern ein ganz normaler Mensch?

„Hallo Papa."

„Wie geht es euch?"

„Gut. Hat Milla dir das nicht erzählt?"

„Ich habe in den letzten Tage nicht mit ihr telefoniert."

„Wir gehen viel spazieren. Schauen uns die Gegend an. Und vor ein paar Tagen hat es geschneit. So etwas kommt hier nur alle paar Jahre vor. Liegt zu Hause auch Schnee?"

„Ja. Aber im Moment taut es gerade."

„Bei uns ist auch alles weg", plapperte ich verzweifelt weiter. Ich hatte Angst, dass er mich nach Milla fragen würde, wollte die Wahrheit von ihm fernhalten. „Und du wirst es nicht glauben. Ich bin ein paar Mal ausgeritten. Auf einem Pferd, das Harry heißt. Ich hätte nie gedacht, dass mir Reiten Spaß macht."

„Wisst ihr, wann ihr nach Hause fliegt?", fragte er.

„Bald. Wahrscheinlich in ein paar Tagen", antwortete ich zögernd. Stille am anderen Ende der Leitung.

„Ich ruf dich an, wenn ich Genaueres weiß", fügte ich hinzu.

„Soll ich euch vom Flughafen abholen?"

„Das wäre lieb von dir."

„Und deine Mutter? Geht es ihr gut?"

„Ja. Aber warum fragst du sie nicht selbst? Ist es so schlimm zwischen euch?"

„Wir schaffen das schon." Er legte auf.

Ich ging nach draußen, wo Milla auf dem kahlen Stück Wiese hinter dem Pub stand und zusah, wie Paul mit ein paar Steinen spielte.

„Was ist?", fragte sie.

„Ich habe mit Papa gesprochen", sagte ich.

„Was wollte er?" Ihre Gesichtszüge froren ein.

„Wissen, wann wir heimkommen. Warum hat er mich angerufen? Er telefoniert normalerweise niemals mit mir. Sprecht ihr nicht mehr miteinander?"

„Wir hatten Streit."

„Worüber?"

Milla gab keine Antwort.

„Wir können nicht ewig hier bleiben. In drei Wochen ist Weihnachten. Bald kommt Helgas Baby. Helga, Lilly und Mia fragen mich ständig, wann wir wiederkommen."

„Ist deine Mission schon beendet?", fragte sie spöttisch.

„Was meinst du?", entgegnete ich, obwohl ich genau wusste, worauf sie anspielte.

„Na, dein Techtelmechtel mit dem Reitlehrer. Der, der uns heute Abend im Pub mit einem Auftritt beehren wird."

„Ich habe kein Techtelmechtel mit ihm. Wir reiten nur zusammen aus."

„Natürlich." Sie verzog süffisant die Lippen. „Willst du mir nicht erzählen, wieso du ihn unbedingt finden musstest? Und komm mir nicht damit, dass er ein ehemaliger Kommilitone von dir ist. Von Ian weiß ich, dass er niemals in Deutschland studiert hat."

Paul kam auf mich zugestolpert und legte mir mit ernster Miene einen Stein in die Hand.

„Danke." Ich drückte ihn an mich, froh nicht antworten zu müssen. Doch er entwand sich meinem Griff und lief mit geschäftigem Gesicht davon.

„Also." Meine Mutter sah mich an.

„Ich habe einen Beitrag über David gedreht. Er ist einen Sommer lang als Straßenmusiker durch Europa gezogen. Er hat mir gefallen und ich dachte, es wäre nett, ihn wiederzusehen." Ich steckte meine Hände tief in die Taschen meiner Jacke.

„Und was ist mit Sam?"

„Sam ist mit Monika mit den Hexenfingern zusammen. Was soll mit ihm sein?", fragte ich verächtlich.

„Ihr habt ein Kind. Meint ihr nicht, dass ihr euch zumindest Paul zuliebe zusammensetzen solltet, um über alles zu reden."

„Du und Papa, ihr habt vier Kinder zusammen. Habt ihr euch deswegen noch etwas zu sagen?"

Milla lachte auf. „Das musste ja jetzt kommen."

Ich tippte ungeduldig mit dem Fuß auf den Boden. „Also? Für wann soll ich unseren Rückflug buchen?"

„Lass uns nur das Wochenende abwarten."

„Versprochen?"

„Versprochen."

Obwohl Davids Auftritt erst um 21 Uhr sein sollte, füllte sich der Pub schon kurz nach acht. Ians Getränkelieferant Michael, die Frau von der Tankstelle und Davids Mutter Gina trafen in dichter Folge in der Hill Bar ein.

„Wolltest du heute nicht ausreiten?", begrüßte sie mich.

„Ich habe Ian bei den Vorbereitungen geholfen. Als kleines Dankeschön für die unzähligen Mittagessen, die ich bei ihm genießen konnte."

„Er kocht hervorragend, nicht wahr? Kurz, nachdem er nach Irland gezogen ist, bin ich selbst in den Genuss von ein paar Einladungen gekommen." Sie lachte und eine leichte Röte überzog ihr Gesicht.

Unglaublich, welche Wirkung dieser mickrige Typ auf Frauen über 50 hatte. Auch Ellen, die Frau, die morgens die Zeitung vorbeibrachte, bekam immer ganz glänzende Augen, wenn sie ihn ansah. Mittlerweile hatte ich mich an ihn gewöhnt. Er war nett. Er konnte gut mit Kindern umgehen. Sein Essen schmeckte unglaublich. Aber seine Falten waren so tief, dass er sie wahrscheinlich jeden Abend mit einem Wattestäbchen reinigen musste, und mit seinen Bartstoppeln könnte er Spiegel zerkratzen. Was zum Teufel fanden die Frauen nur alle an ihm?

David erschien erst kurz vor neun mit seinem Geigenkasten unter dem Arm und Eva sowie ein paar seiner Reitschülerinnen im Schlepptau. Ich verdrehte die Augen. Natürlich!

Seit meinem Aufenthalt in Irland hatte ich David nie anders als in Armeeparka, Reithosen und Gummistiefeln gesehen, doch heute Abend trug er Doc Martens, eine ausgeblichene Jeans und ein weißes T-Shirt, das seine braune Haut besonders gut zur Geltung brachte.

„Hey", begrüßte ich ihn verlegen.

Er lächelte und drückte mir einen Kuss auf die Wange.

„Nicht weglaufen!", sagte er. „Nach meinem Auftritt komme ich zu dir und wir trinken etwas zusammen."

Eva warf mir einen giftigen Blick zu. Vielleicht war ihre Liebe tatsächlich nur von einseitiger Natur.

Als David die Bühne betrat, applaudierten die Pubbesucher freudig, einige Mädchen im schulpflichtigen Alter pfiffen und trampelten mit den Füßen auf dem Boden herum. Er setzte sich auf einen Hocker, klemmte seine Geige unter das Kinn und begann zu spielen. Zart und sehnsuchtsvoll waberten die Töne einer irischen Weise durch den Raum. Sie blieben einen Augenblick und verloren sich im Nichts, machten Platz für neue schwermütige Noten. Davids Augen waren geschlossen, sein sonst so undurchdringlicher Gesichtsausdruck war sanft. Ich hielt den Atem an, schloss ebenfalls die Augen und gab mich ganz dieser wundervollen Melodie hin. Ich lag mit David im Bett, spürte seine Hände in meinen Haaren, seinen Mund auf meiner Haut, ich fühlte glatte, nassglänzende Laken unter meinem Körper, sah die kargen Wände der billigen Pension. Die Bilder verschwammen, wurden vertrieben von aggressiveren Tönen, die schneller aufeinander folgten, laut und fordernd klangen. David stand auf und die Menge jubelte. Sein Bogen flitzte über die Seiten. Eine Strähne hatte sich aus seinem Pferdeschwanz gelöst, verfing sich in seinem Mund und er pustete sie ungeduldig weg. Ich konnte mich nicht rühren, der Kokon der Töne spann mich ein und ich starrte David an, der über die Bühne lief und seinem Instrument immer neue Klangfarben entlockte. Doch so abrupt, wie die Melodie angeschwollen war und mich gefangen genommen hatte, so plötzlich wurde sie leiser, zaghafter und ließ mich schließlich los. Ich konnte frei durchatmen.

„Ein Teufelsgeiger“, dachte ich und wunderte mich selbst über meine Gedanken.

David spielte noch fünf weitere Lieder. Sie gefielen mir alle, doch keins schlug mich so in seinen Bann wie das erste. Nachdem die letzte Note verklungen war, kam er zu mir an die Bar. Ein ätherisch aussehendes Mädchen in einem wehenden Kleid betrat mit ihrer Band die Bühne und stimmte ein irisches Volkslied an. David bestellte ein Guinness, kippte es in zwei Zügen herunter und setzte sich neben mich.

„Du warst großartig.“ Ich vermied es, ihn anzuschauen.

Milla näherte sich uns. Sie trug wieder ihren engen, kurzen Rock und hatte die blonden Locken aufreizend in den Nacken geworfen. „Schön, Sie endlich kennenzulernen. Ich bin Fees Mutter. Milla." Sie reichte ihm die Hand. „Meine Tochter hat mir viel von Ihnen erzählt."

Ich machte ein böses Gesicht, doch Milla flirtete unverhohlen weiter. „Sie könnten glatt ihrem Namensvetter Konkurrenz machen. David Garrett. Waren Sie schon einmal auf einem seiner Auftritte?"

„Natürlich. Er ist mein größtes Vorbild." Er lächelte sie an.

„David möchte sich für ein Stipendium an der der Juilliard in New York bewerben. An der Universität, an der auch Garrett studiert hat", erzählte ich ihr.

„Warum arbeiten Sie dann immer noch hier in Kylebreak als Reitlehrer und haben nicht schon längst ihre Koffer gepackt?", fragte Milla David unverblümt.

„Mein Vater hat meine Mutter und mich vor ein paar Jahren verlassen und Frank, unser Vorarbeiter, hatte im Herbst einen Herzanfall. Er hat auch die Reitstunden gehalten. Für meine Mutter allein ist die Arbeit auf dem Hof zu viel. Ich muss warten, bis sie einen Ersatz für Frank gefunden hat", antwortete David freundlich.

„Aber ist es denn so schwer, hier in der Gegend fähige Arbeiter oder einen Reitlehrer zu finden? Hier gibt es ja fast mehr Pferde als Einwohner und Schafe." Milla ließ so leicht nicht locker.

„Wenn man einen guten haben möchte, ist es nicht einfach."

„Wie macht sich meine Tochter denn so auf dem Pferderücken? Bis vor kurzem wäre ich jede Wette eingegangen, dass sie niemals freiwillig aufsteigt. Aber sie scheint ganz begeistert zu sein."

„Kannst du bitte aufhören, über mich zu sprechen, als ob ich nicht da wäre!", giftete ich sie an.

„Fee reitet schon ganz gut", meinte David mit einem Augenzwinkern zu mir. „Sie hat sich vorgestern sogar dazu überwunden und ist ein Stück getrabt."

„Lassen wir das!" Ich vertrieb das erniedrigende Bild von mir, wie ich mit schreckensbleichem Gesicht auf Harry saß und wie ein Gummiball auf und ab geschleudert wurde. Evas hämisches Grinsen verbannte ich gleich mit. Auf ein solches Experiment ließ ich mich nicht wieder ein. Der arme geschundene Harry hatte mir ebenso leidgetan wie mein armes geschundenes Hinterteil.

„Magst du tanzen?", fragte David.

Ich konnte ihn mir beim besten Willen nicht mit schwingenden Hüften vorstellen und ich selbst hatte auch keine große Lust dazu. Doch da ich froh war, Milla entfliehen zu können, nickte ich erleichtert.

„Deine Mutter hat sich gut gehalten", sagte er. „Man könnte sie für deine ältere Schwester halten."

Ein großes Kompliment für mich war diese Aussage ja nicht.

Wir quetschten uns auf die Tanzfläche, wo ein paar von Davids Reitschülern die Arme umeinander gelegt hatten, zu dem Song „Sweet Home Alabama" herumsprangen und mit ihren Füßen wild nach vorn kickten. Zuerst kam ich mir albern vor, mich mit der Dorfjugend auf der Tanzfläche herumzutreiben, doch dann hängte ich mich mit David bei einem kräftigen Jungen, der Liam hieß, ein und tat es ihnen nach. Normalerweise war ich beim Tanzen immer ziemlich gehemmt und wackelte meist nur ein wenig mit dem Hintern herum. Aber an diesem Abend nicht. Und auch David taute von Lied zu Lied mehr auf. Er hatte zu viel getrunken. Ich konnte es an seinen glasigen Augen sehen. Von seiner sonst so reservierten Haltung war nicht mehr viel zu spüren. Ich tanzte mit ihm, seiner Mutter, mit Milla, mit einer von den Zwillingen und schließlich auch mit einem älteren Herrn und dessen Frau. Ich machte nur Pausen, um kurz zur Theke zu gehen und einen Schluck von meinem Getränk hinunterzustürzen. Ich konnte mich nicht daran erinnern, wann ich das letzte Mal so viel Spaß gehabt hatte. Auch nicht, wann es mir das letzte Mal so egal gewesen war, dass mir im Toilettenspiegel eine derangierte und verschwitzte Gestalt entgegenblickte. Und so war ich total enttäuscht, als die Band das letzte Lied des Abends ankündigte. „My Immortal" von

Evanescence. Feuerzeuge wurden ausgepackt und jemand dimmte das Licht im Pub.

David kam auf mich zu. „Darf ich bitten?“, fragte er.

Ich nickte beklommen und legte meine Arme um seinen Hals. Er zog mich an sich. Ich verbarg meinen Kopf an seiner Schulter und wir bewegten uns langsam zum Takt der Musik. Ich nahm nichts mehr wahr, nur Davids Nähe, seine Berührungen und diese wundervoll traurige Musik, die uns führte.

Die Sängerin sang von Wunden, die nicht heilten, von einem Schmerz, der zu echt ist, und dass es zu viel gibt, was die Zeit nicht heilen kann. Ich lachte auf. Ja! Mit Wunden, die nicht heilten, kannte ich mich aus ...

Letztendlich hatte mich die Depression genauso plötzlich verlassen, wie sie gekommen war. Einfach so! Nach zehn Wochen. An einem Tag im April. Die Sonne hatte geschienen und Sam und ich waren mit Paul im Englischen Garten spazieren gegangen. Abends nahm ich meinen Sohn in den Arm und gab ihm seine Milchflasche. Ich schaute auf ihn hinunter. Blickte in seine blauen Augen und sein rundes Gesicht. Sah, wie sich sein kleiner Mund bei meinem Anblick zu einem zahnlosen Lächeln verzog. Und ich erwiderte es.

Was die Veränderung bewirkt hatte, wusste ich nicht. Auch nicht, warum sie gerade in diesem Moment geschehen war. Vielleicht war es so, wie Dr. Mertens gesagt hatte: Wenn meine Hormone erst im Lot waren, würde ich mich besser fühlen. Vielleicht war nur noch ein einziges Hormon aus der Reihe getanzt und just in diesem Augenblick an die richtige Stelle gerutscht.

Aber es war mir auch egal, warum es mir auf einmal besser ging. Plötzlich empfand ich wieder Schmerz, Freude, Trauer und vor allem Liebe. Warum war mir vorher nicht aufgefallen, was für ein wundervolles Kind Paul war?

Mit Feuereifer machte ich mich daran, mein altes Leben aufzunehmen. Ich ging wieder arbeiten, trieb Sport, versuchte, die schreckliche Zeit so weit wie möglich hinter mir zu lassen. Keinen Gedanken mehr an sie zu verschwenden. Ich deckte die Wunde einfach ab und machte weiter. Aber irgendwann löste sich das Pflaster.

Sie war immer noch da!

Ein Schluchzen drang aus meiner Kehle. Ich schaute erschrocken auf. David schien nichts gemerkt zu haben. Er hatte die Augen geschlossen. Sein Gesichtsausdruck war sanft. Dann fiel mein Blick auf Eva, die mit düsterem Blick am Rand der Tanzfläche stand und uns beobachtete. Meine Wunde war anscheinend nicht die einzige im Raum, die immer noch schwelte.

„Kommst du einen Augenblick mit nach draußen", fragte David, nachdem die Sängerin das Lied beendet hatte, die Lichter angegangen waren.

Ich quetschte mich hinter ihm durch die Menge und registrierte erfreut die vielen neidischen Blicke, die mir dabei folgten. Evas trauriges Gesicht versuchte ich zu verdrängen.

Vor dem Pub stand eine Gruppe Jugendlicher. Die Spitzen ihrer Zigaretten schimmerten wie verirrte Glühwürmchen in der Nacht. David zog mich ein wenig abseits von ihnen unter einen Dachvorsprung des Pubs, sodass ich sie nicht mehr sehen, sondern nur noch ihre Stimmen hören konnte. Fröstelnd schob ich die klammen Hände in meine enge Jeans.

„Ist dir kalt?", fragte David.

Ich nickte.

„Soll ich dich wärmen?"

„Wenn du magst", entgegnete ich und schämte mich für meine piepsige Kleinmädchenstimme.

David nahm meine Hände. „Besser?"

„Viel besser." Ich versuchte, meine Stimmlage eine Oktave tiefer anzusetzen, was sich jedoch noch dämlicher anhörte. Nervös kicherte ich. David musste denken, dass ich eine komplette Vollmeise hatte. Doch er trat einen Schritt näher und zog mich an sich.

„Und so? Ist es so vielleicht noch ein bisschen besser?“

„Vielleicht.“ Ich versuchte, nicht in seine dunklen Augen zu schauen.

David strich mir eine Haarsträhne aus dem Gesicht. „Es ist schön, dass du hier bist.“

„Am Anfang hatte ich nicht den Eindruck.“

David lächelte und zuckte mit den Schultern. „Ich lasse mir eben nicht gerne in die Karten schauen.“

Er fuhr mit dem Daumen über meine Unterlippe. Ich erschauderte. Es war garantiert falsch, was ich hier tat, und mit ethischen Grundsätzen nicht zu vereinbaren. Aber – Herr im Himmel! – Sam war mit Monika zusammen und ich hatte keine Lust mehr, länger wie ein Trauerkloß durch die Gegend zu laufen. Ich wollte meinen Spaß haben, endlich wieder unbelastet sein. War das denn zu viel verlangt?

„Jetzt küss' mich!“

Hatte ich das laut gesagt? Anscheinend, denn David schaute mich verblüfft an. Auf einmal hatte ich den Überraschungseffekt auf meiner Seite, ich hatte das Heft in der Hand, so wie damals im Englischen Garten, als ich ihm die Geige aus der Hand genommen und ihn zu mir heruntergezogen hatte. Auch dieses Mal presste ich mich an ihn. David lächelte. Millimeterweise näherte er sich meinem Mund. Zuerst spürte ich seine Nase, dann seine Bartstoffeln und schließlich – endlich! – seine Lippen. Zart berührten sie meine und seine Zunge glitt quälend langsam in meinen Mund. Ich keuchte. Mein Gott, ich hatte ganz vergessen, wie gut dieser Mensch küssen konnte! Ewig würde ich diese Knutscherei aber nicht aushalten. Nicht nach einer so langen Zeit der Enthaltsamkeit. Ich griff in seinen Nacken und überlegte, an welchem Ort ich David die Kleider vom Leib reißen könnte. Direkt hier? In einem der leeren Zimmer im Pub? In dem Zimmer, wo sich das Bett mit dem verschnörkelten Metallkopfteil befand? Sam und ich hatten so eins in unserem Gästezimmer stehen. Man konnte darin ganz wundervolle Sachen machen. Warum musste ich denn gerade jetzt an Sam denken?

„Geh weg!", flehte ich und küsste David heftiger.

Er drückte mich an die Hauswand. Schob meinen Rock hoch und ließ seine Hände darunter gleiten.

„Ach, hier bist du!" Wir fuhren auseinander. Eva stand ein paar Meter von uns entfernt und kniff die Augen zusammen.

„Was ist?", fragte David brüsk.

„Dort drin ist ein Bauer, der Interesse an einem von euren Jungpferden hat."

„Sag ihm, ich komme."

Eva warf mir einen eisigen Blick zu, drehte sich auf dem Absatz um und verschwand.

David nahm mich erneut in den Arm. „Ich bin gleich zurück."

Ich lachte. „Hier draußen warte ich nicht auf dich."

„Hast du ein Zimmer für dich allein oder teilst du es mit deiner Mutter?"

„Letzteres."

„Schade. Magst du nachher mit zu mir kommen?"

„Heute Abend ist es schlecht." Ich entwand mich seinem Griff. „Aber morgen. Hast du morgen Zeit?"

David überlegte. „Am Nachmittag muss ich zwei Reitstunden geben, aber vielleicht könnte Eva sie für mich übernehmen."

„Oh ja", meinte ich zynisch, „das macht sie mit Sicherheit gerne."

„Eva ist nur eine gute Freundin. Wir haben nichts miteinander."

„Sieht sie das auch so?"

In dieser Nacht machte ich kein Auge zu. Paul hatte sich ein wenig erkältet. Er hustete und röchelte im Schlaf und warf sich unruhig herum. Auch ich wälzte mich ruhelos hin und her. Versuchte auf dem Rücken einzuschlafen, auf dem Bauch, auf der Seite. Doch keine Position brachte die erhoffte Entspannung. Von unten, aus dem Pub, drangen leise Geräusche zu mir herauf. Millas Bettseite war verwaist. Vielleicht würde sie es auch bleiben. Das Verhältnis von meiner Mutter und Ian war inniger geworden. Wenn die beiden glaubten, dass ich sie nicht beobachtete, sahen sie sich mit liebevollen Blicken an. Heute Mittag hatte ich Milla dabei erwischt, wie sie über Ians Rücken gestreichelt hatte. Sie schien ihn wirklich zu mögen.

Ich fühlte mich zerrissen. Auf der einen Seite hatte ich ein schlechtes Gewissen meinem Vater gegenüber. Vielleicht sollte ich ihm doch die Wahrheit sagen. Vielleicht sollte ich Milla mehr ins Gewissen reden. Ihr klar machen, dass ich es nicht gut fand, wenn sie sich hier in Irland mit Ian vergnügte und mein Vater zu Hause saß und die Tage bis zu unserer Rückkehr zählte. Auf der anderen Seite wusste ich, dass es nichts nützen würde, sich einzumischen. Ich wollte es auch nicht.

Als ich um halb drei immer noch nicht eingeschlafen war, gab ich es auf. Ich schwang mich aus dem Bett, zog dicke Socken an die Füße, warf mir einen Pullover über und setzte mich in meine Decke eingekuschelt auf das Fensterbrett. Es war angenehm warm, denn da der Pub so alt und zugig war, lief die Heizung Tag und Nacht.

Wenn ich in München nachts aus meinem Schlafzimmerfenster schaute, blickte ich in die leeren, dunklen Fensterhöhlen der gegenüberliegenden Wohnungen.

In Irland wurde mein Blick durch keine anonyme grau-braune Mauer gebremst. Unendlich weit dehnten sich Felder und Äcker vor mir aus. Ein schwarzer Scherenschnitt, über den sich ein tiefblauer, glitzernder Himmel spannte.

„Wie eine riesige Schale voller Sterne", dachte ich versonnen und musste gleichzeitig über diesen kitschigen Vergleich lachen.

In diesem Moment schrie Paul laut auf und ich fuhr erschrocken herum. Ich schlich mich an sein Bett, um ihn zu trösten. Er wimmerte leicht. Sanft drückte ihm seine Stoffkuh in den Arm und strich ihm über die verschwitzten Locken. Ein schwarzer Vogel glitt heiser krächzend durch die Nacht und mich beschlich ein seltsames Gefühl der Angst.

Einundzwanzig

Harry stand in der Nähe des Zaunes und graste, als ich mich nach dem Mittagessen auf zur Slieve Aughty Riding Ranch machte. Fröhlich wieherte er mir zu und kam auf mich zugetrottet. Ich tätschelte ihm seine Stirn und er knabberte an meiner Jacke herum.

„Ja, ja, du haariges Monster, ich hab einen dabei. Keine Angst."

Ich schubste ihn weg und holte einen Apfel aus der Tasche, den ich ihm in sein weiches Maul schob. Schnell trat ich ein paar Schritte zurück, denn Harry hatte die Angewohnheit, beim Essen zu sabbern und seine Dankbarkeit deutlich zu zeigen, indem er ausgiebig seinen Kopf an meiner Schulter rieb. Aber heute war ich nicht besonders scharf darauf, mit Speichel und Apfelstückchen im Haar und auf meinen Kleidern herumzulaufen. Erst nachdem er den letzten Rest seines Zwischensnacks heruntergeschluckt hatte, näherte ich mich ihm, griff mit beiden Armen um seinen Hals und verbarg mein Gesicht in seiner zotteligen Mähne.

Mir wurde das Herz schwer, als ich an meine Rückkehr nach Deutschland dachte. Der Gedanke an das baldige Weihnachtsfest verursachte mir Magenschmerzen. Mit wem sollte ich feiern? Meinen Eltern würden sich trennen. In dieser Hinsicht machte ich mir nichts mehr vor. Und durch diese Trennung wäre Weihnachten wie eine Orange in zwei große Hälften geteilt – von denen keine nach Zimt und Sternanis duftete.

Auch auf die Arbeit hatte ich keine Lust. Nachdem Ulf mich in Zwangsurlaub geschickt hatte, lag der Tag wie eine öde Wüste vor mir. Jetzt konnte ich mir jedoch nicht vorstellen, jemals um sieben aufzustehen und mich mit Paul auf den Weg zum Sender zu machen. Noch nicht einmal die Verleihung der Oscars lockte mich derzeit.

Ich genoss die Langsamkeit in Irland, die Tatsache, dass mein Tagesablauf nicht von früh bis spät durchgeplant war, ich nicht ständig unter Zeitdruck stand. Hier wachte ich auf und der Tag lag so wundervoll leer vor mir. Wie ein Tagebuch, dessen blütenweiße Seiten man füllen konnte, aber nicht musste. In Deutschland warteten eine Menge Menschen auf mich, die mir etwas bedeuteten: meine Freunde, meine Familie, Sam. Nein, ihn strich ich. Wer nur wenige Tage nach unserer Trennung Arm in Arm mit einer anderen Frau durch die Fußgängerzone lief, hatte einen Platz in meinen Gedanken definitiv nicht verdient. Ich fing mit meiner Aufzählung noch einmal von vorn an: meine Freunde, meine Familie, einige Kollegen, Helgas Baby. Der Geburtstermin war für Anfang Januar angesetzt. Es würde ein kleiner Steinbock werden. Ja, auf mein Patenkind freute ich mich.

Eine Hand griff an meinen Po. Ich schrie auf und fuhr herum. Harry schnaubte und sprang erschrocken einen Satz zurück.

David stand grinsend hinter mir. „Hab' ich dich erschreckt?"

Ich starrte ihn an. „Ja. Ich bin es nicht gewohnt, dass plötzlich eine fremde Hand an meinen Hintern klatscht."

David zog mich in seinen Arm und küsste mich auf den Mund. „Können wir los? Wir haben heute noch viel vor."

„So, was denn?", fragte ich und löste mich aus seiner Umarmung.

„Wir fahren zur Klosterruine Clonmacnoise. Hast du schon einmal davon gehört?"

Ich schüttelte den Kopf.

„Sie liegt direkt am Shannon, ganz in der Nähe von Athlone, und ist eine der Haupttouristenattraktionen auf der Insel."

Dunkle Wolken hatten die Sonnenstrahlen vom Morgen vertrieben. Bei diesem Wetter konnte ich mir Schöneres vorstellen, als durch eine zugige Klosterruine zu marschieren. Mir hätte es vollkommen genügt, mich mit David in einen kleinen, gemütlichen Pub zu setzen. Kaum fuhren wir los, fing es auch schon an zu regnen. Dicke Tropfen klatschten gegen die Windschutzscheibe und der Weg vor uns verschwand hinter einem fließenden Schleier. David stellte die Scheibenwischanlage auf die höchste Stufe. Ich blickte ihn von der Seite an, um festzustellen, ob er irgendwelche Anstalten machte, das Ziel unserer Reise zu überdenken, doch er pfiff fröhlich vor sich hin und schien sich über das miese Wetter keinerlei Gedanken zu machen. Müde lehnte ich meinen Kopf gegen die Scheibe und betrachtete die vorbeiziehende Landschaft. Je mehr wir uns der Klosterruine näherten, desto karger wurde die Natur. Der sattbraune Boden erinnerte mich an Blumenerde und war mit einem stachligen, flechtenartigen Kraut bedeckt, Cottages standen einsam am Wegesrand. Nur die weihnachtlich geschmückten Kränze an den Türen oder Rauch, der gelegentlich aus den Schornsteinen quoll, zeigte, dass die Menschen diese unwirtliche Moorlandschaft nicht verlassen hatten. David legte die Hand auf mein Knie. „Worüber denkst du nach?"

„Über nichts Bestimmtes", antwortete ich und drückte seine Hand.

An der Infotafel von Clonmacnoise erfuhren wir, dass der Eintritt in die Klosteranlage an jedem zweiten Samstag im Monat umsonst war. Ganze sechs Euro pro Person gespart. Das musste ich unbedingt Milla erzählen, die aus Wut über unsere Mietwagenpleite immer noch fleißig Buch über unsere Ersparnisse führte.

Durch das Besuchercenter liefen David und ich zu den Steinkreuzen, die in unzähligen Reihen dicht nebeneinanderstanden und mich um das Doppelte meiner Körperlänge überragten.

„Meine Güte, liegen hier lauter Könige begraben?", wunderte ich mich. „Ein einfacher Bauer wird kaum eine so bombastische Begräbnisstätte bekommen."

David lachte. „Dort ist überhaupt niemand begraben. Diese Hochkreuze sind in Irland Symbole für die Christenheit. Der Klosterfriedhof befindet sich dort drüben." Er zeigte in Richtung des Shannons, dessen tobende Wassermassen so weit über die Ufer getreten waren, dass sie bis an die Mauern der Klosteranlage reichten. Glücklicherweise hatte der Regen mittlerweile nachgelassen und die Sonne lugte hinter den Wolken hervor. Aber der Wind wehte immer noch heftig und machte aus der Grasfläche vor uns einen wabernden Teppich, der keinen Augenblick stillzustehen schien. Ich zog mir die Kapuze meines pinkfarbenen Anoraks über und stellte einmal mehr fest, dass ich einfach kein Wintermensch war.

„Was bist du nur für eine Frostbeule", sagte David. Er nahm mich unter seine dicke Jacke und zog mich eng an sich. „Besser so?"

Ich nickte. Es war tatsächlich viel wärmer und ich ließ meinen Kopf gegen seine Schulter sinken. Er roch gut, nach irgendeinem herben After Shave, vielleicht Paco Rabanne. Und für einen kurzen Moment schloss ich die Augen. Doch ein heftiger Windstoß ließ mich erneut frösteln.

„Komm! Lass uns noch ein bisschen herumgehen." Ich zog David in den hinteren Teil der Klosteranlage.

In München ging ich mit Paul häufig auf dem Alten Südfriedhof spazieren. Ich mochte die friedliche Stimmung, die dort herrschte, die flackernden Lichter und die efeubewachsenen Grabsteine. Hier in Clonmacnoise wollte sich die Ruhe, die mich sonst immer an diesen Orten überkam, jedoch nicht einstellen. Viele der Grabstätten waren überladen und mit Plastikblumen, bunten Engeln und allerlei anderem Nippes geschmückt. Mich irritierten die Fotos der Verstorbenen, die sich auf fast jedem Grab fanden und auf denen Personen zu sehen waren, die einem fröhlich entgegenstrahlten und die nichts von ihrem nahen Tod zu wissen schienen. Vor allem ein Grabstein ließ mich erschaudern. Ein Teddybär lehnte triefend nass dagegen. Auf dem Foto war ein Junge von etwa sechs Jahren abgebildet. Er hatte rotblonde Haare, Sommersprossen und eine riesige Zahnlücke. „Simon – beloved brother and son" stand darunter. „Everytime I see your picture sweet memory recall of your face and your smile for one and for all."

Der schwarze Vogel der letzten Nacht fiel mir ein.

„Was ist das für ein seltsames Ding?" Um mich abzulenken, wies ich auf ein Gebäude, das nach einer Seite hin offen in der Mitte der Klosteranlage stand und aufgrund seiner modernen Architektur merkwürdig deplatziert in diesem ehrwürdigen Ambiente wirkte.

„Das ist eine Kapelle, die vor ein paar Jahren zu Ehren eines Papstbesuchs errichtet wurde. Möchtest du sie dir ansehen?"

Ich nickte. „Vielleicht wird es mir dort wärmer."

Wir gingen hinein und setzten uns auf eine der Bänke, von denen man durch die Rundbogenfenster hindurch auf den Shannon blicken konnte. Sofort hörte der Wind auf an mir zu ziehen und zu zerren. Ein Regenbogen spannte sich über den Fluss. Ein richtiger Regenbogen, mit Anfang und Ende, wie ich ihn zuvor noch nie gesehen hatte. Ich überlegte, was ich mir wünschen könnte, doch mir fiel nichts ein. Meine Gedanken flogen wie trockene Blätter durch meinen Kopf und fielen in sich zusammen, wenn ich versuchte, sie zu fassen. David legte den Arm um mich. Doch ich machte mich steif. Das Bild des kleinen Simons wollte mir nicht aus dem Sinn gehen. Ein heftiges Zittern überlief mich und ich zog meinen Schal höher ins Gesicht.

„Komm, wir fahren!", sagte David seufzend. „Momentan scheinst du für dieses kulturelle Highlight wenig Interesse aufzubringen. Lass uns in Athlone etwas essen!"

Ich nickte dankbar und im Auto entspannte ich mich wieder. David drehte die Heizung auf volle Stufe und meine Hände und Füße tauten langsam auf.

*

Athlone war weder besonders groß noch in irgendeiner Hinsicht besonders spektakulär, aber es hatte eine Fußgängerzone mit vielen kleinen Geschäften. Mit richtigen Geschäften! Wie ausgehungert stürzte ich auf die erste Schaufensterauslage zu. Ein Schuhgeschäft. Ein paar gefütterte Schnürstiefel winkten mir zu. Aus einer anderen Auslage lachte mich ein grob gestrickter Pullover an. Ein Haus weiter standen inmitten von glitzernden Christbaumkugeln Dutzende von Parfümflakons. Darüber hing ein Plakat, auf dem die britische Schauspielerin Keira Knightley den Chanel-Duft Coco Mademoiselle bewarb. Bis auf eine schwere Halskette und einen Hut, mit dem sie ihre Brüste bedeckte, war sie nackt. Obwohl ich wusste, dass Keira für das Foto perfekt ausgeleuchtet und darüber hinaus auch retuschiert worden war, verspürte ich Neid angesichts ihrer Makellosigkeit. Auch das Schuhgeschäft und die Boutique machten mich auf einmal traurig. Der Dermatologe, der mir immer meine Botoxspritzen injizierte, hatte mir vor ein paar Jahren gesagt, dass er es nicht verstehen könne, warum wir Frauen die Vogue oder die Elle kaufen, denn solche Zeitschriften würden uns nur unglücklich machen. Damals hatte ich darüber gelacht, aber jetzt wusste ich, wovon er sprach. In Kylebrack machte ich mir kaum Gedanken über mein äußeres Erscheinungsbild. Gut, ungeschminkt traute ich mich immer noch nicht aus dem Haus, aber die Kleider, die ich trug, waren mir mittlerweile herzlich egal. Nur warm und regendicht mussten sie sein. Hier in der weihnachtlich geschmückten Fußgängerzone von Athlone mit den funkelnden Schaufensterauslagen fühlte ich mich alt und grau und unzufrieden. Mir wurde bewusst, was ich alles nicht hatte, was ich alles nicht war. Und auf einmal sehnte ich mich nach der Hill Bar, nach Milla, Paul und selbst nach Ian zurück.

Doch bevor ich länger über dieses Gefühl nachdenken konnte, zog David mich in einen kleinen Pub, den E.J. Kings. und wir ließen uns mit unseren Thunfischsandwiches in der Nähe eines prasselnden Kaminfeuers nieder. Die Wände waren mit Bildern von Musikern geschmückt und auf einem von ihnen konnte ich David erkennen, wie er mit seiner Geige in der Hand neben einem älteren Mann stand, wahrscheinlich der Chef des E.J. Kings, und in die Kamera lächelte.

„Du wirst oft gebucht, nicht wahr?"

„Gebucht." David grinste. „Sagt man das in deinem Business so?"

Ich erwiderte sein Lächeln. „Sagt man das in deinem Business etwa nicht?"

„Nein. Bei uns heißt es: Hast du Lust, bei mir aufzutreten?"

„Wenn du auf die Juillard in New York oder nach London zum Studieren gehst, wirst du zwangsläufig auch gebucht werden."

David zuckte mit den Schultern und sah auf einmal genervt aus.

„Soll ich dir helfen?", fragte ich, ohne seiner finsteren Miene groß Beachtung zu schenken.

„Wobei helfen?"

„Na dabei, deine Unterlagen zusammenzustellen. Für dein Vorspiel. Ich könnte dir einen Lebenslauf schreiben, wenn du magst. Im Schreiben bin ich recht fit."

„Ach so." David schüttelte den Kopf. „Nein, das musst du nicht."

„Ich könnte deine Hörproben zusammenstellen. Hast du ein paar deiner Lieder auf CD?"

„Du brauchst mir nicht zu helfen. Wirklich nicht. Wenn die Zeit dafür reif ist, bekomme ich alles auch ganz gut allein hin."

Ich wurde ungeduldig. „Wenn die Zeit dafür gekommen ist? Auf was wartest du noch? Wie alt bist du jetzt? 27? Wenn du deinen Traum noch verwirklichen willst, solltest du dich beeilen."

„Können wir über etwas anderes reden?", entgegnete David unwirsch. „Ich verstehe nicht, warum du mir ausweichst."

„Weil ich viel lieber das Hier und Jetzt mit dir genieße." David nahm meine Hände.

Ich entzog sie ihm. „Aber du bist gut. Sehr gut! Als Konzertgeiger könntest du viel Geld verdienen. Du willst doch nicht etwa in diesem Kaff versauern! Als Reitlehrer!"

David sah mich wütend an. „Vielleicht liegt mir nicht so viel an Geld wie dir. Außerdem ist dieses Kaff mein Zuhause. Und ich versauere hier nicht. Meine Mutter hat Pläne für die Ranch. Sie will ab dem Sommer Reiterferien anbieten. An das Haupthaus kommt ein Anbau mit zusätzlichen Zimmern. Ein paar der Cottages sollen ebenfalls zu Wohnungen ausgebaut werden. Allein schafft sie das nicht. Das Vorspielen wird warten müssen."

„Aber Ian hat mir erzählt, dass euer ehemaliger Reitlehrer bald wieder anfangen will, zu arbeiten und dass es in Kylebrack mehr als genug Männer gibt, die froh über eine gute Anstellung wären."

„Warum liegt dir so viel an diesem Vorspiel?" David sah mich scharf an.

„Ich kann mir einfach nicht vorstellen, dass es dir genügt, in Irland ein Gestüt zu leiten. Du hattest so große Pläne. Und jetzt ..." Ich wich seinem Blick nicht aus. „Ich meine es doch nur gut mit dir."

„Aber es ist mein Leben und nicht deins." David holte seinen Geldbeutel heraus und rief die Bedienung.

Verlegen musterte ich meine Fingernägel. Es ist mein Leben und nicht deins. Fast genau die gleichen Worte hatte Sam damals zu mir gesagt. Damals, vor über anderthalb Jahren. Und dass Geld und Erfolg nicht alles waren.

Ich betrachtete David. Sein hübsches, ebenmäßiges Gesicht, seine weißen Zähne und seine braunen Augen, in denen, egal, wie intim wir miteinander gewesen waren, immer eine Spur Reserviertheit gelegen hatte, und auf einmal wusste ich, dass er niemals nach New York fliegen würde. Er würde in Kylebreak bleiben, den Hof übernehmen und sein Leben genauso weiterführen, wie er es die letzten Monate getan hatte. In dem Mikrokosmos der Slieve Aughty Riding Ranch war er ein Star. Die kleinen Reitschülerinnen sahen zu ihm auf, die größeren himmelten ihn an. Für seine Mutter war er der Partnerersatz. Bei seinen Auftritten in Pubs oder regionalen Veranstaltungen wurde er umjubelt. Das genügte ihm. Auf einer renommierten Musikakademie wäre er ein kleines Licht. Dort müsste er sich gegen Musiker durchsetzen, die ebenso gut waren wie er, wenn nicht noch besser. Dafür fehlte ihm der Mut.

Aber vielleicht stimmte das nicht. Vielleicht war niemals er es gewesen, der von all dem geträumt hatte, sondern immer nur ich.

Und auf einmal schämte ich mich.

Im Auto sprachen David und ich nur das Nötigste. Erst an der Hill Bar hielt er an und richtete seinen Blick auf mich. „Kannst du mir sagen, was das alles soll?"

„Was?" Ich hob die Augenbrauen.

„Du kommst nach Irland, erzählst mir, dass du auf der Durchreise bist und nur auf einen Sprung bei mir vorbeischauen willst. Du küsst mich und im nächsten Augenblick weichst du mir aus. Was sollen diese Spielchen?"

„Welche Spielchen?", entgegnete ich.

„Das weißt du genau." David sah stinksauer aus. „Stell dir vor, ich hätte vor deiner Tür gestanden. Hättest du an Zufall geglaubt?"

„Nein", gab ich widerstrebend zu.

„Warum wolltest du mich wiedersehen?"

Ich griff in meine Handtasche und gab ihm den Schnuller, den Paul vor ein paar Tagen auf den Boden geschmissen hatte, und drückte ihn David in die Hand.

Ratlos drehte er ihn zwischen den Fingern hin und her. „Was soll ich damit?"

„Das ist der Grund, warum ich nach Irland gekommen bin. Er gehört meinem Sohn. Paul. Weißt du, dass ich ein kleines Kind habe?"

„Natürlich."

Überrascht blickte ich ihn an. „Aber woher?"

„Ich bin an euch vorbeigefahren. Als ihr spazieren gegangen seid. Aber du hast mich nicht bemerkt."

Ich biss mir auf die Unterlippe. Natürlich hatte er von Paul gewusst.

„Warum hast du mir nie von ihm erzählt?"

„Wann hätte ich es tun sollen? Während eines Ausritts, mit all deinen Reitschülerinnen im Nacken? Oder gestern im Pub?"

„Und warum erzählst du es mir jetzt?"

Ich zählte innerlich bis drei und überlegte bei jeder Zahl, ob es das Richtige war, was ich gerade tat. Dann stieß ich es aus: „Weil Paul vielleicht dein Sohn ist."

Zweiundzwanzig

David starrte mich an. „Mein Sohn? Aber wie kommst du darauf?"

„Paul ist elf Monate alt. Du bist vor einem Jahr und zehn Monaten in München gewesen. Man braucht keinen Taschenrechner, um sich auszurechnen, dass du als Vater infrage kommst."

„Aber wir haben ein Kondom benutzt."

„Vielleicht hatte es einen Riss oder etwas Ähnliches. Du weißt doch, dass diese Dinger nicht hundertprozentig sicher sind. Mein Gott, ich habe auch keine Ahnung, warum ich schwanger geworden bin."

„Und du und dein Freund … Habt ihr nicht …?"

„Ich wollte niemals eigene Kinder." Ich merkte, dass ich zunehmend hysterisch wirkte. „Natürlich haben wir verhütet."

„Also hast du auch mit ihm geschlafen." David klang erleichtert. „Aber ist es nicht total unwahrscheinlich, dass ich der Vater von Paul bin?"

Selbstverständlich war es das. Aber es war auch unwahrscheinlich, direkt nach seinem ersten Seitensprung schwanger zu werden. Trotzdem war es geschehen.

„Ja, wahrscheinlich ist Sam der Vater von Paul. Aber ich weiß es nicht zu 100 Prozent. Du könntest es genauso sein. Und bevor du weiterfragst. Nein, ich habe ihm nichts von uns erzählt. Ich habe ihn nicht darum gebeten, einen Vaterschaftstest zu machen. Und ich dachte auch, dass ich das alles packe. Dass ich damit klarkomme. Aber ich schaffe es nicht. Ich komme nicht damit klar." In meinem rechten Augenwinkel hing eine Träne. Ich wandte den Kopf ab, um sie wegzuwischen. Als ich mich umdrehte, sah David mich mit unbewegter Miene an.

„Und? Was soll ich jetzt machen?"

Ich lachte bitter. „Ich möchte kein Geld von dir. Du musst auch keine Verantwortung für Paul übernehmen. Mach einen Vaterschaftstest! Das ist alles, was ich von dir will."

„Aber wenn ich sein Vater bin? Was ist dann? Vielleicht will ich Verantwortung übernehmen. Hast du daran schon einmal gedacht?", sagte David tonlos.

„Nein", entgegnete ich unsicher. „Denn wie soll das gehen? Du lebst hier. Paul und ich wohnen in München."

„Du machst es dir einfach", höhnte er. „Kommst nach Irland, damit ich dich von deinem schlechten Gewissen befreie. Damit du Gewissheit bekommst. Aber wie es mir dabei geht, ist dir scheißegal."

„Nein, überhaupt nicht. Ich ..."

„Geh jetzt!" David sah mich nicht an. „Ich möchte alleine sein." Er startete den Wagen.

Langsam stieg ich aus. Dann drehte ich mich noch einmal um. „Aber du wirst doch den Test ..."

Weiter kam ich nicht, denn David beugte sich über den Beifahrersitz, zerrte die Tür zu und fuhr mit quietschenden Reifen davon.

Im Pub war bereits alles dunkel, nur im Anbau hinten im Hof brannte noch Licht und ich konnte durch die geschlossenen Vorhänge die Silhouetten von Ian und meiner Mutter sehen. Sie saßen nebeneinander auf dem Sofa und schauten sich einen Fernsehfilm an. Leise öffnete ich die Haustür zum Pub und schlich mich in unser Zimmer. Die dumpfe Vorahnung, die mich gestern Nacht und heute Nachmittag auf dem Friedhof beschlichen hatte, ließ sich einfach nicht abschütteln. Ich musste mich vergewissern, dass Paul nichts passiert war. Dass es ihm gut ging. Doch der lag in seinem Bett, beide Ärmchen weit von sich gestreckt und atmete ruhig ein und aus. Selbst sein Schnupfen schien besser geworden zu sein. Ich griff durch die Stäbe des Babybettes nach Pauls Hand und streichelte sie.

Hatte alles bereits bei der Geburt angefangen, als ich mir wünschte, dass Paul in mir drin bleiben sollte, obwohl mich der Wehenschmerz fast in zwei Teile zerriss? Oder erst ein paar Stunden danach, als meine Zimmernachbarin fasziniert die Zehen ihres winzigen Sohnes betrachtete, ich dagegen apathisch im Bett lag und noch nicht einmal wusste, ob Paul wirklich zehn davon besaß? Vielleicht aber auch erst zwei Wochen später, als Sam mich nachts mit einer Brustentzündung und vierzig Grad Fieber in die Notaufnahme fahren musste. Aber es war unsinnig, ständig darüber nachzugrübeln, denn ich würde es nie herausfinden. Und auch nicht, ob man das Ganze an irgendeinem Punkt hätte abwenden können.

Mutlos schaute ich zur Decke und das Bedürfnis nach einem Glas Wein, das die Wirklichkeit in einen wohligen, warmen Schleier eintauchte, überwältigte mich fast. Nein. Ich würde nicht schon wieder Trost im Alkohol suchen. Das hatte ich in letzter Zeit zu oft getan.

*

Am nächsten Morgen wurde ich vom Licht der Sonne geweckt, das wie eine blassgelbe Pfütze auf meiner Decke lag. Ich zog mir das Kissen über den Kopf und hoffte, auf der Stelle tot umzufallen. Mir war schlecht, mein Kopf dröhnte. Warum hatte ich David die Wahrheit gesagt? Am liebsten hätte ich mich den Rest des Tages im Bett verkrochen. Doch Paul bestand darauf, aufzustehen.

„Ab, ab!", kreischte er und zerrte energisch an seinem Schlafsack. Müde zog ich uns an, setzte ihn auf meinen Hüftknochen und ging nach unten.

Meine Mutter saß mit Ian beim Frühstück. Bei dem Geruch des getoasteten Brots und der Rühreier mit Speck drehte sich mir der Magen um und mir wurde schwarz vor Augen.

„Was ist mit dir?" Milla stand erschrocken auf und nahm Paul aus meinem Arm. Sie schob mich auf ihren Stuhl.

„Mein Kreislauf. Ich habe nicht gut geschlafen. Schon zwei Nächte hintereinander nicht." Ich drückte meine Zeigefinger rechts und links gegen die Schläfen und wartete darauf, dass sich das schummerige Gefühl in meinem Kopf legen würde, ich wieder klar sehen konnte.

„Trink erst einmal einen Tee. Danach geht es dir sicher besser." Sie reichte mir eine Tasse und ich nahm sie dankbar an. Ich blies auf das dampfende Gebräu und trank vorsichtig einen kleinen Schluck. Sofort füllte wohlige Wärme meinen Magen.

„Geht es wieder?", fragte Milla und beugte sich zu mir vor.

„Nein." Ich stellte die Tasse mit dem Tee ab und brach in Tränen aus. Mein Gesicht bedeckte ich dabei mit beiden Händen.

Milla sah mich besorgt an. Es musste über zwanzig Jahre her sein, dass ich das letzte Mal vor ihr geweint hatte.

„Was ist denn passiert? War der Ausflug mit David nicht schön?"

Ich schüttelte den Kopf und schluchzte erneut. Hilflos strich Milla mir über den Rücken. Erst nach einigen Minuten hatte ich mich soweit im Griff, dass ich sprechen konnte.

„Nein, der Ausflug war nicht schön. Und ich vermisse Sam. Aber der ist ja jetzt mit Monika zusammen." Ich presste energisch die Lippen aufeinander, um nicht erneut zu weinen. „Ich habe alles falsch gemacht."

Paul kam auf mich zugetapst und streckte mir seine Arme entgegen, zum Zeichen, dass er auf meinen Schoß wollte. Ich zog ihn nach oben. Millas Mund klappte ein paar Male auf und zu, als würde sie nach passenden Worten suchen, sich aber nicht traute, diese auch auszusprechen. Dabei sah sie ein wenig aus wie ein nach Luft schnappender Karpfen. Ich kicherte hysterisch.

„Weißt du was, Fee?", schaltete sich Ian ein, der sich bisher im Hintergrund gehalten hatte. Er klopfe mir aufmunternd auf die Schulter. „Wenn du Lust hast, machen wir beide einen Ausflug."

„Einen Ausflug", wiederholte ich wenig begeistert. „Wohin denn?"

„Zu einem Ort, an den ich immer fahre, wenn es so aussieht, als ob ich den Blick für das Wesentliche im Leben verliere."

*

Zehn Minuten später saß ich neben Ian in dessen Pick-up. An die Küste sollte es gehen. Mehr wollte er mir nicht verraten. Aber mehr musste ich auch nicht wissen.

Ian und ich sprachen nur wenig während der Fahrt, aber es war kein angespanntes Schweigen wie bei David und mir einen Tag zuvor. Ich war froh, nichts reden zu müssen, und so ließ ich Büsche, Bäume und Schafe an mir vorbeiziehen und wunderte mich einmal mehr darüber, dass in Irland kein Cottage einen richtigen Garten hatte. Ein paar Sträucher oder vielleicht auch eine Palme waren das Einzige, was die Iren rund um ihr Haus zu dulden schienen. Kunstvoll angelegte Blumenrabatten wie in Deutschland suchte man vergeblich.

Nach etwa einer Stunde bog Ian auf einen großen Parkplatz ein.

„Wo sind wir hier?", fragte ich müde.

„An einer der Hauptsehenswürdigkeiten von Irland." Ian lächelte. „Aber da war ich doch gestern schon", murmelte ich und ließ meinen Blick skeptisch umherschweifen. Ich konnte beim besten Willen nichts Interessantes entdecken. Ian fuhr ein Stück weiter und hielt vor einem Holzhäuschen an. Ein älterer Mann schaute freundlich aus dem Fenster. Diese ominöse Sehenswürdigkeit musste unglaublich spektakulär sein, stellte ich mit einem Blick auf die Preistafel fest. Fünf Euro. Und es musste nicht pro Wagen, sondern pro Person bezahlt werden.

„Du bist Rentner, ich Studentin“, sagte ich zu Ian. „Dann sparen wir ganze fünf Euro und Milla hat einen weiteren Posten, den sie auf ihre Liste setzen kann.“

Ian machte ein skeptisches Gesicht. „Ich bin aber erst 59.“

„Du gehst locker für 65 durch.“ Ich musste lachen, aber Ian wirkte wenig begeistert.

Der Mann an der Kasse erhob keine Einwände gegen unsere Altersangaben und ließ uns anstandslos passieren. Als ich die Tür des Wagens öffnete und ausstieg, wurde ich beinahe umgeschmissen. Denn der Wind blies so heftig, dass ich mich mit aller Kraft dagegen anstemmen musste, um meine Bodenhaftung nicht zu verlieren.

„Hoffentlich lohnt sich deine Sehenswürdigkeit“, murrte ich und versuchte verzweifelt, mit den dicken Handschuhen meine Haare unter die Kapuze zu schieben. Der Golfstrom hielt in diesem Winter einfach nicht das, was er versprach.

Zusammen mit Ian kämpfte ich mich über den Parkplatz und überquerte eine Straße, auf deren anderer Seite ein flaches Gebäude stand. Zahlreiche Touristen bahnten sich ihren Weg einen Hügel hinauf zu einer Aussichtsplattform. Dahinter stürzten Klippen mehrere hundert Meter in den Ozean.

„Herzlich willkommen an den Cliffs of Moher“, sagte Ian und breitete die Arme aus, „der höchsten Steilklippenformation von ganz Europa.“

Gegen meinen Willen war ich beeindruckt. Zu den Cliffs of Moher hatte er mich also geführt. Die hatte ich tatsächlich sehen wollen. Ich zeigte auf die Plattform. „Von dort oben muss man eine fantastische Aussicht haben.“

Ich wollte mich der Ameisenkolonne vor mir anschließen, doch Ian hielt mich zurück.

„Wir beide, wir werden abseits dieser ausgetretenen Pfade wandeln."

Er zerrte mich nach links, wo sich die Klippen nicht weniger beeindruckend auftürmten. Hier führte kein gepflasterter Weg bis ganz nach oben, sondern nur ein schmaler Trampelpfad, der nur durch ein wenig vertrauenserweckendes Holzgeländer abgesichert wurde, und es wartete auch nirgendwo eine Aussichtsplattform auf den Besucher. Nachdem wir etwa fünfhundert Meter gegangen waren, versperrte uns ein Zaun mit einem Tor den weiteren Weg. „Durchgang verboten" stand auf einem verwitterten Schild. Auf der anderen Seite schlängelte sich der Pfad furchteinflößend nah an dem unbefestigten Rand der Klippen nach oben. Spätestens an dieser Stelle waren die wenigen Touristen, die ebenso wie wir diesen Weg gewählt hatten, umgekehrt. Doch Ian machte sich daran, das Seil zu lösen, mit welchem das Tor verschlossen war. Ich griff nach seiner Jacke.

„Hier können wir nicht weiter! Das ist viel zu gefährlich. Der Weg ist überhaupt nicht abgesichert", brüllte ich Ian entgegen und hielt mir mit beiden Händen die Haare aus dem Gesicht.

Er grinste. „Du wirst nicht über die Klippen geweht werden. Vertrau einem uralten Greis, der diesen Weg schon fünfzig Mal gegangen ist. Oder hast du Angst?" Er blickte mich herausfordernd an.

Auf einmal konnte ich fast verstehen, was alle Frauen an ihm fanden.

„Bestimmt nicht." Ich erwiderte seinen Blick hoheitsvoll, stieß das Tor auf und trat in eine tiefe Pfütze. Bäh! Sofort sickerte Wasser in meinen Schuh und ich ärgerte mich darüber, ausnahmsweise auf Gummistiefel und Skisocken verzichtet zu haben. Ian überholte mich und kraxelte auf seinen krummen Beinen ein ganzes Stück vor mir den Pfad hinauf. Ich folgte ihm mit vor Nässe quietschenden Schuhen. Es war mühsam, gegen den Wind anzukämpfen, und noch mühsamer, den Blick nicht ständig nach rechts schweifen zu lassen. Aber eigentlich war ich froh darüber, denn mein angestiegener Adrenalinspiegel und meine schmerzenden Muskeln hielten mich davon ab, an Sam, David und den ganzen gestrigen Tag zu denken.

Ian stoppte erst, als wir an einem steinernen Turm angekommen waren, der am Rand eines Klippenvorsprungs stand.

„Das ist der O'Briens Tower", erklärte er und machte sich an der Tür des Gebäudes zu schaffen, die sich zu meiner großen Verwunderung mit einem rostigen Quietschen öffnen ließ. Wir stiegen über eine Wendeltreppe bis hinauf zu einer schmalen Brüstung, die sich um den gesamten Turm herumzog und durch eine Steinmauer abgesichert wurde. Vorsichtig spähte ich darüber und wich unwillkürlich einen Schritt zurück. Ein wenig weiter unten auf unserem Weg hatte ich ein paar Touristen gesehen, die die Absperrung ignoriert hatten und auf allen Vieren zu dem Rand der Klippen gekrabbelt waren, um einen Blick hinunterzuwerfen. Allein bei diesem Anblick war mir schon schwindelig geworden, aber hier auf diesem Turm hatte man dem Abgrund genauso unmittelbar vor Augen. Die Wellen klatschten mit einer solchen Wucht gegen die Klippen, dass die Gischt weit hinaufspritzte, und das wogende Spiel des Wassers gab unzählige Felsenspitzen frei, die sich wie eine Armee von Soldaten um die Steilküste gruppierten, als wollten sie diese vor unerwünschten Eindringlingen beschützen. „Wenn sich hierher ein Boot verirrt", dachte ich mit Schaudern, und in mir stieg das Bild einer Walnussschale auf, in deren Inneren ein einsamer Mensch saß, der mit seinem Gefährt immer wieder gegen die Felsenzacken geschleudert wurde. Trotz meiner Furcht war es aber ein unglaubliches Gefühl, die Welt von so weit oben zu betrachten, sich vorzustellen, was diese Steilklippen im Laufe der Jahrtausende schon alles gesehen hatten.

„Ich weiß nicht, wie es dir geht", sagte Ian, der unbemerkt neben mich getreten war. „Aber wenn ich auf der Spitze eines Berges stehe oder hier auf den Steilklippen und hinunterschaue, kommen wir meine eigenen Sorgen unglaublich klein vor."

Ich nickte. Obwohl dieses Gefühl mit Logik nicht zu erklären war, wusste ich, was er meinte, und eine Welle der Zuneigung erfasste mich zu diesem seltsamen Mann, der mich mit hierher gebracht hatte. Nach einer Weile löste sich Ian von dem Szenario und ging zu einer steinernen Bank, die windgeschützt in einer Wandnische des Turmes stand. Ich folgte ihm und setzte mich neben ihn.

„Als ich dich und deine Mutter das erste Mal gesehen habe und ihr mit euren schicken Kleidern und euren blonden Haaren vor mir gestanden habt, dachte ich: Was haben sich da nur für zwei hübsche Ladys zu mir verirrt! Aber darüber hinaus ist wahrscheinlich nicht allzu viel mit ihnen anzufangen." Ian verschränkte die Hände vor der Brust und ließ sich gegen die Mauer des Turmes sinken.

Ich sah ihn belustigt an. „Und? Hast du deine Meinung geändert?"

„Ja. Milla ist eine tolle Frau. Wirklich toll! Und du siehst zwar aus wie eine Zuckerpuppe, aber du hast keine Probleme damit, dir die Hände schmutzig zu machen. Das gefällt mir. Und du bist deinem Kleinen eine gute Mutter." Er lächelte.

„Eine gute Mutter? Bist du sicher?"

„Du gehst liebevoll mit ihm um, ohne ihn in Watte zu packen."

„Aber die meiste Zeit bin ich nicht da", gab ich zu bedenken. „Paul muss in München neun Stunden am Tag in eine Kinderkrippe. Wenn wir nach Hause kommen oder auch am Wochenende, bin ich oft zu kaputt, um ihn noch groß zu bespielen. Und am Anfang unserer Irlandreise habe ich ihn ständig Milla überlassen. Ich weiß nicht, ob mich all das als gute Mutter qualifiziert."

„Ich kann nicht aus Erfahrung sprechen, da ich leider keine eigenen Kinder habe, aber ich bin mir sicher, dass nicht die Frauen die besten Mütter sind, die sich über alle Maßen um ihr Kind kümmern, sondern diejenigen, die ausreichend für es sorgen."

„Im Ernst?“ Ich zog die Augenbrauen nach oben.

„Das Leben ist kein Zuckerschlecken, Fee. Meinst du, dass die Kinder, die der Mutter ständig am Rockzipfel hängen, denen man alle Hindernisse aus dem Weg räumt, richtig darauf vorbereitet werden? Du tust, was getan werden muss, und du bist für Paul da, wenn er dich braucht. Ich finde, das ist eine ganze Menge.“

Ich sah ihn zweifelnd an. „Hat Milla dir erzählt, dass ich nach der Geburt eine Depression hatte?“

Ian nickte. „Aber sie sagte auch, dass du sehr viel Blut verloren hast.“

„Viele Frauen verlieren bei der Geburt Blut. Trotzdem werden sie nicht depressiv. Ich frage mich die ganze Zeit, warum gerade mir all das passieren musste. Und ich glaube ...“, ich machte eine Pause und sah Ian an, „dass das Schicksal mich damit bestrafen wollte.“

„Für was?“

„Für einen Seitensprung.“

Ian verzog die Lippen. „Für einen Seitensprung? Ist das dein Ernst? Aber dann müsste die halbe Menschheit unter Depressionen leiden. Wenn das reicht.“

Ich war ein wenig beleidigt. Ich gestand ihm etwas, worüber ich außer mit Nina noch nie mit jemandem geredet hatte, und er machte sich über mich lustig. „Depressionen sind in vielen Ländern auch die Volkskrankheit Nummer eins.“

Ian wurde ernst. „Ich lache nicht über dich. Ich lache darüber, dass fast jeder, der in einer Depression steckt, annimmt, in irgendeiner Form Schuld auf sich geladen zu haben. Und jeder glaubt, er sei der Einzige, dem es so geht.“

„Woher willst du das wissen?“, fragte ich misstrauisch.

„Ich habe dir doch erzählt, dass ich in Amsterdam eine Arztpraxis hatte. Ich war Psychologe, bevor ich nach Irland ausgewandert bin.“

Stimmt! Das hatte er erwähnt, aber ich hatte nicht nachgehakt. Vielleicht sollte ich endlich anfangen, mich ein wenig mehr für meine Mitmenschen zu interessieren.

„Aber ich habe meinen Freund nicht einfach nur so betrogen. Ich wollte mich an ihm rächen."

„Rächen? Wofür?"

„Vor knapp zwei Jahren hätte Sam die Apothekenkette seines Vaters übernehmen sollen. Aber er meinte, er wolle lieber weniger Geld und mehr Freizeit. Deswegen hat er auf Lehramt umgesattelt. Noch einmal ganz von vorn angefangen. Natürlich war sein Vater wütend auf ihn. Und ich auch. Wir hatten es so gut: tolle Urlaube, teure Restaurants, schicke Kleider. Aber er schmeißt das alles einfach weg. Weil ihm sein Weg zu steinig war."

„Aber er ist es, der diesen Weg gehen musste. Und ob es einfacher ist, noch einmal von vorn anzufangen, vor allem, wenn man mit negativen Konsequenzen rechnen muss, bezweifle ich. Im Gegenteil: Dein Sam scheint ein mutiger Kerl zu sein."

„Das weiß ich jetzt auch", sagte ich resigniert. „Aber damals wollte ich es nicht sehen. Ich hatte Angst davor, unser bequemes Luxusleben aufzugeben. Dann habe ich David getroffen. Ich wollte Sam eins auswischen. Aber damit habe ich diese unglückselige Kettenreaktion in Gang gerufen."

„Welche Kettenreaktion?"

„Es ist möglich, dass David der Vater von Paul ist."

Ian schwieg.

„Weißt du", fuhr ich fort, „ich kann mir einfach nicht vorstellen, dass all das nur Zufall war. Bestimmt wollte mir das Schicksal, oder vielleicht Gott, etwas damit zeigen. Aber wenn es keine Strafe war, was war es dann? Welchen Sinn hatte das alles?"

Ian zuckte mit den Schultern. „Vielleicht hat es einen, vielleicht nicht. Aber wenn es einen hat, wirst du ihn früher oder später herausfinden."

„Siehst du denn einen Sinn im Tod deiner Frau?" Ich betrachtete intensiv meine Fußspitzen.

Nein", antwortete Ian schlicht. „Aber ich brauche auch keinen mehr."

Irgendwie fand ich diesen Gedanken merkwürdig tröstlich.

„Die ganze Situation war nicht einfach für dich, nicht wahr?", meinte Ian.

Ich merkte, dass mir Tränen in die Augen stiegen. Herr im Himmel! Hier in Irland hatte ich aber nah am Wasser gebaut. Unwirsch wischte ich sie weg.

„Nein, war sie nicht", sagte ich zornig. „Ich war mit der ganzen Schwangerschaft schon überfordert. Und dann wusste ich nicht genau, wer der Vater des Kleinen ist. Ich habe ständig darüber nachgedacht, ob ich Sam meinen Seitensprung gestehen sollte oder nicht. Aber irgendwann war der Wurm da und es war zu spät. Ich dachte, dass ich mit meinen Schuldgefühlen klarkäme. Ich meine, es ist ja auch recht unwahrscheinlich, dass David der Vater von Paul ist. Mit Sam habe ich viel häufiger geschlafen. Wahrscheinlich sollte ich es ihm sagen. Denn schlimmer als jetzt hätte es für mich nicht kommen können. Aber wäre das überhaupt fair? Die ganze Zeit über habe ich nur an mich gedacht, daran, dass ich keine alleinerziehende Mutter sein möchte. Doch das ist sowieso passiert. Ich stehe allein da. Jetzt denke ich an Sam? Ich kann David nicht zwingen, einen Test zu machen. Aber wenn ich Gewissheit haben will, werde ich mit Sam darüber reden müssen. Wie wird er sich fühlen, wenn ich ihm sage, dass Paul vielleicht gar nicht sein Sohn ist? Ich weiß nicht, ob meine Gewissheit es wert ist, ihm all das zu nehmen, was er in den letzten elf Monaten aufgebaut hat. Aber was ist mit Paul? Er muss doch wissen, wer sein richtiger Vater ist. Oder etwa nicht? Mein Gott, in was für eine Scheiße habe ich uns alle reingeritten!" Ich ließ meinen Kopf in meine Hände sinken. Dann richtete ich mich müde wieder auf. „Ian, du kennst dich doch so gut mit der menschlichen Psyche aus.

Kannst du mir sagen, was du in meiner Situation tun würdest? Wenn ich deine Patientin wäre."

„Ich würde dir sagen, dass das, was ich in dieser Situation tun würde, vielleicht gar nicht das Beste für dich ist."

„Das hilft mir jetzt weiter." Ich ließ mich gegen die raue Steinmauer sinken und starrte in den Himmel.

„Du liebst diesen Sam immer noch, nicht wahr?", sagte Ian überraschend sanft.

„Ja." Ich schluckte. „Bevor wir uns getrennt haben, war ich mir nicht sicher. Es ist so vieles schiefgelaufen und ich habe mir schon immer lieber etwas Neues gekauft, als etwas Altes zu reparieren. Aber jetzt denke ich, dass das, was zwischen uns stand, gar nicht so unüberwindbar war, wie ich gedacht habe. Ich habe Sam vorgeworfen, dass er mir bei der Depression oder den Panikanfällen nicht beigestanden hat. Dabei hat er sich nach der Geburt wirklich bemüht. Er hat sich um Paul gekümmert, den Haushalt geschmissen, mir Geschenke mitgebracht. Aber ich habe ihn nicht an mich rangelassen und irgendwann hat er auch dichtgemacht. Ich war so enttäuscht. Ich wollte, dass er dafür sorgt, dass es mir wieder besser geht. Aber wie sollte er das? Außerdem konnte er ja überhaupt nicht wissen, wie ich mich fühlte. Ich hatte mir schließlich kein Bein gebrochen. Letztendlich kann einem wohl niemand Ängste und Probleme abnehmen, sondern man muss selbst sehen, wie man sie in den Griff bekommt."

Ian lächelte. „Das ist eine weise Erkenntnis. Siehst du! Du brauchst meine Hilfe als Therapeut überhaupt nicht." Er knuffte mich in die Seite. „Und jetzt steh auf!"

„Warum?"

„Du bist doch eine Kämpferin, oder etwa nicht?", sagte Ian und hielt mir die Hand hin.

„Früher vielleicht." In dieser Hinsicht war ich mir nicht mehr so sicher.

„Egal, ob du dich dafür entscheidest, deinem Sam die Wahrheit zu sagen oder nicht, ruf diesen Kerl endlich an und sag ihm, dass du ihn immer noch liebst. Er müsste total verrückt sein, wenn er so jemanden wie dich einfach gehen lassen würde." Er zog mich nach oben.

Dreiundzwanzig

Es war später Nachmittag, als Ian und ich nach Kylebrack zurückkehrten. Und das erste Mal seit Monaten fühlte ich mich ein wenig leichter. Ich musste zumindest versuchen, Sams und meine Beziehung zu retten. Liebevoll drückte ich Paul, der in der Küche saß und in einem Topf herumrührte, einen Kuss auf die Wange und wuschelte ihm durch die Haare. Dann nahm ich mein Handy aus der Tasche und ging nach oben ins Zimmer, um ungestört zu telefonieren. Kurz nach fünf! Um diese Zeit war Sam sicher zu Hause. Bevor ich es mir anders überlegen konnte, wählte ich die Nummer unserer Wohnung. Es läutete einmal, zweimal, dreimal. Es meldete sich der Anrufbeantworter.

„Hallo, lieber Anrufer! Sam, Paul und Felicitas sind nicht zu Hause. Wir freuen uns aber über eine Nachricht und rufen umgehend zurück", hörte ich meine eigene Stimme in den Äther zwitschern. Ich wollte schon enttäuscht auflegen und es auf Sams Handy versuchen, doch etwas hielt mich davon ab. Ich musste reden. Jetzt. Unbedingt. Auch wenn es mit einer Maschine war.

„Sam", fragte ich unsicher. „Bist du da? Ich bin's, Fee." Ich wartete einen kleinen Augenblick, aber niemand hob ab. Ich fuhr fort: „Es tut mir leid, was ich getan habe. Dass ich dich verlassen habe. Das ist alles ein riesengroßer Fehler gewesen. Das ist mir hier in Irland klargeworden. Ich habe gedacht, dass ich dich vergessen könnte, wenn ich nur weit genug wegfahre. Dass ich ohne dich auskomme. Aber das kann ich nicht. Ich komme ohne dich nicht aus. Du fehlst mir so. Ich liebe dich. – Ich liebe dich", wiederholte ich, weil mir sonst nichts anderes einfiel. Dann legte ich auf.

Benommen saß ich da. Fast schämte ich mich für meinen melodramatischen Ausbruch. Normalerweise waren mir Gefühlsausbrüche jeglicher Art verhasst und ich war schon immer der Ansicht gewesen, dass man Liebe viel besser durch Taten als durch Worte zum Ausdruck bringen konnte. Doch nun war es heraus. Ich musste abwarten und auf eine Reaktion von Sam hoffen.

Doch die erfolgte nicht. Jedenfalls nicht bis zum Abend. Unruhig tigerte ich im Pub hin und her, starrte im Minutentakt auf das Display, kontrollierte meine E-Mails, schaute auf Facebook und auf Twitter nach, obwohl Sam bei keinem der beiden Portale angemeldet war, und nötigte schließlich sogar Milla, mich anzurufen, um herauszufinden, ob mein Gerät defekt sei.

„Warum versuchst du es nicht auf Sams Handy, wenn du unbedingt mit ihm sprechen möchtest? Er ist nicht in eurer Wohnung, sonst würde er zurückrufen."

Stimmt, Sam würde zurückrufen. Selbst wenn ihm an einer Versöhnung mit mir nichts lag. Da war ich mir sicher. Und genau das war das Problem. „Es ist bereits nach zehn und morgen hat Sam Schule. Irgendwann muss er doch nach Hause kommen."

„Vielleicht ist er auch längst da, hat aber den Anrufbeantworter nicht abgehört."

„Oder er schläft bei Monika", entgegnete ich verzweifelt. „Ich kann ihn nicht auf dem Handy anrufen. Was, wenn er bei ihr ist?"

„Genauso gut hätte sie bei ihm sein können, als du angerufen hast."

„Na toll, daran habe ich noch gar nicht gedacht", fuhr ich sie an. „Monika hat also gehört, was ich auf den AB gesprochen habe. Und deswegen ruft Sam nicht zurück. Vielleicht ist er auch schon längst ausgezogen."

Milla stöhnte. „Gut, ich rufe dich an, damit du endlich Ruhe gibst."

Sie wählte meine Nummer. Sofort vibrierte es in meiner Hand und das Display leuchtete auf. Wütend starrte ich das Handy an. Am liebsten hätte ich das blöde Ding in die Ecke geworfen.

„Fee, du gehst jetzt unter die Dusche und ich mache dir einen Tee." Meine Mutter schob mich unsanft in Richtung Bad. „Und wenn sich Sam bis morgen Nachmittag noch nicht bei dir gemeldet hat, rufst du ihn auf dem Handy an. Oder ich erledige das für dich."

❄

Er meldete sich nicht bei mir. Jedenfalls nicht, bis ich ins Bett ging. Mit dem Handy in der Hand lag ich da und starrte es an.

„Jetzt klingel endlich!", beschwor ich es, doch das Display blieb schwarz.

Ich schlief überraschend gut und traumlos in dieser Nacht. Wahrscheinlich konnte mein Körper nicht mehr und hatte meinem rotierenden Verstand eine Zwangspause verordnet. Am nächsten Morgen nahm ich hoffnungsvoll mein Handy vom Nachtschränkchen und schaltete es an. Doch ich ahnte schon, was mich erwarten würde. Ein leeres Display. Sam hatte in der Nacht nicht versucht, mich zu erreichen. Auch beim Frühstück fand ich keine Ruhe. Ian war nach Athlone in den Großmarkt gefahren und würde erst am Nachmittag zurückkehren. Dabei hätte ich so gerne noch einmal mit ihm gesprochen. Unruhig rutschte ich auf dem Stuhl hin und her, schaute alle paar Minuten auf meine Uhr oder auf mein Handy und biss nur winzige Stückchen von meinem Toastbrot ab, auf denen ich ewig herumkaute.

Nach Pauls Mittagspause wurde es Milla schließlich zu viel. „Du ziehst dich jetzt warm an und wir gehen spazieren. Und wenn wir zurückkommen, rufst du Sam an. Denk' dran, was ich dir gestern angedroht habe!"

Resigniert stand ich auf und steckte Paul in seinen Skianzug. Ich hatte keine Lust, die gleiche Runde zu gehen wie jeden Tag.

Aber so schön ich Irland fand, für Spaziergänge mit dem Kinderwagen war es definitiv nicht geeignet. Zu holprig oder zu matschig waren die meisten Wege. Und so marschierten wir einmal mehr unsere Standardroute. Zur Tankstelle hinunter, dann nach links an ein paar Häusern vorbei bis zur nächsten kleineren Ortschaft, wo Paul zwei Ponys streicheln und ihnen harte Brotstückchen geben durfte, ein Stück in den Wald hinein bis zu einer Kapelle, danach das Ganze wieder zurück.

„Ich möchte nach Hause", quengelte ich. „Du hast gemeint, dass du nur noch das Wochenende abwarten willst. Jetzt ist es Montag. Wenn wir zurückkommen, werde ich Paul und mir einen Rückflug buchen. Was du machst, ist deine Sache."

„Ich bleibe noch ein paar Tage."

Ich starrte sie ungläubig an. „Aber in zwei Wochen ist Weihnachten."

„Bis dahin bin ich zurück."

„Und deine Praxis?"

„Die läuft mir nicht weg. Jeder muss schließlich einmal Urlaub machen."

„Es ist wegen Ian, nicht wahr?"

„Vielleicht." Milla drehte eine Haarsträhne an ihrem Zeigefinger auf.

„Aber irgendwann musst du doch mit Papa sprechen. Er hat es nicht verdient, dass du ihn in Ungewissheit lässt. Du kannst dich nicht ewig hier verstecken."

„Ach!", sagte Milla herablassend.

„ICH fahre schließlich nach Hause."

Sie lachte humorlos. „Weil es mit deinem David nicht so gelaufen ist, wie du es dir erhofft hast, oder? Meinst du, es ist Sam gegenüber fair, dass du dich nur deswegen mit ihm aussöhnen möchtest?"

„Das stimmt doch überhaupt nicht", fuhr ich sie an. „Ich musste nur etwas mit ihm klären. Deswegen wollte ich ihn wiedersehen."

„Was musstest du denn mit ihm klären?"

„Darüber möchte ich nicht reden."

„Und ich möchte nicht mit dir über deinen Vater sprechen."

Paul jammerte und zerrte an seinem Gurt. Seitdem er laufen konnte, war er nicht mehr ohne weiteres dazu bereit, stundenlang in seinem Kinderwagen auszuharren. Ich kramte eine Dinkelstange aus der Wickeltasche und hoffte, ihn damit für die letzten Meter zu besänftigen.

In angespanntem Schweigen gingen Milla und ich nebeneinander her. Unser Verhältnis hatte sich gebessert. Aber über alles reden konnten wir nicht. Verbissen kontrollierte ich noch einmal mein Handy. Immer noch keine Nachricht von Sam.

Als wir an der Hill Bar ankamen, stand Ians Pick-up bereits vor der Tür. Daneben ein kleines rotes Auto, ein Renault Clio. Mir knurrte der Magen. Seltsam, dass man bestimmte Dinge mit Essen verbindet. Für mich gehörte der Pick-up dazu. Heute Morgen hatte Ian angekündigt, dass er Lamm mit Rosmarinkartoffeln und Speckbohnen kochen würde. Tatsächlich schlug mir beim Eintreten ein köstlicher Bratenduft entgegen. Seufzend dachte ich an meine Lieblingsjeans, eine Jeggings, die ich trotz ihres immens hohen Stretchanteils kaum noch zubekam. Aber mein Fleisch war zu schwach, um dauerhaft gegen Ians kulinarische Verlockungen anzukämpfen.

„Ich hoffe, das Essen ist fertig!", rief ich ihm zu, als ich den Gastraum des Pubs betrat und erstarrte.

Sam saß an einem der Tische. Blass und müde. Vor ihm stand eine Tasse Kaffee. Reglos verharrte ich in meiner zuletzt eingenommenen Position. Eine Hand am Türrahmen, einen Fuß nach vorne gesetzt. Wahrscheinlich sah ich aus, als würde ich „Wer hat Angst vorm Schwarzen Mann?" spielen. Nur in Paul kam Bewegung.

„He he“, machte er und wand sich von meinem Hüftknochen herunter. Auf seinen kurzen Beinen wackelte er unsicher auf Sam zu, warf sich gegen dessen Oberschenkel und biss hinein.

„Paul kann ja laufen“, meinte Sam verblüfft. Dieser Satz brach das Eis.

„Was machst du denn hier?“, fragte ich,

„Das ist ja eine Überraschung!“, sagte Milla, während Paul immer noch begeistert krähte und über das ganze Gesicht strahlte.

Sam stand unsicher auf und zog Paul auf seinen Arm. „Du hattest angerufen. Und da ich nicht besonders gut im Telefonieren bin, dachte ich, es wäre am besten, wenn ich vorbeikomme.“

„Nach Irland?“

„Hier bist du nun einmal.“

„Aber du hattest heute Schule.“

Er zuckte mit den Schultern. „Ich habe mich krankgemeldet.“

„Gehört das rote Auto vor der Tür zu dir?“, fragte ich nicht besonders einfallsreich.

Sam strich Paul durch sein dichtes Haar und nickte. „Ich habe es am Flughafen gemietet.“

„Und wie lange bist du schon hier?“ Mein Gott! Musste man Sam jede Information einzeln aus der Nase ziehen?

„Ich bin erst vor einer Viertelstunde angekommen.“ Er hielt Paul so fest an sich gedrückt, dass dieser zu protestieren begann.

Zum Glück erschien Ian in der Tür. „Das Abendessen ist fertig.“

Erleichtert ging ich in die Küche, um ihm zu helfen, den Tisch zu decken. Dort zwickte ich mir erst einmal in den Arm. Wahrscheinlich träumte ich gerade. Doch der Schmerz zeigte mir, dass dies nicht der Fall war.

Von Ians köstlichem Lammbraten brachte ich kaum einen Bissen herunter, auch die Rosmarinkartoffeln waren wie Kaugummi in meinem Mund. Ständig musste ich zu Sam hinüberschauen. Ich konnte es nicht fassen, dass er da war. Dass es für uns doch noch eine Chance geben würde. Und gleichzeitig fühlte ich mich wie taumelnd, so vieles schwebte noch ungesagt zwischen uns, ich musste mir noch über so vieles klar werden. Aber nicht jetzt! Später! Jetzt wollte ich mich erst einmal freuen, dass er da war.

„Ich bringe Paul ins Bett“, sagte Milla, kaum dass sie den letzten Bissen von ihrem Essen heruntergeschlungen hatte. Sie zog Paul aus seinem Hochstuhl heraus. Meinen noch fast vollen Teller übersah sie geflissentlich.

„Und du zeigst Sam, wo er heute Nacht schläft“, sagte Ian zu mir. „Im zweiten Zimmer rechts ist das Bett frisch bezogen.“

Ich räusperte mich. „Wo ist denn dein Gepäck?“, fragte ich Sam. „Im Auto. Soll ich es holen?“

„Aber das kannst du doch später noch.“ Milla gab ihm einen sanften Schubs in Richtung Tür.

„Kommt mit!“ Langsam führte ich ihn über die knarrende Holztreppe ins erste Stockwerk. Als ich die Tür zu dem besagten Zimmer öffnete, hätte ich fast umgedreht. Das verschnörkelte Metallbett stand darin. „So, hier ist es. Die Dusche ist im Flur. Am Anfang fand ich es seltsam, aber man gewöhnt sich dran.“

Sam sah sich um und trat zum Fenster. Ich folgte ihm und stellte mich neben ihn. Uns trennten kaum zehn Zentimeter, und trotzdem kam es mir so vor, als sei eine ein Meter dicke Wand aus Panzerglas zwischen uns. Ich hätte ihn gerne berührt, ihm sein widerspenstiges Haar aus der Stirn gestrichen. Aber ich traute mich nicht.

„Möchtest du die Dusche auch sehen?“

Sam schüttelte stumm den Kopf. Wir sahen uns schweigend an. Dann hielt ich es nicht mehr aus.

„Warum bist du gekommen?“, flüsterte ich.

„Ich habe dich vermisst. Dich und Paul. Ich wollte euch sehen.“ Er wich meinem Blick aus.

„Aber woher wusstest du, wo wir sind? Du hast dich überhaupt nicht bei mir gemeldet."

„Deine Mutter ... Wir haben mehrmals miteinander telefoniert."

„Du hast mit Milla gesprochen?", wiederholte ich ungläubig. „Aber sie hat mir nichts davon erzählt."

„Ich dachte, es wäre besser, wenn du Zeit für dich hast. Um noch einmal über alles nachzudenken", sagte Sam. „Um festzustellen, dass unsere Trennung vielleicht doch keine so gute Idee war", fügte er nach einer kleinen Weile hinzu.

„Wenn du auf eine Versöhnung mit mir gehofft hast, warum bist du mit Monika Arm in Arm durch die Fußgängerzone geschlendert?", fragte ich spitz.

Sam sah mich verblüfft an.

„Lilly und Mia haben euch gesehen", erklärte ich.

Seine Augen weiteten sich und ich bildete mir ein, eine Spur von Schuldgefühlen darin zu erkennen.

„Du hast mit ihr geschlafen, oder?", fragte ich resigniert. Aber ich kannte die Antwort bereits.

„Ja." Sam schaute auf einen Punkt an der Wand hinter mir.

„Und, wie ist sie so im Bett?" Ich bemühte mich, cool und gelassen zu wirken, obwohl sich mein Innerstes bei seinen Worten schmerzhaft zusammengezogen hatte.

„Was soll das?", sagte Sam gequält. „Meinst du, ich würde jetzt hier stehen, wenn es für mich etwas Besonderes gewesen wäre?"

Ich zuckte mit den Schultern.

„Nein, das würde ich nicht. Denn es war nichts Besonderes für mich. Wirklich nicht. Es gibt nämlich nur eine Sache, die etwas ganz Besonderes für mich ist." Er stockte. Doch dann fuhr er leise fort: „Und das bist du."

„Was ist mit Paul?", versuchte ich die Situation ins Lächerliche zu ziehen.

„Du weißt, was ich meine.“ Sam trat einen Schritt vor und nahm meine Hand. Langsam und vorsichtig, als hätte er Angst, ich würde sie ihm jeden Moment entziehen. Sekundenlang standen wir so da, ohne uns zu bewegen. Ich konnte sein Rasierwasser riechen. Den Duft, den er schon seit Jahren benutzte. Ich konnte sehen, wie sich sein Brustkorb unter dem dünnen Langarmshirt hob und senkte. Vorsichtig legte ich meine freie Hand darauf. „Dein Herz schlägt ganz schnell.“

Sam nickte unbehaglich. „Sieht so aus.“ Er griff meine Hand. „Ich wollte das nicht“, sagte er unglücklich. „Aber ich hatte etwas getrunken und du hattest dich von mir getrennt.“

„Pst.“ Ich berührte mit dem Zeigefinger seine Lippen. Einen kurzen Moment dachte ich an David, mich und das schäbige Pensionszimmer. Es gab nichts zu verzeihen.

Ich küsste ihn. Zuerst langsam, dann immer heftiger. Ich klammerte mich an ihn, als würde ich nur einen Zentimeter vor einem Abgrund stehen. Genau das tat ich wohl auch.

„Wir sollten zuerst miteinander reden“, dachte ich. Doch mein Widerstand schmolz dahin, als er mich auf die Matratze des Metallbetts hinunterdrückte.

Und dieses Mal dachte ich weder an Ashton Kutcher noch an sonst jemanden, sondern nur an Sam.

Eine Stunde später lag ich an seiner Brust. Ich lauschte seinem Atem und spürte das gleichförmige Pochen seines Herzens unter meiner Hand. Am nächsten Abend wollten wir nach Deutschland fliegen. „Ich kann mich nicht ewig krankmelden“, hatte Sam gemeint. Und obwohl ich mich auf meine Familie freute, stand ich unserer Abreise nach wie vor zwiespältig gegenüber. Ich hatte Angst, Pauls erstes Wort zu verpassen, Angst, dass Sam und ich erneut an Bügelwäsche und herumliegenden Socken scheiterten und auch Angst vor meiner Arbeit. Nicht nur, dass ich dort auf Monika treffen würde, sondern auch davor, der Nachricht, dass eine bekannte Schauspielerin eine neue hippe Tasche hatte, die gleiche Bedeutung einzuräumen wie einem Friedensabkommen im Nahen Osten. Auch auf die Oscarverleihung im Februar hatte ich keine Lust mehr. Mit dem Erfolg war es wie mit einem neuen Paar Schuhe. Das wusste ich nun. Zunächst musste man sie unbedingt haben, doch kurz nachdem man sie gekauft hatte, wurden sie selbstverständlich und man begann, nach dem nächsten Paar Ausschau zu halten. Obwohl! Mit dem Erfolg war es schlimmer als mit Schuhen. Denn die könnten einem zumindest theoretisch für immer erhalten bleiben, während man bei dem Erfolg ständig befürchten musste, dass er innerhalb kürzester Zeit wie eine Seifenblase zerplatzte. Und irgendwie gab es immer jemanden, der noch mehr davon hatte als man selbst.

„Über was denkst du nach?", fragte Sam und küsste mich aufs Haar.

„Über nichts Bestimmtes", murmelte ich schläfrig und kuschelte mich noch ein wenig enger an ihn.

„Sag es ihm!", forderte das kleine Männchen in meinem Kopf energisch.

„Morgen ist auch noch ein Tag", sagte ich.

Im nächsten Moment war ich eingeschlafen.

*

Als ich aufwachte, lag ich allein im Bett. Erschrocken fuhr ich nach oben und fragte mich, ob ich den gestrigen Tag nur geträumt hatte. Doch die zerwühlte Bettseite neben mir und das Kopfkissen, das noch schwach nach Sam roch, sagten mir, dass er hier war. In Irland. Dass wir beide noch eine Chance hatten. Erleichtert ließ ich mich zurücksinken. Genoss für ein paar Augenblicke das wohlige Nichtstun. Dann stand ich auf und ging zu Milla hinüber. Sie saß auf ihrem Bett. Paul rollte, nur mit einer Windel bekleidet, fröhlich neben ihr hin und her.

„Mamam!“, rief er erfreut. Das tat er in letzter Zeit häufiger.

„Hast du Sam gesehen?“, fragte ich Milla.

„Er ist unten. Vielleicht möchte er endlich das Auto ausladen.“

„Das braucht er nicht. Du weißt doch, dass wir heute Abend nach Hause fliegen.“

Ich küsste Paul auf seinen Bauchnabel und er quiekte entzückt auf. Dieses satte Babylachen war so süß. Ich musste mich zusammenreißen, um ihn nicht ständig zu kitzeln. Pauls gute Laune verließ ihn jedoch schlagartig, als er seinen Body sah, und er versuchte, davonzukrabbeln. Das Anziehen war ihm verhasst. Doch ich hielt ihn fest.

„Ab, ab!“, zeterte er und wollte mich daran hindern, ihm das Kleidungsstück über den Kopf zu ziehen. Ich musste lachen. Die Willensstärke hatte er auf jeden Fall von mir.

Nachdem ich ihn endlich angezogen hatte, gingen wir gemeinsam nach unten. Vor der Tür zum Gastraum blieb ich stehen. Gitarrenklänge drangen heraus. „Here without you“ von 3 Doors Down. Mein Lieblingslied.

Neugierig trat ich ein. Sam saß auf Ians Bühne, eine Gitarre auf den Knien und ließ seine Finger über die Seiten gleiten. Doch nach den ersten Takten des Liedes brach er stets ab und begann von neuem. Dabei zog er ärgerlich die Augenbrauen zusammen. Verblüfft blieb ich stehen. Ich wusste nicht, dass Sam Gitarre spielen konnte. Endlich schien er die richtigen Saiten angeschlagen zu haben, denn über sein Gesicht huschte ein zufriedenes Lächeln. Er begann zu singen.

Davon, wie sehr er mich vermisst hatte. Wie einsam er ohne mich gewesen war. Und dass er die ganze Zeit von mir geträumt hatte. Auch wenn er die Worte eines anderen dafür benutzte. Ich wusste, was er mir mit diesem Lied sagen wollte.

Paul fing an, sich in meinem Arm unruhig zu winden.

„Pst, du musst ruhig sein. Dein Papa singt für uns", flüsterte ich.

Aber Sam hatte uns bemerkt. Verlegen begegnete er meinem Blick, doch als ich nickte, fuhr er fort.

Ich lehnte den Kopf an den Türrahmen, schloss die Augen und blendete für einen Moment alles aus. Hörte nur Sams Stimme zu. Seiner dunklen, rauen Stimme – eine Stimme, die man ihm nicht zutrauen würde, wenn man ihn sah. Erst als der letzte Gitarrenakkord verklang, öffnete ich sie wieder. Sam war aufgestanden.

„Seit wann kannst du Gitarre spielen?", fragte ich.

Ich setze Paul auf den Boden und er tapste zu dem Instrument.

„Suri hat es mir beigebracht."

„Aber wann? Du hast mir nichts davon erzählt."

„Ich bin nicht immer zum Volleyballtraining oder zum Pokern gegangen. Ich wollte dich an Weihnachten damit überraschen."

„Ein Weihnachtsgeschenk", wiederholte ich entzückt.

„Seit Pauls Geburt warst du so unglücklich. Ich wusste, dass du dich darüber freuen würdest, wenn ich für dich singe. Jetzt ist es gar keine Überraschung mehr."

„Das macht nichts." Ich drückte ihm einen Kuss auf die Lippen.

Ein lautes Scheppern ertönte. Paul war auf die Bühne geklettert und hatte die Gitarre umgeworfen. Begeistert zog er mit seinen kleinen Fingern an den Saiten, freute sich über die seltsamen Töne, die das hervorbrachte.

„Er versucht, in deine Fußstapfen zu treten", sagte ich lachend.

„Ich hol' ihn besser herunter." Sam nahm Paul auf den Arm, der sofort wütend protestierte. Doch sein Gezeter verstummte direkt, denn die Tür zum Pub wurde so heftig aufgerissen, dass sie gegen die Wand krachte. Auch Sam und ich fuhren erschrocken herum.

David stand im Türrahmen.

„Fee“, sagte er ein wenig außer Atem. „Meine Mutter hat mir gesagt, dass du heute abreisen willst. Ich wollte noch einmal mit dir reden. Es tut mir leid, dass ich am Sonntag einfach weggefahren bin. Aber du hast mich komplett überfallen.“ Er kam auf mich zu und drückte mich fest an sich.

„Ist er das?“ Sein Blick fiel auf Paul und wechselte dann irritiert zwischen ihm und Sam hin und her.

„Ja, das ist er. Und unser Flugzeug geht erst heute Abend.“ Ich löste mich aus seiner Umarmung und überlegte verzweifelt, wie gut Sams Englisch war. „Können wir nachher reden? Jetzt ist es ungünstig.“

Doch es war zu spät.

Sam kam auf uns zu und einen Moment lang befürchtete ich, dass er sich mit David prügeln wollte. Doch er streckte nur seine Hand aus und hielt sie ihm entgegen.

„Hallo. Ich bin Sam.“

„David.“ David drückte sie unbeholfen und wich Sams Blick aus.

Es ist nicht so, wie es aussieht, hätte ich am liebsten gesagt. Aber selbst in diesem Moment, in dem alles, was wir in den letzten zehn Stunden aufgebaut hatten, wie ein Kartenhaus zusammenzufallen drohte, war ich mir der Klischeehaftigkeit dieses Satzes bewusst.

Sam nahm seine Jacke, die vom Vortag immer noch über dem Stuhl hing.

„Ich bin eigentlich nur kurz vorbeigekommen, um zu sehen, wie es Fee geht“, meinte er lässig. „Aber wie ich sehe, kommt sie ganz wunderbar ohne mich klar. Also, macht’s gut.“ Er hob die Hand zum Abschiedgruß und ging eilig nach draußen.

Ich ließ den verdutzten David stehen und raste Sam hinterher. Kurz vor seinem Auto holte ich ihn ein.

„Sam, warte! Was soll denn das? Du kannst doch nicht einfach wegfahren. Wo willst du denn hin?“ Ich hielt ihn am Ärmel seines Pullovers fest.

„Lass mich in Ruhe!“, fuhr er mich an.

„Aber ich habe dir doch von David erzählt. Und von Harry. Wir sind nur zusammen ausgeritten.“

„Natürlich. Ihr seid nur gute Freunde.“ Sam riss sich los. Er stieg ins Auto, knallte die Tür hinter sich zu und startete den Motor. Der Wagen schoss davon.

Nein, ich würde ihn nicht fahren lassen! Wenn er jetzt fuhr, war alles aus. Ich sprintete dem Clio nach. Meine Lungen brannten, meine Herzschläge verschmolzen zu einem einzigen hämmernden Ton, doch ich lief und lief. Bis das Auto um eine Kurve fuhr und aus meinem Blickfeld verschwand. Erst dann blieb ich stehen. Schwer atmend. Tränen rannen über meine Wangen.

Es war vorbei.

Langsam humpelte ich auf meinen hohen Absätzen die Straße zurück. David stand auf dem Parkplatz und beobachtete mich verwirrt. Warum war er gerade jetzt aufgetaucht? Und warum hatte Sam nur so heftig reagiert? Ich hätte ihm alles erklären können. Obwohl, was denn? Dass David und ich in Irland nicht miteinander geschlafen hatten, sondern anderthalb Jahre zuvor? Ich lachte humorlos.

Auf einmal nahm ich aus den Augenwinkeln eine Bewegung wahr. Zwischen zwei Autos, die am Straßenrand parkten, wankte eine kleine Gestalt unsicher auf mich zu. Die Arme weit nach vorne gestreckt. Ich registrierte sie im gleichen Moment, in dem ich den heranrasenden Wagen bemerkte.

„Die Autos fahren auf dieser Straße immer viel zu schnell“, dachte ich.

Bremsen quietschten. Der kleine Mensch wurde zur Seite geschleudert und schlug neben den parkenden Autos auf. David rannte auf den Wagen zu, meine Mutter und Ian erschienen in der Tür des Pubs und folgten ihm, der Fahrer des Audis sprang aus seinem Fahrzeug und beugte sich über die Gestalt am Boden. Alles um mich herum war in Bewegung. Nur ich stand einfach nur da.

„Was haben die nur alle?“, fragte ich mich verwundert.

Dann fing ich an zu schreien.

Vierundzwanzig

Paul lag mit dem Rücken auf der Straße, sein Bein stand in einem merkwürdig verdrehten Winkel von seinem Körper ab. Blut sickerte aus einem Riss in der Hose. Ian kniete neben ihm. Ich sah, wie Milla zu dem Kleinen stürzen wollte, doch er hielt sie zurück.

„Bleib weg!", herrschte er sie an und sie begann, hysterisch zu weinen.

„Ich habe es nicht gesehen", stammelte der Autofahrer. Er ließ sich neben Paul auf den Boden sinken. „Das Kind war auf einmal da. Ich habe es nicht gesehen. Es tut mir leid. Es war einfach da."

Doch niemand beachtete ihn. Niemand außer mir, die ich immer noch wie festgetackert auf der Straße stand und versuchte, die Bilder vor meinem Auge zu einem Ganzen zusammenzufügen. Wie in Trance ging ich auf die Gruppe zu. Meine Beine ließen sich nur schwer anheben, fast so, als würden sie von Gummibändern zurückgehalten. Ich hörte meine Schreie, aber sie schienen nicht zu mir zu hören.

Mein Sohn lag auf dem Boden. Wie eine zerbrochene Puppe. Seine Augen waren geschlossen, die Haare klebten ihm feucht an der Stirn. Er bewegte sich nicht.

„Was ist mit ihm? Oh mein Gott, was ist mit ihm?." Ich drängte mich an den knienden Menschen vorbei. Doch jemand hielt mich zurück.

„Du darfst ihn nicht bewegen", sagte David. „Ich habe einen Krankenwagen gerufen. Er wird gleich da sein."

„Lass mich!“ Ich schlug nach ihm. „Lass mich! Ich will zu meinem Kind.“ Verbissen versuchte ich, seinen Griff zu lösen. Aber er lockerte ihn nicht.

„Du darfst ihn nicht hochnehmen. Nicht bevor der Krankenwagen da ist.“

„Ich werde ihn nicht hochheben.“ Ich sackte in mich zusammen und schluchzte. „Bitte lass mich zu ihm!“

David strich mir beruhigend über Rücken und Kopf. Der Fahrer des Audis hatte mittlerweile eine Decke aus seinem Wagen geholt. „Kann ich sonst noch etwas für ihn tun? Es tut mir so leid. Ich wollte das nicht. Ich habe den Kleinen nicht gesehen.“ Er hatte die Arme so fest um seinen Körper geschlungen, als fürchte er, in zwei Hälften gerissen zu werden.

David ließ mich los und ich ließ mich zu Boden sinken. Ich griff nach Pauls Hand, streichelte darüber. Paul öffnete die Augen und sah mich mit einem seltsam leeren Blick an. So als würde er durch mich hindurchschauen und ganz woanders sein.

„Was machst du denn nur, mein Kleiner? Aber es wird alles wieder gut. Das verspreche ich dir.“ Tränen strömten über meine Wangen und meine Nase lief, doch ich wischte nichts weg. „Alles wird wieder gut.“ Zart strich ich ihm über die Stirn. Blut quoll an einer Stelle seines Hosenbeins hervor.

Ian nahm mich in den Arm. Meine Mutter saß zitternd daneben.

Eine Sirene ertönte und kurz darauf schoss der Rettungswagen heran. Zwei Männer stürzten heraus.

„Was ist passiert?“, fragten sie Ian. Er stand auf und erklärte es ihnen in knappen Worten.

Die beiden Rettungssanitäter beugten sich zu Paul hinunter. Sie untersuchten ihn, legten ihm eine Halskrause an und banden etwas um seinen Oberschenkel. Schließlich hoben sie ihn auf eine Trage und schoben sie in den Krankenwagen hinein. Einer der Sanitäter nahm mich am Arm. „Wir müssen ihn nach Loughrea ins Krankenhaus bringen. Kommen Sie mit? Sie können vorn bei mir sitzen.“

„Aber ich möchte bei meinem Sohn bleiben. Ich kann ihn doch jetzt nicht allein lassen." Ich schluchzte erneut.

„Hinten können Sie nichts für ihn tun", entgegnete der Sanitäter unnachgiebig. Ich folgte ihm willenlos.

„Wir fahren euch nach!", rief Ian, doch ich reagierte nicht.

„Ihr Sohn hat einen offenen Bruch am Oberschenkel." Der Sanitäter startete den Wagen. „Das sieht schlimmer aus, als es ist, weil dort viele Gefäße durchlaufen und Verletzungen deswegen so stark bluten."

Ich konnte nichts antworten.

Am Krankenhaus warteten bereits Milla, David und Ian auf uns. Sie folgten den Sanitätern, Paul und mir zu einem Behandlungsraum. Ein Chirurg im weißen Kittel kam auf mich zu. „Wir werden Ihren Sohn untersuchen."

„Kann ich mitkommen?", fragte ich zitternd.

„Er muss geröntgt werden und wir müssen eine CT machen, um auszuschließen, dass er keine inneren Verletzungen hat. Es wäre besser, wenn Sie warten. Ich komme zu Ihnen, wenn ich einen Befund habe. Und Sie müssten in der Zwischenzeit noch einige Papiere ausfüllen."

Seltsamerweise beruhigten mich sein emotionsloses Gerede und sein nüchterner Gesichtsausdruck. Mit Ian lief ich zur Krankenhauspforte, wo eine dünne Frau mit Nickelbrille mir einen Stoß Papiere und einen Kugelschreiber übergab. Dann gingen wir zu Milla und David zurück in den Warteraum. Keiner von uns sprach ein Wort. Erst als sich nach einer halben Stunde immer noch kein Chirurg bei uns hatte blicken lassen, tigerte ich unruhig umher.

„Wo bleibt der denn nur? Es kann doch unmöglich so lange dauern, Paul zu untersuchen und zu röntgen."

„Aber sie wollen doch auch noch eine CT machen. Vielleicht ist die Röhre oder der Röntgenraum gerade besetzt“, antwortete Milla. Ihre Augen waren vom Weinen geschwollen.

„Paul ist doch noch so klein. Sie werden ihn doch wohl vorrangig behandeln“, warf ich verzweifelt ein.

Erst nach weiteren zehn Minuten erschien der Arzt.

„Was ist mit ihm?“ Ich stand so heftig vom Stuhl auf, dass er wackelte.

„Außer dem offenen Bruch am Oberschenkel konnten wir nichts feststellen. Und er hat eine leichte Gehirnerschütterung. Aber wir müssen Ihren Sohn operieren, um den Knochen in die korrekte Stellung zu bringen. Hier ist der Aufklärungsbogen.“

„Welcher Aufklärungsbogen?“

„Der Eingriff muss in Vollnarkose erfolgen. Hier werden Sie über mögliche Risiken aufgeklärt. Aber Komplikationen treten nur in den allerseltensten Fällen auf.“ Er drückte mir einen Bogen in die Hand. „Ich komme in fünf Minuten zurück. Falls Sie Fragen haben, werde ich Sie Ihnen beantworten.“

„Wie lange dauert die Operation?“

„Insgesamt etwa anderthalb Stunden, denke ich. Genaueres kann ich Ihnen derzeit noch nicht sagen.“

„So lange?“ Verzweifelt schaute ich ihn an. „Kann ich Paul vorher noch einmal sehen?“

„Natürlich. Lesen Sie sich in Ruhe den Aufklärungsbogen durch und unterschreiben Sie, anschließend bringe ich Sie zu Ihrem Sohn.“

Klein und mit mattem Gesicht lag Paul in einem viel zu großen Krankenhausbett. Er trug einen hellen Kittel, in seinem Handgelenk steckte eine Kanüle.

„Wir haben ihm ein Schmerzmittel injiziert“, erklärte mir eine Krankenschwester.

Als er mich sah, huschte ein Lächeln über sein Gesicht. „Mamam!“ Er streckte die Arme nach mir aus.

„Es wird alles wieder gut. Das verspreche ich dir“, flüsterte ich und drückte ihn vorsichtig an mich, bevor ich nach draußen eilte. Ich wollte nicht sehen, wie er in den OP gefahren wurde.

Im Warteraum brach ich zusammen.

„Er hat seine Stoffkuh nicht dabei“, schluchzte ich. „Was ist, wenn er aufwacht und Hugo nicht da ist? Und er hat heute Morgen etwas gegessen und getrunken. Aber im Aufklärungsbogen stand, dass man vor der Narkose nüchtern bleiben soll.“

„Ich vermute, dass nur die wenigsten Unfallopfer vor ihrem Unfall gar nichts gegessen und getrunken haben“, entgegnete Ian. „Und seinen Hugo, den fahre ich dir jetzt holen.“

Dankbar sah ich ihn an. Was hätte ich die letzten Stunden nur ohne ihn gemacht?

„Bleib du bei ihr!“, wies er David an. „Dich nehme ich mit“, wandte er sich an Milla, die immer noch völlig apathisch auf ihrem Stuhl saß. „Du machst deine Tochter mit deiner ständigen Heulerei nur verrückt.“

Die beiden verschwanden.

David und ich saßen nebeneinander. Über einem Regal mit Kinderspielsachen hing eine Uhr. Ich lauschte ihrem monotonen Ticken, sah zu, wie ihr großer Zeiger, langsam, Schritt für Schritt seine Runden drehte. Am liebsten wäre ich aufgesprungen und hätte sie von der Wand gerissen. Hätte ihn nach vorne gedreht. Einmal, zweimal. Bis der Arzt zurückkehrte und mir sagte, dass es meinem Sohn gut ginge.

„Warum hast du Paul nicht festgehalten?“, fragte ich tonlos. „Du musst doch gesehen haben, dass er mir nachgelaufen ist.“

David zuckte zusammen. „Nein, habe ich nicht. Ich wusste ja gar nicht, was los ist. Ich habe nicht bemerkt, dass er mir gefolgt ist. Sonst hätte ich ihn doch festgehalten. Aber es ging alles so schnell und ich habe ihn erst gesehen, als es zu spät war."

„Schon gut. Natürlich kannst du nichts dafür. Ich hätte Paul nicht aus den Augen lassen dürfen." Müde massierte ich meine Schläfen.

„War das dein Freund?" Davids Stimme klang belegt.

„Ja, das war er", sagte ich dumpf.

„Es tut mir leid, dass ich einfach so bei euch hereingeplatzt bin. Aber meine Mutter hat mir gesagt, ..."

„Das hast du mir schon erzählt", unterbrach ich ihn. „Außerdem konntest du nicht wissen, dass Sam gekommen ist. Ich weiß auch nicht, warum er so überreagiert hat. So ist er normalerweise nicht."

„Wenn ich dein Freund wäre und extra nach Irland geflogen wäre, um dich zurückzuholen, würde ich auch ausflippen, wenn dich ein Wildfremder vor meinen Augen in den Arm nimmt."

„Meinst du?" Ich sah ihn an.

Er nickte. „Ganz sicher."

„Und mir tut es leid, dass ich dich in diesen ganzen Schlamassel mit hineingezogen habe. Es war falsch von mir, nach Irland zu kommen, nur damit ich Gewissheit bekomme. Ich hätte mit Sam reden müssen. Ich werde auch mit ihm reden. Jetzt ist sowieso alles egal. Du musst den Test nicht machen."

„Ich habe ihn bereits gemacht. In acht bis zehn Tagen kommt das Ergebnis."

„Aber dazu muss man deine DNA mit der von Paul vergleichen", sagte ich verblüfft.

„Du hast seinen Schnuller in meinem Auto liegen lassen. Du musst deinem Freund also überhaupt nichts sagen."

„Das kann ich auch nicht", meinte ich bitter. „Denn er sitzt wohl schon auf dem Flughafen und wartet auf seinen Flieger."

„Willst du ihm denn nicht erzählen, dass Paul einen Unfall hatte?"

„Er wird nicht ans Telefon gehen. Glaub mir! Ich kenne ihn. Er kann ziemlich stur sein."

„Versuch es wenigstens!"

„Du hast recht." Ich zog mein Handy aus der Tasche und suchte seine Nummer. Sofort ertönte ein Freizeichen. Doch nur die Mailbox meldete sich.

„Siehst du!" Resigniert ließ ich mich im Stuhl zurücksinken.

„Schreib ihm eine Nachricht!"

„Ich muss es ihm persönlich sagen."

Schweigend saßen wir nebeneinander. Ich sah auf meine Armbanduhr. Die Minuten krochen nur langsam voran. Erst eine knappe halbe Stunde war vergangen, seitdem Paul in den OP gebracht worden war.

„Ich wünschte, ich wäre niemals nach Irland gekommen", sagte ich. „Dann würde Paul jetzt nicht im Krankenhaus liegen und du müsstest dich nicht mit der Frage quälen, ob ein fremdes Kind dein eigenes ist. Ich bin schuld an allem, was passiert ist."

„Das ist doch Unsinn. Du hast Paul schließlich nicht absichtlich vor das Auto geschubst."

„Aber ich habe mit dir geschlafen, weil ich sauer auf Sam war. Und damit fing alles an."

„Bedauerst du es?"

„Natürlich."

„Ich fand es schön", sagte David leise.

„Wirklich?" Überrascht sah ich auf.

„Du hast überhaupt nichts gesagt. Dass du mich wiedersehen möchtest oder so."

„Du hast mir schließlich deutlich signalisiert, dass dir nichts daran liegt, unser Treffen zu wiederholen."

„Eine völlig neue Erfahrung für dich, oder?" Meine Mundwinkel wanderten unwillkürlich nach oben.

David senkte verlegen den Blick. „Allzu oft ist es mir noch nicht passiert."

„Was ist mit dir und Eva? Sie wäre doch die perfekte Freundin für dich. Sie ist jung und hübsch, sie kann gut reiten und es ist offensichtlich, dass sie total in dich verliebt ist."

„Meine Mutter würde sich freuen. Ihre Eltern auch. Aber wir kennen uns schon so lange. Sie ist meine beste Freundin. Vielleicht würde es nicht funktionieren. Ich möchte sie nicht verlieren."

Ich wusste, was er meinte. Bei Sam hatte ich genau die gleichen Befürchtungen gehabt. Bei David jedoch überraschte mich diese Äußerung.

Ich lächelte. „Du bist also gar nicht so unnahbar."

„Mach ich auf dich den Eindruck?"

Ich nickte. „Aber genau das hat mich auch an dir so fasziniert. Dass du über den Dingen zu stehen scheinst. Zum Beispiel als du dich zu dem Casting angemeldet hast."

„So unbeteiligt war ich nicht", wandte David ein. „Mein Geld näherte sich dem Ende. Ohne die Erlaubnis, als Straßenmusiker auftreten zu dürfen, hätte ich meine Tour durch Europa abbrechen müssen."

„Du hast in der Fußgängerzone so wunderbar gespielt. Aber vor allem, als wir abends zusammen im Englischen Garten am Monopteros gesessen haben", sagte ich wehmütig. „Du hast großes Talent. Du solltest es nicht einfach wegwerfen!"

„Spielst du schon wieder auf mein Stipendium an?"

„Vielleicht."

„Ich werde mich nicht dafür bewerben."

„Das habe ich mir gedacht. Du möchtest deiner Mutter helfen, das Gestüt auszubauen. Für Feriengäste."

„Ja. Ich kann sie jetzt nicht hängen lassen. Nicht so, wie mein Vater es getan hat. Aber es ist nicht nur das. Ich habe während des Studiums gemerkt, dass ich es nicht schaffe."

„Was schaffst du nicht?" Ich schaute ihn an, doch er starrte nach vorne an die Wand. Auf die Escher-Zeichnung mit den Treppen, die aus dem Nichts zu kommen schienen und genau dort auch wieder verschwanden.

„Ich komme mit dem Druck nicht klar. Auf die Juilliard gehen die Besten der Besten. Ich müsste mich jeden Tag neu beweisen. Und ich weiß nicht, ob ich das möchte. Es war immer der Traum meines Vaters, dass ich ein berühmter Geiger werde. Er hat im Irish Chamber Orchestra in Limerick gespielt. Meine erste Geige habe ich mit drei Jahren bekommen und er hat mir selbst Unterricht gegeben. Nachdem er uns verlassen hat, wollte ich ihm zeigen, dass ich auch ohne ihn zurechtkomme. Ich habe geübt, bis meine Fingerkuppen wehgetan haben, nur um ihm bei seinem nächsten Besuch ein Lied fehlerfrei vorspielen zu können."

„Hast du noch Kontakt zu ihm?"

„Schon länger nicht mehr. Er wohnt bei Limerick. Hat wieder geheiratet. Eine Cellistin. Sie haben zwei Kinder, die beide mindestens so begabt sind wie ich. Irgendwann während der Abschlussprüfung habe ich mich gefragt, warum ich so verzweifelt versuche, den Traum eines anderen zu erfüllen, wenn er sich nicht mehr für mich interessiert."

„Dein Traum ist es nicht, in einem großen Orchester zu spielen oder sogar als Solist aufzutreten?"

David schüttelte den Kopf.

„Aber in München hast du noch so begeistert gewirkt, als du mir von diesem Stipendium erzählt hast. Wollte sich nicht einer deiner Professoren für dich einsetzen?"

„Es hat eine Zeit lang gedauert, bis ich mir meine Gefühle eingestanden habe." Er lächelte schief. „Außerdem war ich mir sicher, dass ich eine so hübsche Frau wie dich nur rumkriege, wenn ich ihr erzähle, dass ich bald ein berühmter Stargeiger bin. Oder hättest du auch einen Reitlehrer genommen?"

„Wahrscheinlich schon." Gut, damals wahrscheinlich nicht.

Von seinem Vater hatte David nie erzählt. Seltsam! In irgendeiner Form hatten wir alle unser Päckchen zu tragen.

David blickte auf. Ich nahm seine Hand und fuhr mit dem Daumen über seinen Handrücken. Er lächelte mich an und ich erwiderte dieses Lächeln. Zu einer anderen Zeit, in einem anderen Leben hätten wir wahrscheinlich gar nicht schlecht zusammengepasst.

Die Tür zum Warteraum wurde geöffnet und der Chirurg erschien.

Ich sprang auf.

„Ihr Sohn hat die OP gut überstanden. Er liegt im Aufwachraum", sagte er.

„Das ging aber schnell." Ich warf einen Blick auf die Uhr.

„Er muss noch eine Nacht auf der Intensivstation bleiben und mindestens eine Woche im Krankenhaus. Aber die Operation ist komplikationslos verlaufen, der Knochen war nicht gesplittert. Schon bald wird Ihr Sohn wieder herumlaufen."

Ich drückte David fest an mich. „Hast du gehört? Er hat alles gut überstanden. Kann ich zu ihm?"

Der Chirurg nickte. „Aber er schläft noch."

Glücklich folge ich ihm nach draußen. In der Tür stieß ich mit Ian und Milla zusammen.

„Paul hat alles gut überstanden. Ich kann zu ihm." Ich fiel beiden um den Hals.

„Gott sei Dank." Meine Mutter strahlte und brach im nächsten Moment erneut in Tränen aus.

„Wir haben dir etwas mitgebracht." Ian gab mir Hugo und eine Sporttasche mit ein paar Kleidungsstücken. Ich drückte meine

Nase gegen das schon leicht ramponierte Stofftier. Meine Mutter hatte recht. Gott sei Dank! Gott sei Dank war alles gut verlaufen.

Im Aufwachraum stand ein einzelnes Bett. Paul lag darin, blass und zerbrechlich, die Augen immer noch geschlossen. Wie ein aus dem Nest gefallenes Vögelchen sah er aus. Ich setzte mich auf einen Stuhl und nahm seine Hand. Eine Kanüle steckte darin.

„Na, kleiner Mann“, sagte ich, obwohl ich wusste, dass er mich nicht hören konnte. „Du hast mir vorhin einen ganz schönen Schrecken eingejagt. Einfach so vor ein Auto zu laufen.“ Paul zog die Nase kraus und ich starrte einige Augenblicke auf die blinkenden Apparate, an die er angeschlossen war.

„Weißt du, in den letzten Monaten habe ich ziemlich viel Mist gebaut. Als du noch in meinem Bauch gesteckt hast, war ich mir sicher, dass es möglich ist, mit einem Wurm wie dir mein Leben ganz normal weiterzuführen. Doch das hat nicht geklappt. Auf einmal musste ich mich komplett nach einem anderen Menschen richten. Für jemanden wie mich gar nicht so leicht. Aber letztendlich habe ich es doch hinbekommen, nicht wahr? Ich bin nämlich nicht so ein gefühlskalter Klotz, wie viele denken. Mir fällt es nur ziemlich schwer, mich zu verlieben.“ Ich schluckte den Kloß hinunter, der sich in meiner Kehle gebildet hatte.

„Aber in dich habe ich mich verliebt. Es hat nur ein bisschen gedauert, bis ich es gemerkt habe, wie viel du mir bedeutest. Genau wie bei deinem Papa.

Weißt du, ich habe ihn für selbstverständlich gehalten. Weil er immer da war. Weil wir uns schon so lange kennen. Aber jetzt weiß ich, dass es alles andere als selbstverständlich ist, unter all den Menschen dort draußen genau denjenigen zu finden, den du nicht nur liebst, sondern der auch dein bester Freund ist.“

Paul warf sich unruhig hin und her und brabbelte etwas. Die Decke verrutschte und sein Fuß schaute hervor. Ich nahm ihn in die Hand, um ihn wieder zuzudecken. Fast war ich Paul dankbar, dass er meinen Monolog unterbrach. Sonst hätte ich bestimmt wieder angefangen zu heulen. Und darauf hatte ich wirklich keine Lust mehr. Dieses Irland weichte mich nicht nur äußerlich auf, sondern auch innerlich. Ich strich Paul über den Fuß. Seltsam! Ich hatte noch nie darauf geachtet, dass sein zweiter Zeh ein Stück länger war als sein großer. Ich betrachtete den Fuß genauer. Er hatte immer noch eine dicke Baby-Speckschicht, sodass sich in der Haut zwischen Unterschenkel und Rist eine Falte bildete. Und sein kleiner Zeh sah genau wie der von Sam fast ein bisschen verkrüppelt aus. Ich fuhr mit dem Zeigefinger darüber. Der Nagel krümmte sich und wuchs bis in die Zehenkuppe hinein. Der arme Kerl! Ein solcher Zeh war nicht schön.

Da wurde mir bewusst, was ich gerade gedacht hatte. Genau wie der von Sam! Paul hatte den gleichen Zeh wie Sam. Mit genau dem gleichen Zehennagel. Ich sah ihn noch einmal an. Tatsächlich! Ich presste meine Hand vor den Mund, um nicht laut aufzuschreien und zwang mich, ruhig zu bleiben und nicht aufzustehen, um wild herumzutanzen. Ich ließ den Kopf auf die Bettdecke sinken und versuchte, tief ein- und auszuatmen.

„Hat dich etwas gestochen?"

Ich fuhr herum. Sam stand in einer Ecke des Aufwachraumes. Erschrocken starrte ich ihn an. Zum zweiten Mal innerhalb von 24 Stunden befürchtete ich, Gespenster zu sehen.

„Wie kommst du hierher?"

„Mit dem Auto."

„Aber woher wusstest du ..."

„Deine Mutter hat mich angerufen." Er ging auf Paul zu und streichelte ihm über die Wange. Dann setzte er sich neben mich. „Hoffentlich haben die Iren kein besonders strenges Überwachungssystem. Ich habe nämlich auf dem Weg zum Krankenhaus so ziemlich jede Verkehrsregel missachtet, die es gibt. Sogar eine rote Ampel habe ich übersehen."

„Du scheinst es eilig gehabt zu haben." Ich lächelte gezwungen.

Sam zuckte mit den Schultern. „Im Warteraum hat mir Milla erzählt, dass Pauls Operation gut verlaufen ist. Der langhaarige Typ ist mir ebenfalls begegnet."

„David?" Ich blickte ihn an.

„Ja. Und er hat mir wortreich erklärt, dass ich die Situation zwischen euch vollkommen missverstanden habe."

„Es tut mir so leid. Ich habe alles falsch gemacht." Meine Unterlippe fing an zu zittern und ich presste meinen Mund zusammen.

„Wir haben uns in den letzten Monaten beide nicht gerade mit Ruhm bekleckert."

„Aber ich ..."

Sam schüttelte den Kopf. „Lass uns ein anderes Mal darüber reden. Nicht hier. Es ist nicht wichtig im Moment."

„Dann bist du mir nicht mehr böse?"

„Ich bin vor allem erleichtert."

Ich bildete mir ein, einen feuchten Schimmer in seinen Augen zu bemerken. Doch dann zuckten seine Mundwinkel auf einmal. „Außerdem habe ich deine rührenden Worte vorhin gehört. Wie könnte ich dir danach noch ernsthaft böse sein? Ich hätte fast geweint."

„Ich war überzeugend?", fragte ich verlegen.

„Ziemlich."

Unsere Blicke trafen sich und für einen Augenblick glaubte ich, in Sams Augen zu versinken. Ich legte die Arme um seinen Hals und vergrub mein Gesicht in der Beuge seiner Schulter.

„Ich hatte solche Angst, dass du zum Flughafen fährst", flüsterte ich.

„Du dachtest, dass ich zum Flughafen fahre?“, wiederholte Sam. „Aber warum?“

„Wo wolltest du denn sonst hin?“

„Darüber habe ich überhaupt nicht nachgedacht. Aber ich wäre doch nie ohne euch nach Hause geflogen.“

„Wirklich nicht?“, fragte ich und hob den Kopf.

„Ganz sicher nicht.“ Sam nahm mein Gesicht in seine Hände und sah mich fest an. „Oder glaubst du, dass ich mir von irgendeinem dahergelaufenen Iren einfach so die Freundin ausspannen lasse?“

Epilog

In zwei Tagen fliegen wir nach Hause, Sam, Paul und ich. Meine Mutter wird erst einen Tag vor Weihnachten nachkommen. Sie möchte unbedingt das Cottage von Heinrich Böll finden, in Dingle den Delfin sehen und, ich bin mir sicher, auch mit Ian ins Bett gehen. Aber es macht mir kaum noch etwas aus. Eltern müssen lernen, ihre Kinder loszulassen, und umgekehrt gilt es wahrscheinlich genauso.

Mein Vater hat diese Nachricht recht gefasst aufgenommen. Und anstatt sich in den Flieger zu setzen und sie zurückzuholen, so wie Sam es bei mir getan hat, ist er lieber eine Runde Golf spielen gegangen, hat Helga erzählt.

Ihr Baby hat sich gedreht, befindet sich in Startposition, und in wenigen Wochen werde ich es auf meinem Arm halten. Mittlerweile bin ich nicht mehr neidisch auf sie, dass sie die Chance bekommt, es besser zu machen als ich. Ich denke, den Umständen entsprechend habe ich mich wahrscheinlich gar nicht so schlecht geschlagen.

Morgen früh bekommt David das Ergebnis des Vaterschaftstests. Doch ich habe keine Angst mehr davor. Keine große jedenfalls. Und wenn das Ergebnis so ausfällt, wie ich es vermute, werde ich Sam meinen Seitensprung nicht gestehen. Nina hatte recht, als sie mir damals im Weltwald sagte, dass niemand damit gedient wäre. Außerdem brauche ich Sams Absolution nicht mehr. Ich habe mir selbst verziehen.

Tja, und ich? In vier Wochen muss ich wieder arbeiten. Bis dahin überlege ich mir, was ich beruflich mit meinem Leben sonst noch anfangen könnte. Vielleicht probiere ich es mit Meditation und habe eine Erleuchtung. Wenn nicht, versuche ich, alles ein wenig gelassener anzugehen.

Aber bis der Alltag mich einholt, habe ich zum Glück noch Zeit. Mit Sam und Paul stehe ich auf der Aussichtsplattform der Cliffs of Moher und schaue über das wütende Meer hinweg. Ich habe Sam nicht gesagt, warum, aber ich wollte, unbedingt noch einmal zu dem Ort fahren, an dem ich erkannt habe, dass man um die wirklich guten Dinge im Leben kämpfen muss. Dieses Mal scheint sogar die Sonne.

Im Nachhinein frage ich mich, warum ich nach der Depression genauso weitergemacht habe wie zuvor. Warum ich nichts daraus gelernt habe. Mir wäre einiges erspart geblieben. Aber wahrscheinlich war es gut so, wie alles gekommen ist.

Denn ansonsten hätte ich nie bemerkt, dass Pauls kleiner Zeh haargenau so aussieht wie der von Sam. Ich hätte mich niemals rückwärts in den Wind fallen lassen. Ich hätte nicht auf einer Steinbank in den Burrens gesessen. Ich hätte Harry nicht kennen gelernt und auch nicht beide Enden des Regenbogens gesehen. Ich hätte mir niemals Zeit für Eisblumen genommen.

Nicht alles im Leben hat einen Sinn. Ich denke an Tofuwürstchen, Karottenjeans und Mineralwasser extrastill. Und erst recht nicht Kriege und Eltern, die ihre Kinder verlieren. Aber ich glaube, das meiste schon.

Doch ich werde schon wieder sentimental. Das irische Klima scheint mir einfach nicht zu bekommen.

Die Gischt schäumt bis zu uns herauf und Paul kreischt jedes Mal entzückt, wenn ihm ein Tropfen ins Gesicht spritzt. Sam lacht und zieht mir die Kapuze vom Kopf, weil er findet, dass ich durch den Wind wie Cousin Itt von der Adams Family aussehe. Mir ist wie immer eisig kalt, ich habe den Mund voller Haare und ich bin mir nicht sicher, ob ich Sams Ausrutscher mit genauso viel Toleranz begegnen werde wie jetzt, wenn ich auf Monika treffe und sie mir deutlich zu verstehen gibt, dass sie meinen Freund vernascht hat. Aber trotzdem möchte ich in diesem Moment mit niemandem tauschen. Ich bin froh, dass ich nach Irland gefahren bin. Auch wenn ich mir ein paar blaue Flecken zugezogen habe und auf einige recht unangenehme Wahrheiten gestoßen bin, war es richtig, hierher zu kommen.

Denn letztendlich ist es mir genauso ergangen wie dem kleinen Bären und dem kleine Tiger auf ihrer Suche nach Panama: Ich musste ganz schön weit reisen, um zu erkennen, dass ich mein Glück zu Hause längst gefunden hatte.

Danksagung

Jetzt ist es so weit! Auch ich bin am Ende meiner Reise angelangt. Und obwohl sie für mich nicht immer einfach gewesen ist, fällt es mir schwer, Abschied zu nehmen.

Mit Fee habe ich geliebt, gelitten, gehofft – und ich muss es gestehen – auch manches Mal geweint. Ihre Geschichte liegt mir besonders am Herzen, aber gar nicht so selten hatte ich Zweifel, ob es mir wirklich gelingen würde, sie aufzuschreiben.

Wie gut, dass es in dieser Zeit Menschen gab, die mir zur Seite gestanden haben. Ihnen allen möchte ich an dieser Stelle aus tiefstem Herzen danke sagen.

Als Erstes möchte ich meiner Mutter Dank aussprechen. Two german girls on tour! Wir waren und sind ein gutes Team. Und Papa ... Danke für die New-Kids-on-the-Block-Konzerte, das Nachts-um-drei-noch-in-der-Gegend-herumfahren, die Heavy-Metal-T-Shirts und – die Gartenzwerge.

Stefan, mein Ritter! Danke – wie immer –, aber dieses Mal noch ein bisschen mehr. Ich bin froh, dass es dich gibt!

Mein Dank geht auch an meine Fee: für ihre Inspiration, ihre klugen Ratschläge und schöne gemeinsame Stunden. Ohne dich wäre München um so vieles leerer.

Ich bedanke mich bei meinem Kreativ-Team: bei Florian und Julia, bei meiner Graphikerin Steffi, bei der Band Kate Coral sowie bei meiner knallharten Marketing-Expertin Michaela und meinem

Setzer Frank. Ihr alle habt mir für meine Geschichte eine so wunderhübsche Verpackung gebastelt.

Ein riesiger Dank geht an meine Test- und Korrekturleser: an Susanne, Michi, Patti, Jannika, an Andrea Giglio von Books my Passion, meinen Lektor Philipp Bobrowski und meine Autorenkollegin Claudia Winter. Durch euch ist mein Buch besser geworden!

Aber ich darf auch meinen Beraterstab nicht vergessen: Thorsten, Jule und Frau Kurz für die medizinische und therapeutische Unterstützung meiner Figuren. Und Katelyn Faith: danke für das „Nachwürzen". Außerdem möchte ich den Mädels von „profashional films" dafür danken, dass ich den Namen ihrer Firma verwenden durfte, ebenso wie Bettina Simlechner für ihren Bierwagenfahrer Tom und die Geschichte vom weißen Mann.

Dank auch an Nicole, Nadine und Marco – dafür, dass ihr mich schon mein ganzes Leben begleitet und ich weiß, dass ihr für mich da seid.

Und zu guter Letzt richten sich meine Worte an alle Leser. Ich hätte mich früher nicht getraut, einen Autor anzuschreiben, um ihm zu sagen, wie gut mir sein Buch gefallen hat. DANKE, dass ihr nicht so schüchtern seid wie ich und mir durch euer Lob und euren Zuspruch in den letzten Monaten so treu zur Seite gestanden habt!

Liebe Leserinnen und Leser,
wenn euch „Zeit für Eisblumen“ gefallen hat,
besucht mich auf meiner Autorenseite:
www.katrinkoppold.de

Oder trefft mich auf Facebook:
www.facebook.com/Katrin.Koppold

Ich freue mich über Post von euch!

24936201R00184

Made in the USA
Charleston, SC
12 December 2013